Kira Medami ist 1975 in Niederösterreich geboren. In ihrer Teenagerzeit entdeckte sie ihre Liebe zum Schreiben. Sie besuchte die Handelsschule in Retz, arbeitete später in der Krankenpflege und machte nebenbei die Ausbildung zur Fachfrau für Medientechnik. Krankheit und einige Schicksalschläge ließen sie ihren Lebensstil überdenken. Heute verbringt sie, so oft es ihr möglich, Zeit mit ihrem Lebenspartner, 5 Hunden, 4 Katzen und 3 Ziegen in einem kleinen Dorf am Land.

»Ich bin nicht perfekt, aber darin bin ich konsequent!«

Kira Medami

HIRN
Gespinst der Macht

Bibliografische Information der Deutschen Nationalbibliothek: Die Deutsche Nationalbibliothek verzeich-
net diese Publikation in der Deutschen Nationalbi-
bliografie; detaillierte bibliografische Daten sind im
Internet über dnb.dnb.de abrufbar.

© 2019 Bianca Binder-Lerchner
Herstellung und Verlag: BoD – Books on Demand,
Norderstedt

ISBN: 978-3-7494-9697-6

1. Kapitel

Tage wie dieser

›So ein Mist, die ist hinüber, wieder eine Pflanze von ihrem Elend erlöst!‹, dachte Hanna und stellte die Reste ihres Ficus samt Übertopf auf die Kommode im Vorraum. ›Jetzt waren es nur noch vier, vielleicht kann ja Eveline sie noch retten, ich bringe sie ihr einfach mal vorbei, wenn sie von ihrer Raucherentwöhnung zurück ist.‹

Hanna hatte ein gutes Händchen für Tiere und auch mit Menschen konnte sie gut umgehen, wenn sie dazu Lust hatte, aber Pflanzen waren ihr immer schon suspekt. Sie roch gerne an ihnen, bewunderte auch ihre Schönheit, doch hatte sie keinen grünen Daumen. Pflanzen schrieen einfach nicht, wenn sie mehr Wasser oder Sonnenlicht brauchten, in der Natur suchten sie sich aus, wo sie leben wollten. Das war auch der Grund, warum Hanna Pflanzen lieber in deren natürlicher Umgebung bestaunte, als zu Hause am Fensterbrett, in meist viel zu kleinen Töpfen und überdüngt mit chemischen Düngemitteln, um überhaupt eine Überlebenschance zu haben. Und da waren noch die allseits beliebten Schnittblumen. Hanna hat es nie verstanden, wie jemand Freude daran haben konnte, eine Woche lang zuzusehen, wie ein wunderschönes, duftendes Gewächs langsam verwelkte und zu miefen begann.

Juri sah das ein bisschen anders. Er kümmerte sich meist, um die Zimmerpflanzen, er war fest der Überzeugung, dass Pflanzen das Raumklima verbessern würden und ein angenehmes Raumklima höbe die allgemeine Stimmung. Er kaufte die Pflanzen strikt nach seinen vorgegebenen Kriterien: - einfach zu pflegen, - hübsch anzusehen und - groß mussten sie sein. Die Pflege selbst verlief dann eher minimalistisch, überlebten sie, war es gut und wenn nicht wurden sie ausgetauscht. Er war eher der pragmatische Typ, der sich nie lange Gedanken über Dinge machte, die er nicht verstand oder nicht ändern konnte. Eigentlich waren Hanna und Juri vom Wesen, wie Feuer und Wasser, doch irgendwie ergänzten sie sich perfekt.

Während Juri sich auf die wesentlichen Dinge des Lebens konzentrierte, immer sehr beherrscht, korrekt und lösungsorientiert wirkte, war Hanna damit beschäftigt alles zu hinterfragen, oft mit einer gehörigen Portion Zynismus, aber immer voller Emotion. Sie selbst war ihre schärfste Kritikerin.

Hätte sich Hanna selbst beschreiben müssen, hätte sie gesagt: »Ich bin nicht perfekt, aber darin bin ich konsequent.«

Konsequenz war wohl ihre hervorstechendste Eigenschaft. Immer versuchte sie alles und jeden zu verstehen, immer versuchte sie Menschen und Situationen etwas Gutes abzugewinnen und wenn ihr das nicht gelang suchte sie den Grund dafür, denn ein Arsch war niemals nur ein Arsch, er wurde zumindest nicht als solcher geboren, es musste einen Grund geben, warum er sich wie einer verhielt oder zu einem wurde. Juri hätte Hanna beschrieben, als eine kopfgesteuerte, emotionale, dezent aufbrausende Träumerin mit einem riesigen Herz. Einmal verglich er sie im Scherz mit Cäsar und meinte:

»Cäsar kam, sah und siegte - Hanna kommt, analysiert und liebt!«

Was die Beiden am meisten verband, war ihre Liebe zur Sprache, nicht zu einer bestimmten, sondern es war einfach nur die Genialität und die Auswirkung von aneinandergereihten Worten, die sie faszinierten. Stundenlange Gespräche mit einer schier unendlichen Themenvielfalt waren ihr liebstes Hobby. Obwohl oder vielleicht gerade weil, Juri Russe war und deutsch nicht seine Muttersprache, beherrschte er die deutsche Sprache grammatikalisch perfekt und sein dezenter, russischer Akzent belebte seine Reden, und Juri hörte sich wirklich extrem gerne reden. Obwohl Hanna und Juri unterschiedlicher kaum sein konnten, war da ein Gleichklang, unglaublicher Respekt und innige Liebe zwischen ihnen, was sich auf ihr ganzes, gemeinsames Leben auswirkte.

Eveline war Hannas beste Freundin seit frühester Jugend an. Das Besondere an dieser Freundschaft war: Eveline und Juri konnten sich nicht ausstehen. Alle anderen Freunde von Hanna, waren auch Juris Freunde, doch Eveline hatte Hanna ganz für sich allein. ›Ich denke schon, dass Eveline dem Ficus wieder Leben einflößen wird, die hat eindeutig den besseren Draht zu Blumen, als ich‹, dachte Hanna, als sie zurück ins Schlafzimmer ging, um ihr Armband aus der Nachttischlade zu nehmen und es sich um ihr Handgelenk zu legen. Hanna liebte dieses Armband und auch, wenn sie manchmal vergaß die Blumen zu gießen oder ihre Tabletten zu nehmen, das Armband legte sie nur zum Schlafen ab und am Morgen wieder um ihren Arm. Es war ein Sammelarmband mit inzwischen 18 unterschiedlichen Anhängern darauf. Jedes Stück

erhielt sie zu einem besonderen Anlass und jedes
Teil war ein Geschenk von Juri. Den letzten Anhä-
ger brachte ihr ein Polizist, drei Wochen nach Juris
tödlichen Unfall, vorbei. Verpackt in einem hübschen
purpurroten Kästchen mit einer Schleife daran, so
fanden sie es in Juris Autowrack. Obwohl sie sich ver-
sprachen sich nichts zum Valentinstag zu schenken,
war es wohl als Geschenk an sie gedacht. Es war ein
relativ großes, batteriebetriebenes Herz, welches rot
leuchtete, wenn Hanna auf den kleinen Knopf auf der
Rückseite drückte. Eigentlich war es ziemlich kitschig
und so gar nicht nach Hannas Geschmack, aber es
war von Juri und das alleine zählte. Wenn sie traurig
oder nervös war, spielte sie immer an ihrem Kettchen
herum und irgendwie beruhigte sie das.
Hanna ging ins Bad, um sich für ihren Termin bei
Mag. Rossmann fertig zu machen, alle ein bis zwei
Wochen ging sie zum Psychotherapeuten, um Juris
Tod besser verarbeiten zu können. An diesem Tag
stand ihre fünfte Sitzung an, sie hatte jedoch das
Gefühl, dass er ihr nicht wirklich helfen konnte. Doch
die Tabletten waren Klasse, seit sie die nahm konnte
sie sich wieder besser konzentrieren, sie fühlte sich
entspannter und trotzdem wacher.
Vor dem Spiegel stehend, kämmte sie ihr dunkelbrau-
nes, langes Haar nach hinten, band es zu einem Zopf
und begann sich zu schminken. Dunkle, dicke Augenringe zierten nicht unbedingt ihre sonst so klaren
grün-braunen Augen und auch ihre blassen Lippen
und ihre eingefallenen Wangen, schrieen förmlich:
»Helft mir, ich bin ja so arm!«
Hanna hasste es Mitleid zu erregen und auch, wenn
es ihr wirklich beschissen ging, musste das doch nicht

gleich jeder sehen, nicht einmal ihr Therapeut.

12 Kilo hatte Hanna seit Juris Tod abgenommen, natürlich nicht an den Stellen, wo sie es ihrer Meinung nach nötig gehabt hätte. Im Gesicht merkte man es sofort, und sie selbst speziell an ihrer Körbchengröße und der überflüssigen Haut an ihren Oberarmen.

Noch ordentlich Wimperntusche und einen dicken Lidstrich, um ihre müden, traurigen Augen, durch die dunkle Umrandung ein wenig zum Strahlen zu bringen, dann war die Maske fertig. Sie öffnete den Zopf wieder, frisierte gründlich ihr Haar durch, zupfte sich ein paar Haarsträhnen in die Stirn, um die Beule an ihrem Haaransatz zu verdecken, einwenig Haarspray und fertig war sie.

Apropos Beule, die war wirklich nicht schön anzusehen. Drei Tage nach Juris Tod stürzte Hanna auf einer Rolltreppe, als sie zur U-Bahn ging, sie war sogar bewusstlos und wurde mit der Rettung ins Krankenhaus gebracht. Eine Gehirnerschütterung und eine klaffende Platzwunde, waren das Ergebnis ihres angeblich spektakulären Stunts, an den sie sich so überhaupt nicht erinnern konnte. Die riesige Beule stand in keinem Verhältnis zu der winzigen Naht von vier Nadelstichen, doch das Seltsamste an dieser Beule war, sie ging nicht zurück. Hanna war seit dem Sturz schon zwei Mal bei der Kontrolle, doch ihr Arzt Dr. Beck, Psychiater und Neurochirurg meinte, das sei völlig normal und so ließ sie sich Stirnfransen schneiden, um die Beule zu kaschieren.

Das war die einzige Veränderung seit Juris Tod, sie brachte es nicht übers Herz an ihr oder der Wohnung irgendetwas zu verändern, auch wenn sie fast jeder Gegenstand und sogar ihr eigenes Gesicht ständig an

Juri erinnerten. Es gab zu allem eine Geschichte und eine Erinnerung, die ganz eng mit Juri verbunden war, genauso wie sie selbst.

Sieben Wochen war es her, doch Hanna konnte es immer noch nicht realisieren, dass Juri nicht mehr da war. Fast jede Nacht träumte sie von ihm, und immer öfter hörte sie sogar seine Stimme. Andere Menschen wären wahrscheinlich verunsichert gewesen, doch Hanna dachte das sei normal.

Es gab in ihrem Leben nie einen Trauerfall in der Familie, ihre Großeltern väterlicherseits starben lange vor ihrer Geburt und zu den Eltern ihrer Mutter hatte sie niemals Kontakt, ihre eigenen Eltern lebten noch und Geschwister hatte sie keine.

Unwillig zog Hanna wieder die dunklen Klamotten über, ungern hielt sie sich an gesellschaftliche Regeln und Vorgaben, aber um sich nicht unnötigen Diskusionen stellen zu müssen, ordnete sie sich unter, denn als junge Witwe hatte sie nun mal Trauer zu tragen, mindestens drei Monate lang.Hanna hatte die Klinke der Wohnungstür schon in der Hand, als sie wieder Juris Stimme ganz leise flüstern hörte: »*Hanna, es regnet, vergiss den Schirm nicht!*« Schnell griff sie nach dem Regenschirm, der an der Garderobe hing, schloss die Tür von außen und ging gemächlich die Stiegen hinunter.

Sie war wie immer ein wenig spät dran, als sie an Mag. Rossmanns Praxistür klingelte. Die Sprechstundenhilfe der Gemeinschaftspraxis schickte Hanna gleich in den Praxisraum des Magisters.

Mag. Rossmann war ein schon in die Jahre gekommener grauhaariger Mann, der wie er immer wieder erwähnte, viel Erfahrung mit ähnlichen Fällen, wie

Hanna einer war, hatte.

Er saß in seinem ledernen Armsessel, die Beine über-einander geschlagen, die Brille vorgerutscht auf seine Nasenspitze und in der Hand hielt er Hannas Akte, die im Laufe der letzten Sitzungen erstaunlich umfang-reich wurde.

»Grüße Sie Frau Worobjowa!« begrüßte er Hanna, während er ihr seine Hand entgegenstreckte, aber es nicht für notwendig erachtete für die Begrüßung aufzustehen oder sie wenigstens anzuschauen. Hanna erwiderte die Begrüßung und schüttelte seine Hand.

Er kramte in Hannas Akte herum, als ob er etwas Bestimmtes suchen würde, dabei murmelte er vor sich hin: »Aha, aha hier ist es nicht, aha na gut dann anders!«

»Frau Worobjowa, wie geht es Ihnen, wie fühlen Sie sich!«

Hanna erschrak, als er sie ansprach, war er doch si-cher fünf Minuten mit seiner Suche beschäftigt.

»Bitte? Ach ja, eh, danke den Umständen entspre-chend!«

»Nehmen sie, die Tabletten, die ihnen Dr. Beck ge-geben hat?«

»Ja, doch, meistens schon!«

»Wie oft?« bohrte Rossmann nach.

»Täglich zwei eine am Morgen und eine am Abend«, entgegnete Hanna verwundert.

»Wie lange nehmen Sie sie schon?« fragte er interes-siert weiter.

»Seit er sie mir gegeben hat, ich denke seit sieben Wochen.«

»Und?« wollte er wissen.

»Was und?« verstand Hanna die Frage nicht.

»Und wieviele haben Sie noch?«

Hanna fühlte sich wie bei einem Verhör, versuchte aber trotzdem, oder vielleicht gerade deshalb, ehrlich zu antworten: »In der Dose waren 120 Stück und ich habe etwa noch 20. Am Anfang habe ich sie nicht regelmäßig genommen, aber seit fünf Wochen nehme ich zwei am Tag.«

»Gut so, wie geht es Ihnen damit?« fragte er weiter, während er seine Brille abnahm.

»Womit?«

»Mit dem Medikament, fühlen Sie sich wohl, oder haben Sie irgendwelche Nebenwirkungen entdeckt?« drängte Rossmann auf mehr Informationen.

Hanna war verwirrt: »Nein?! Haben die Tabletten denn Nebenwirkungen, ich dachte die wären rein homöopathisch, auf rein pflanzlicher Basis angereichert mit Vitaminen.«

»Auch wenn sie homöopathisch sind, schließt diese Tatsache Nebenwirkungen nicht aus, also ist irgendetwas anders als sonst?«

Hanna wurde etwas ungehalten und verstand die Art der Befragung so überhaupt nicht: »Herr Mag. Rossmann, natürlich mein Mann ist gestorben, natürlich ist ALLES anders, als sonst!«

Hanna atmete tief durch und sprach dann etwas ruhiger weiter: »...Aber nein, ich habe weder einen Ausschlag, noch Übelkeit oder etwaige andere Nebenerscheinungen.«

Daraufhin murmelte Mag. Rossmann leise: »...Hm Halluzinationen?«

»Wie bitte? Halluzinationen? Warum das denn?« Hanna sah ihren Therapeuten entsetzt an.

»Es können auch psychische Nebenwirkungen auftreten, auch bei der Einnahme von homöopathischen Mitteln, wie zum Beispiel: Gemütsschwankungen, Konzentrationsschwierigkeiten und so weiter.«

»Nein, habe ich nicht«, antwortete Hanna schnell, sie wollte Mag. Rossmann nichts von ihren Träumen und Juris Stimme, die sie ab und an hörte, erzählen, außerdem war er an diesem Tag sehr eigenartig.

»Also, Sie sind nicht mehr traurig und fühlen sich gut?« ging seine Befragung weiter.

»Ja, es geht mir gut«, log sie ihn an.

»Frau Worobjowa, durch meine langjährige Erfahrung mit Fällen, wie Ihrem, muss ich Ihnen raten, verdrängen Sie nicht Ihre Gefühle, lassen Sie den Schmerz zu, lassen Sie die Trauer zu, Sie dürfen traurig sein, denken Sie an ihren Mann, denken Sie daran was Sie verloren haben. Ich habe Ihnen doch von den vier Phasen der Trauerbewältigung erzählt, gehen sie diese Phasen Schritt für Schritt durch, ganz bewusst und ohne Scharm.«
Hanna sah Rossmann verwundert an und dachte bei sich: ›Nimmt der Mann eigentlich heimlich Drogen, was will er von mir? Ich versuche seit sieben Wochen mit allem fertig zu werden, ohne den ganzen Tag über heulen zu müssen und er erzählt mir so einen Bockmist!‹

»Frau Worobjowa, schauen Sie mich nicht so entsetzt an, Sie sind doch eine gebildete Frau, als Sprachwissenschaftlerin - «, dann schloss er Hannas Akt und setzte seine Brille wieder auf, um zu lesen, was auf dem Deckblatt stand und meinte: »Warum steht eigentlich Ihr akademischer Grad nicht auf Ihrem Akt, ich muss, glaube ich dann ein Wörtchen mit Waltraud sprechen.«

Waltraud war die Sprechstundenhilfe.

»Bitte nicht Herr Magister Rossmann, ich lege keinen Wert auf irgendwelche Titel, ich habe einen ganz normalen Job als Englischdolmetscherin, also nichts besonderes.«

»Genau und Ihr Ehemann war Dolmetscher für russisch und hebräisch...«, meinte der Therapeut, als Hanna ihn unterbrach: »Woher wissen Sie das?«

»Das haben Sie mir gleich bei der ersten Sitzung erzählt.«

»Nein, das habe ich nicht!« Hanna hatte ein ausgezeichnetes Gedächtnis.

»Doch doch, aber es ist normal, dass Sie so nebensächliche Dinge, in Anbetracht Ihres traumatischen Erlebnisses, vergessen haben«, versuchte Rossmann sie zu beruhigen.

»Aber ich bin mir sicher, dass wir weder über meinen, noch über Juris Job gesprochen haben.«

»Liebe Frau Magistra Worobjowa, Sie haben doch auch sämtliche Erinnerungen an den Sturz auf der Rolltreppe vergessen«, dabei schaute er Hanna ganz mitleidig an.

Verunsichert antwortete sie: »Vielleicht haben Sie ja recht.«

»Wollen Sie darüber sprechen?«

»Eigentlich nicht«, war ihre kurze Antwort.

»Wenn Sie Ihr Erinnerungsdefizit belastet, würde ich Ihnen empfehlen die Dosierung von Kraviplex zu erhöhen, machen Sie doch einen Termin bei Dr. Beck aus und sprechen Sie mit ihm darüber«, riet der Therapeut.

»Ja, vielleicht«, Hanna fühlte sich so gar nicht wohl bei diesem Gespräch.

»Ich möchte ja keinen zu hohen Druck auf Sie aus-
üben, doch wenn Sie wollen, dass es Ihnen bald besser geht, müssen Sie daran arbeiten! Ich sage es noch
einmal, setzen Sie sich ganz intensiv und bewusst mit
Ihrem Problem auseinander. Ich gebe Ihnen nun eine
Hausaufgabe bis zu unserem nächsten Treffen am 21.
April, Sie haben fast zwei Wochen Zeit. Nehmen Sie
ihre Medikamente regelmäßig und besuchen Sie das
Grab Ihres Mannes und..« -
Hanna unterbrach den Therapeuten ein weiteres Mal:
»Nein, das kann ich nicht, soweit bin ich noch nicht!«
dann begann sie zu weinen und Mag. Rossmann
lächelte sie freundlich an und reichte ihr ein Taschen-
tuch. Er sprach ganz sanft mit ihr und versuchte
Hanna davon zu überzeugen, dass der Besuch von
Juris Grab der einzig richtige und höchst notwendige
Schritt am Weg ihrer Genesung sei.

»Und wenn Sie nach Hause kommen, machen Sie
sofort einen Termin bei Dr. Beck, Sie müssen doch
ohnehin Ihren Krankenstand verlängern«, empfahl der
Therapeut in einem für Hanna ungewohnten Befehls-
ton.

»Aber ich möchte doch nächste Woche wieder arbeiten gehen!« entgegnete sie ihm aufgeregt.

»Frau Magistra Worobjowa, ich halte das für eine
äußerst schlechte Idee.«

»Ich bin seit fast zwei Monaten krank geschrieben,
mein Chef kündigt mich, wenn ich nicht bald wieder
ins Büro komme, außerdem fällt mir langsam, aber
sicher zu Hause die Decke auf den Kopf.«

»So so, Ihr Chef weiß anscheinend Ihre Arbeit nicht
gebührend zu schätzen, wenn er Ihre Situation nicht
verstehen kann und Sie deshalb kündigt. Sie finden

sicher bald einen besseren Job. Krank zu sein bedeutet in Ihrem Fall ja nicht, dass Sie nicht außer Haus gehen dürfen. Wann haben Sie denn zuletzt Ihre Eltern besucht? Abwechslung und ein wenig Zuspruch würde Ihnen sicher gut tun, das wäre auf jeden Fall besser, als sich in der Arbeit zu verkriechen«, meinte Rossmann.

Hanna zuckte zusammen, denn ihre Eltern zu besuchen war wesentlich anstrengender für sie, als zu arbeiten: »Ich habe kein sehr gutes Verhältnis zu meiner Mutter und bin ehrlich gesagt froh, wenn ich sie nur dreimal im Jahr sehen muss.«

»Wollen Sie mit mir darüber sprechen?«

»Nein danke, ich bin ganz zufrieden, wie es läuft, meine Eltern und ich haben uns arrangiert.«

»Na gut, wie sieht es mit Freunden aus?« fragte Rossmann weiter nach.

»Ich telefoniere öfter mit Freunden, aber die brauchen auch noch etwas Zeit, um Juris Tod zu verarbeiten. Sie trauern auch noch um ihn und wissen nicht wie sie mit mir umgehen sollen, weshalb die Komunikation zwischen uns meist schwieriger ist, als Sie sich vielleicht vorstellen können.«

»Wollen Sie das ein wenig genauer ausführen?« Rossmann drückte sich gerne etwas gewählter aus, um extra seriös und gebildet zu wirken.

»Ähm, wenn ich mit meinen Freunden, die auch Juris Freunde waren, rede fällt das Thema meist auf Juri, und dann werde ich traurig, und dann werden meine Freunde traurig und das ist eigentlich ziemlich furchtbar!«

»Ja, das ist verständlich, vielleicht sollten Sie abschließen und einen Neuanfang starten, vielleicht

würde Ihnen ein Orts- und Jobwechsel gut tun, natürlich nicht sofort, erst wenn Sie Ihre Trauerbewältigung abgeschlossen haben! Denken Sie einmal darüber nach.«

Sie nickte und sah demonstrativ auf die Uhr über der
Tür, um dem Therapeuten zu zeigen, dass sie der Meinung war, es wäre Zeit die Sitzung zu beenden.

»Na gut Frau Woro.. äh Frau Magistra, ich glaube
das war heute ein sehr konstruktives Gespräch, bitte
vergessen Sie Ihre Hausaufgaben nicht und kommen
Sie heil nach Hause«, dabei streckte Rossmann ihr
wieder die Hand entgegen.

»Danke, auf wieder sehen!« erwiderte Hanna eilig,
schüttelte zögerlich Rossmanns Hand und war rasch
aus der Tür.

Als Hanna wieder zu Hause ankam, war sie völlig
erschöpft und 164,- Euro ärmer. Das war wohl eines
der seltsamsten und unnötigsten Gespräche, die sie
je geführt hatte und dennoch ging ihr die eigenartige
Frage bezüglich der Nebenwirkungen des Kraviplex
nicht aus dem Kopf. Sie öffnete ihren Laptop und
googelte nach dem Medikament. Doch sie fand nichts,
gar nichts. Vielleicht sollte sie doch einen Termin bei
Dr. Beck ausmachen, um mehr darüber zu erfahren,
dachte sie bei sich, während sie ihr Handy aus der
Tasche kramte. Sie hatte seine Telefonnummer sogar
eingespeichert.

Es läutete zweimal und dann hörte sie die Ansage des
ABs.

»Ordination von Dr. Wilhelm Beck, leider ist die
Ordination auf Grund eines Weiterbildungsseminar-
es bis zum 15. April geschlossen. Bitte hinterlassen
Sie Ihren Namen und Ihre Telefonnummer nach dem

Piepston, dann rufen wir Sie gerne zurück.....*Piep*....«

»Äh, hier spricht Hanna Worobjowa ich hätte gerne einen Termin bei Dr. Beck, bitte rufen Sie mich zurück. Danke! Ähm ... auf wieder hören«, stammelte Hanna in ihr Telefon.

Kaum hatte sie aufgelegt, läutete ihr Handy, am Display stand MUTTER. ›Um Himmels Willen!‹ dachte Hanna, ›das hat mir gerade noch gefehlt!‹. Dennoch ging sie widerwillig ran.

»Hallo Mutter«, sagte sie und sofort wurde sie von einem Wortschwall ihrer Mutter überflutet.

»Grüß Dich Johanna, wie geht es Dir, anscheinend gut, sonst hättest Du Dich sicher gerührt, aber es ist ja offensichtlich zu viel verlangt, ab und zu einmal mit seiner eigenen Mutter zu telefonieren. Glaubst Du denn ich und Dein Vater machen uns keine Sorgen um Dich! Jetzt wo Juri nicht mehr Deine ganze Zeit beansprucht, könntest Du Dich schon öfter bei uns melden. Oder vielleicht einmal Fragen, wie es uns denn so geht....«

Hanna unterbrach ihre Mutter kleinlaut: »Wie geht es Euch denn?«

»Tu nicht so, als ob Dich das interessieren würde, Dein Vater leidet ziemlich unter Juris Tod, er spricht zwar nicht darüber, aber ich kann das sehen. Wie geht es Deinem Kopf kann man die Narbe noch sehen, hast Du die Verkehrslinien verklagt oder stört es Dich nicht, dass Du Dich den Rest Deines Lebens verunstaltet in der Öffentlichkeit zeigen musst? Arbeitest Du eigentlich schon wieder?«

»Nein, Mutter ich bin noch krank gemeldet und die Verkehrslinien habe ich auch nicht verklagt, das würde doch nichts ändern, passiert ist passiert.«

»Die sollen Dir eine plastische Korrektur bezahlen, so kannst Du doch nicht herum laufen, nur gut, dass Du noch nicht arbeitest.«

»Man sieht die Narbe doch kaum seit ich Stirnfransen habe.«

»Wie Du meinst, Du hörst doch sowie so nicht auf mich. Das hast Du nie getan, wie konnte ich nur denken, dass sich das ändern könnte!«

»Ja, Mutter ich weiß, entschuldige.«

»Ich mache mir doch nur Sorgen um Dich, Johanna Kind, Du weißt das einfach nicht zu schätzen. Ich weiß echt nicht, was ich bei Dir falsch gemacht habe?«

»Doch Mutter ich weiß das zu schätzen, aber Du musst Dir keine Sorgen um mich machen, ich schaffe das schon«, versuchte Hanna ihre Mutter zu besänftigen.

»Ja ja, Du bist ja sooo erwachsen, Du brauchst von niemanden Hilfe, Vater läßt Dich grüßen und ruf öfter an. Tschüß!«

»Mach ich, lass Papa auch lieb grüßen von mir. Tschüß!«

So in etwa liefen die Gespräche zwischen Hanna und ihrer Mutter immer ab und ganz gleich was auch passieren würde, das würde sich niemals ändern. Nie durfte Hanna zu ihrer Mutter, Mama sagen, denn das hört sich so billig an und immer wurde sie von ihrer Mutter Johanna genannt, denn auf diesen Namen wurde sie schließlich und endlich getauft, hätte ihre Mutter sie Hanna nennen wollen, stünde dieser Name auch in Hannas Geburtsurkunde. Zum Glück hatte Hanna einen sehr liebevollen Vater, der sie meist 'meine kleine Hanni' nannte, er war Hannas Ruhepol in ihrer Kindheit. Leider war er kein gesprächiger Mann, was Niemanden wunderte, bei so einem Drachen an seiner Seite.

Hanna drehte ihr Handy auf lautlos, legte sich auf ihr Sofa, sie hatte definitiv genug von Tagen wie diesen und wollte nur noch entspannen.

Bevor ihre Augen vor Erschöpfung zufielen, hörte sie noch ganz leise Juris Stimme flüstern: »*Schlaf gut und träum' was Schönes meine liebe, gequälte Butterblume!*«

2. Kapitel

Graue Eichhörnchen

Obwohl es schon fast zwei Monate her war, als sie diesen Weg zum ersten und bisweilen einzigen Mal ging, kannte Hanna jede Abzweigung, jedes Gebäude, jeden kleinen Platz, den sie queren und sogar jede einzelne Toilettenanlage, an der sie vorbei gehen musste. Sogar die unterschiedlichen Gerüche blieben ihr im Gedächtnis. So einfach schien es diesen Weg zu gehen und dennoch war dieser Gang noch genauso schmerzhaft, wie beim ersten Mal.

Wann wird es besser werden? Wann wird dieses erdrückende Gefühl in ihrem Brustkorb leichter werden? Am Liebsten hätte sie lauthals losgeweint, doch es schien als wären ihre Tränensäcke leer, zuviel hatte sie in den letzten Wochen geweint. ›So ein Unsinn!‹, dachte sie - ›..diese in vier Phasen strukturierte Theorie der Trauerbewältigung ist wirklich nur Theorie, wie kann man solche Gefühle schubladieren und wie eine Liste zu erledigender Arbeiten nach und nach abhaken und im Optimalfall auch noch in der richtigen Reihenfolge? Das ist einfach nur Schwachsinn!‹ Hanna hatte in den letzten zwei Monaten so viele unterschiedliche Gefühlsphasen bunt gemischt, da waren Verzweiflung eng gefolgt von Wut durchsetzt mit einer gehörigen Portion Selbstmitleid und der Hoffnung, dass dies alles nur ein böser Traum wäre, aus dem sie bald aufwachen würde. Aber ganz sicher war da weder Akzeptanz, loslassen können noch ein optimistischer Blick in die Zukunft.

Ihr Psychotherapeut gab Hanna den Rat an Juris Grab zu gehen, um sich von ihm bewusst zu verabschieden, doch tief in ihrem Herzen wollte sie das nicht und war sicher, dass sie das auch nicht könne. Fast 19 Jahre waren sie ein Paar mit allen Höhen und Tiefen und auch, wenn es mal Streit gab, wie in allen Beziehungen üblich, war er ihre große und einzige Liebe. Nie wieder würde sie Jemanden so lieben können und nie wieder würde sie sich von einem Menschen so sehr geliebt fühlen können, wie von ihm.

Der Friedhof war riesig, von der U-Bahn bis zu seinem Grab ging man sicher eine gute halbe Stunde. Hanna war jedoch schon eine Stunde unterwegs, immer wieder blieb sie stehen, immer wieder überlegte sie umzukehren. Tausende unterschiedliche, wirre Gedanken kreisten und rasten in Blitzgeschwindigkeit durch ihr Gehirn: ›Was soll ich ihm sagen? Wie soll ich mich verabschieden? Was werde ich heute zu Abend essen? Was würde Juri tun? Oh, süß ein Eichhörnchen, sogar ein rotes, von denen gibt es nicht mehr viele, die grauen haben sie vertrieben, die sind größer und töten sogar die roten. Ob es wohl einen Himmel für Eichhörnchen gibt, kommen dort auch die grauen hin, obwohl sie die roten gekillt haben? Blödsinn, es gibt sicher keinen Himmel, auch nicht für herzige Nager.

Juri wo bist Du jetzt? Gibt es überhaupt ein Jenseits, lebt Deine Seele weiter? Verdammt noch mal werde ich Dich irgendwann, wieder sehen?...‹

Ihre Beine wurden immer schwerer, ihre Schritte kürzer und das erdrückende Gefühl in ihrer Brust stärker, je näher sie zu seinem Grab kam. Irgendwann stand sie davor, starr wie eine Säule und starrte auf den Grabstein, ihr Kopf war leer, kein Gedanke kreiste mehr.

Es war ein schönes, schlichtes Grab. Hanna wusste nicht ob es Juri gefallen hätte, über solche Dinge hatten sie nie gesprochen. Das gemeinsame Leben schien unendlich, nie hatten sie über den Tod oder eine Trennung spekuliert, alles war gut.

Der Grabstein war ein unbehandelter kleiner Granitblock mit einem kleinen, angeschliffenen Fenster auf dem eingraviert zu lesen war:

R.I.P.
Juri Worobjow
19.08.1972 - 14.02.2015

Juri war nicht besonders gläubig, das passte auch nicht zu seiner Lebenseinstellung, er war für Alles offen und genoss in vollen Zügen die schönen Dinge des Lebens. Probleme waren stets nur da, um sie schnell möglichst zu lösen, um wieder lachen zu können. Und dennoch war er nicht oberflächlich, doch hatte er es aufgegeben sich von Dingen und Situationen, die er nicht ändern konnte, zermürben zu lassen. Diese naturgegebene Gelassenheit fehlte Hanna, sie neigte eher dazu alles zu analysieren und verstehen zu wollen. Doch wie kann man den Tod eines geliebten Menschen verstehen?

Das Erdgrab selbst, war mit einem immergrünen Bodendecker bepflanzt und Hanna hatte dafür gesorgt, dass der Friedhofsgärtner regelmäßig nach dem Rechten schaute.

Nach einiger Zeit löste sich Hannas Starre und eine Träne kullerte über Ihre Wange, eine Einzige, die hatte sie sich wohl aufgespart für diesen Moment. Der salzige Tropfen kitzelte ihre Haut und dennoch wischte sie ihn nicht weg, sondern lies ihn langsam über ihre Wange laufen und auf ihre Jacke tropfen.

Sie schaute sich um, weit und breit war niemand, der sie hätte hören können, dann begann sie zögerlich und leise zu sprechen.

»Hallo Juri, kannst Du mich hören? Wenn ja.« - sie stockte, atmete tief ein und wieder aus, ihr Herz pochte - »Wenn ja - ich liebe Dich!«

Nach diesen drei Worten überkam sie Wut gemischt mit einer fast hysterischen Verzweiflung und sie wurde lauter und vehementer in ihrem Tonfall: »Ja, Juri ich liebe Dich, ich habe Dich immer geliebt, wie konntest Du mir das antun. Warum?«

Sie beruhigte sich wieder, starrte auf das Immergrün und sprach weiter: »Ich weiß, Du konntest es nicht verhindern und ich weiß auch, dass Du sicher nicht sterben wolltest, es war Schicksal oder der Wille eines Gottes, den ich nicht kenne und ganz gleich, ob es einen Plan gibt, der den Lauf des Lebens regelt, ich will und ich kann es nicht verstehen und schon gar nicht akzeptieren und so tun, als wäre nichts gewesen. Ich habe sogar überlegt mir das Leben zu nehmen, um bei Dir sein zu können, sollte es ein Leben nach dem Tod geben. Doch diese Wahrscheinlichkeit scheint mir äußerst gering, ich denke es gibt keine Alternative zum Leben, danach ist alles aus. Vielleicht ist es besser, wenn alles vorbei ist, vielleicht ist dann auch der Schmerz weg. Ich vermisse Dich so unsagbar.«

Plötzlich wurde ihre Tränenproduktion wieder massiv

angeregt, und sie begann zu schluchzen.

»Deshalb gehe ich zur Therapie, zu Mag. Rossmann, er meinte, er kann mir meine Trauer und meinen Schmerz nicht nehmen, aber er kann mir helfen, damit es leichter wird damit zu leben. Er hat mich hierher geschickt, um mich von Dir zu verabschieden - bewusst verabschieden, Dir alles sagen, was ich Dir immer schon sagen wollte, doch da gibt es nichts, ich habe keine Geheimnisse vor Dir, ich habe Dir immer alles erzählt. Ich glaube nicht, dass er mir wirklich helfen kann. Fakt ist Du bist nicht mehr da, Du hast mich verlassen und ich ertrage es kaum und verstehen kann ich es schon gar nicht!«

Hanna wischte sich mit dem Ärmel ihrer Jacke die Tränen aus ihrem Gesicht und sprach weiter: »Ich weiß so Dinge passieren, Menschen sind alt, krank und sterben, Menschen haben Unfälle und sterben, - sterben jung und unerwartet. - Doch ganz ehrlich, warum gerade am Valentinstag. Ich hatte gekocht, alles schön dekoriert und auf Dich gewartet. Als es dann an der Tür geläutet hatte, dachte ich Du hättest Deinen Schlüssel vergessen. Doch es war die Polizei, die vor der Tür stand und sagte, dass Du einen Unfall hattest, schwer verletzt wärst, eine Notoperation hättest und die Chance, dass Du überleben würdest, sehr gering wäre.«

Wieder stockten ihre Worte, dann hob sie ihren Kopf und richtete ihren Blick weg vom Immergrün - hin zum Grabstein. Fast wütend kniff sie ihre Augen zusammen und auf ihrer Stirn zwischen den Brauen bildete sich eine tiefe Falte, dann sagte sie ruhig und dennoch sehr bestimmt: »Juri, ich habe die Nacht des Valentinstages im Krankenhaus verbracht und musste zusehen, wie der Mann, den ich mehr als alles andere auf der Welt liebe, am Tag der Liebe, einfach starb. An jeden anderen Tag hätte es wahrscheinlich nicht viel weniger weh getan, doch an keinem anderen Tag hätte es mehr schmerzen können, als am Valentinstag!«

Plötzlich hörte Hanna wieder Juris Stimme, dieses Mal so laut und klar, als würde er hinter ihr stehen:

»Wohl kaum, es gibt keinen guten Tag, keinen guten Zeitpunkt, um in ein Baugerüst zu krachen und sein Leben und alles was man daran liebt zu verlieren!«

Hanna drehte sich blitzschnell um und schaute erschrocken um sich: »Was? Wer ist da? Juri?«

Doch da war niemand nur ein kalter Schauer, der ihr über den Rücken lief und eine Stimme, die ihr vertraut war und ihr Herz zum Rasen brachte.

Wieder hörte sie ihn unverkennbar, laut und deutlich:

»Hanna? - Hanna kannst Du mich hören?!«

Völlig verunsichert antwortete sie: »Ja? - Ich höre Dich - warum auch immer?«

Dann schüttelte sie ihren Kopf, als wollte sie sich selbst wach rütteln. Sie dachte, das kann nicht sein, irgendjemand erlaubt sich einen kranken Scherz mit ihr.

»Nein, Hanna das ist kein Scherz ich kann Deine Gedanken lesen und Du die Meinen! Wie cool ist das denn?«

Da war sie wieder die Stimme in ihrem Kopf.

»Du kannst was? Meine Gedanken lesen und ich Deine? Das kann nicht sein, was immer auch gerade passiert, das ist nicht Juri, den ich da höre, das ist ein Tumor oder ein posttraumatisches Stresssyndrom, oder vielleicht werde ich auch nur langsam, aber sicher irre oder Kraviplex erzeugt diese Nebenwirkungen von denen Rossmann gesprochen hatte.«

Juris Stimme wurde lauter und flehender: »*Hanna, bitte, bitte glaube mir, ich bin es, ich kann mit Dir kommunizieren, ich bin so froh, dass Du mich hören kannst!*«

»Nein«, dachte Hanna, »..das ist nicht real, das spinne ich mir zusammen, die Situation wächst mir über den Kopf, ich wünschte es wäre wahr, doch ich habe Juri sterben gesehen, ich war auf seiner Beerdigung, ich sah seinen Leichnam im offenen Sarg und ich sah, wie er in diesem Grab, im Erdloch versenkt wurde. Oder gibt es wirklich Geister? Da gäbe es sicher Beweise dafür, klar gibt es Menschen, wie Eveline, die an Geister glauben, aber ich gehöre nicht zu denen. Unsere Wissenschaft kann so Vieles plausibel erklären, den Urknall, die Evolution, teilweise die Entstehung des Universums, aber keine wissenschaftliche Theorie endet damit, wenn man tot ist lebt der Geist des Verstorbenen weiter und spricht mit den Hinterbliebenen über Telepathie. Ich bilde mir Juri nur ein, das ist einfach nur eine chemische Fehlfunktion in meinem Gehirn, oder was auch immer, auf jeden Fall ist das alles nicht real.«

Und prompt bekam sie eine schnippische Antwort:

»*Hanna, Du hast eben sicher 10 Minuten mit einem Granit-Brocken gesprochen, ist das normal? Hast Du Dir eine Antwort von einem Stein oder vom Immergrün erwartet? Ich spreche mit Dir, warum kannst Du Dich nicht darüber freuen, so wie ich es tue?*«

Wieder schüttelte Hanna ihren Kopf, in der leisen Hoffnung, die Stimme ihres geliebten Juris würde rauspurzeln.

»Fuck, Juri Du bist nur mein persönliches Hirngespinnst. Mag sein, dass ich an einem Grab mit Dir gesprochen habe, so als ob Du mich hören könntest, aber das war nur ein Therapieansatz von Mag. Rossmann, um mich zu heilen.«

Nach einer kurzen Gedankenpause überlegte sie weiter: »...obwohl ganz ehrlich Trauer nicht heilbar ist und auch keine Krankheit, sondern einfach nur ein Prozess. - Was rede ich überhaupt mit Dir. Ich muss diese Stimme wieder loswerden, mein Leben ist im Moment schon schwierig genug. Mir ist schwindelig und übel, ich muss mich irgendwo hinsetzten.«

»*Wenn Du ca. 40 Meter Richtung U-Bahn gehst ist links von Dir eine Bank, dort kannst Du Dich setzen, Hanna.*«

»Ich weiß, ich habe sie gesehen, ich bin daran vorbei gegangen, Du nervst, verschwinde einfach aus meinem Gehirn!«

»*Ich will Dir doch nur helfen.*«

»Du hilfst mir nicht, Du treibst mich in den Wahnsinn. Ich muss hier weg, weg von Deinem Grab!«

Hanna rannte die 40 Meter des Weges zurück bis zur Parkbank, denn sie dachte, wenn sie laufen würde, hätte der Schwindel weniger Chance sie umzuwerfen. Am Ziel angekommen, ließ sie sich auf die Bank fallen und schnaufte, es war schon längere Zeit her, dass sie wirklich gelaufen war. Ihr Leben hatte sich eher verlangsamt seit Juris Tod, es fehlte einfach die Motivation sich schneller fortzubewegen, Hanna sah keinen Sinn darin zu laufen, wohin denn auch? Alle Ziele, die sie hatte, waren mit Juri gestorben. Und nun ist sie nach zwei Monaten zum ersten Mal wieder gelaufen, eigentlich weg gelaufen von Juris Grab und vor seiner Stimme in ihrem Kopf.

Ihre Atmung verlangsamte sich wieder und ihr Herz schlug gleichmäßig und fest. Hanna atmete tief ein und aus, um sich zu beruhigen und das Gefühl der Übelkeit und des Schwindels los zu werden. Sie konzentrierte sich nur auf ihren Körper, versuchte abzuschalten und an nichts zu denken, sich einfach auszublenden.

»*Geht es Dir schon besser?*« hörte sie wieder Juris Stimme.

»Geh' weg, ich rede nicht mit Dir, Du bist nicht echt!«

»*Auch gut, dann kann ich in aller Ruhe mit Dir sprechen, ohne dass Du mich unterbrichst.*«

»Nein, das wirst Du nicht, ich werde Dir einfach nicht zuhören.«

»*Wolltest Du nicht schweigen?*«

»Das darf doch nicht wahr sein, willst Du mich jetzt provozieren, hallo es gibt Dich nicht!!! Du kannst mich nicht wütend machen!«

»*Doch! Offensichtlich kann ich das, findest Du es nicht seltsam, dass Dein Hirngespinnst Dich herausfordert? Das ein Produkt Deiner Fantasie Dich rasend macht? Wie erklärst Du mir das? Hanna ich bin echt, glaube mir doch.*«

»Na gut - Juri oder komische Stimme in meinem Kopf - ich werde Dir oder mir selbst das alles erklären: Ich bin zutiefst traurig, dass mein Mann nicht mehr bei mir ist, bin traumatisiert, weil mein Mann plötzlich und unerwartet gestorben ist, nebenbei erwähnt, am Valentinstag! - Um das zu verarbeiten spielt mir mein Gehirn vor, dass ich mit Juri reden könne dass er immer noch existent sei. Weil ich aber weiß, dass mein Gehirn genial ist und sich nicht so leicht überlisten lässt, zieht es alle Register und versucht mich selbst auszutricksen. - Und außerdem...«

»*Stopp - Hanna! Ich muss Dich unterbrechen, ganz ehrlich findest Du Deine Theorie nicht einwenig an den Haaren herbeigezogen, musst Du wirklich alles zerpflücken und analysieren? Nicht die Stimme in Deinem Kopf ist krank sondern Deine Theorie.*«

»Nein, meine Theorie ist bewiesen, sie nennt sich posttraumatisches Stresssyndrom, und ich werde das meinem Gehirn beweisen. Ich mach mir einen Termin bei Dr. Beck aus, der wird mir andereTabletten geben und ich werde Dich schnellstens wieder los!«

»*O.k., wenn Du das willst, geh zum Psychiater, lass Dir bestätigen, dass Du psychisch krank bist, lass Dir Medizin verschreiben, nimm sie regelmäßig, Tag für Tag, für Tag wahrscheinlich bis an Dein Lebensende und ich werde dennoch da sein und mit Dir sprechen. Tag für Tag, für Tag bis zu Deinem Lebensende oder bis zu dem Zeitpunkt an dem Du akzeptieren kannst, dass ich wirklich existiere und mit Dir kommuniziere.*«

»Ernsthaft? Du drohst mir, die Stimme in meinem Kopf droht mir?! Was hast Du davon mich in den Wahnsinn zu treiben, warum tust Du das?«
Hanna begann zu weinen: »Ich soll mich mit Deinem Tod abfinden und ich versuche es seit dem 14. Februar, und jetzt soll ich mich von Deiner nicht realen Stimme davon überzeugen lassen, dass Du nicht für immer ganz und gar weg bist? - Wie soll das gehen, ich weiß doch, dass Du tot bist, mausetot, verstehst Du das denn nicht?«

»*Nicht weinen Hanna, bitte! Ich will Dich nicht in den Wahnsinn treiben, aber was soll ich denn tun, ich*

verstehe es doch auch nicht, ich weiß, dass ich tot bin, ich war bei meiner Beerdigung, ich habe gesehen, wie sie meinen Körper begraben haben, ich habe es durch Deine Augen gesehen und durch die Augen der Anderen, die dort waren. Ich habe auch Deinen Schmerz gefühlt, Deine Gedanken gelesen, und ich kann es mir nicht erklären. Doch Du bist der einzige Mensch, der auch meine Gedanken zumindest teilweise lesen oder hören kann. Ich bin nur so unendlich froh, dass ich mit Dir kommunizieren kann, mit keinem anderen Menschen würde ich lieber sprechen, als mit Dir.«
Hanna riss erschrocken ihre Augen weit auf und wenn ihre Gedanken schreien hätten können, hätten Juris nicht vorhandenen Ohren geschmerzt.

»Du hast was? Du hast durch meine Augen gesehen und durch meine Ohren gehört? Das kann nicht sein! Das macht mir Angst! Ich kann das nicht glauben! Lass mich doch einfach nur in Ruhe«

»Hanna, das kann ich nicht, hörst Du mir eigentlich zu oder hörst Du nur, was Du hören willst? Das was hier passiert, ist das Beste was mir seit meinem Tod widerfahren ist. Ich bin glücklich bei Dir sein zu können, doch alles was Du wahrnimmst ist, dass ich seit Wochen durch Dich sehen und wahrnehmen kann und fühlst Dich bedroht. Höre mir zu Hanna, ich brauche Dich und wenn Du mich jemals geliebt hast, hilf mir zu verstehen!«
Nach diesen Worten in Hannas Kopf, konnte sie keinen klaren Gedanken mehr fassen, sie wusste einfach nicht mehr, was sie denken sollte. Seit langem hatte sie keine Antwort, keine Theorie, nur die Erinnerung an ein Gespräch, dass sie vor Jahren mit Juri führte. Er sagte damals zu ihr, sie solle nicht so viel denken,

sondern einfach nur die guten und die schönen Dinge im Leben annehmen und genießen, schlimme Dinge bedürfen einer Erklärung, um besser damit umgehen zu können, schöne Dinge sind da, um sich daran zu erfreuen und Kraft zu schöpfen.

Hanna atmete wieder tief ein und aus, versuchte diese Erinnerung in ihr wirken zu lassen, seufzte und dachte: »O.k., was solls. Was habe ich schon zu verlieren? Vielleicht sollte ich wirklich nicht immer versuchen alles zu verstehen.«

Dann machte sie eine kleine Gedankenpause und es kam, wie konnte es anders sein ein: »Aber, - so leicht lasse ich Dich nicht gewinnen, beweise es mir, beweise mir, dass Du es bist und nicht nur eine sehr real wirkende Fantasie.«

»*Ach Hanna*«, Juris Stimme klang dezent enttäuscht und ratlos, »*wie soll ich Dir das beweisen, ich würde Dich so gerne in den Arm nehmen, Dich küssen, Dir meine Liebe zeigen, doch ich habe keine Hände, keinen Körper, keine Beine, noch nicht einmal einen Hintern, ich habe nur meine Gedanken und die sind bei Dir. Wie soll ich Dir beweisen, dass ich echt bin? Soll ich Dir sagen, was Du heute gefrühstückt hast oder welches Fernsehprogramm Du Dir gestern angeschaut hast, was Du Deiner Freundin oder Deinem Psychotherapeuten erzählt hast?*«

»Was? Du warst dabei als ich mit Mag. Rossmann gesprochen habe?« fragte Hanna erschrocken und aufgewühlt.

»*Ja, Hanna ich war dabei, aber das ist nicht das Problem, das Problem ist, Du warst auch dabei, also sind all diese Dinge kein Beweis dafür, dass ich echt bin!*«

»Ja ja Juri, dass mag schon so sein, aber noch einmal, Du warst dabei, als ich mit Rossmann und mit Eveline über Dich gesprochen habe? Was hast Du gehört?«

»Nur Bruchstücke, aber das spielt doch jetzt überhaupt keine Rolle.«

Hanna war echt sauer: »Für Dich spielt das vielleicht keine Rolle, aber hast Du schon mal etwas von Privatsphäre gehört?«

»Hörst Du Dir eigentlich zu? Vor wenigen Minuten wolltest Du noch, dass ich Dir beweise, dass ich wirklich existiere und jetzt regst Du Dich auf, dass ich Deine Privatsphäre nicht achte?«

»Ach, du heilige Schei....«

»Nicht fluchen Hanna, vielleicht gibt es ja einen Gott, der könnte Dir das übel nehmen.«

»..ße, ich glaube die Frage, ob es einen Gott gibt oder nicht, ist im Moment mein geringstes Problem. Ich bin im falschen Film, das ist ein Alptraum, wie soll ich das alles verkraften? Du versuchst mich vom Unmöglichen zu überzeugen und kannst es nicht beweisen. Was bist Du eigentlich? Eine Seele, ein Geist? Was? Was bist Du, erkläre es mir?«

»Hanna, das kann ich nicht, weil ich es nicht weiß, ich kann nur spekulieren.«

»Na dann, spekuliere mal, was glaubst Du zu sein?«

»Ich weiß wer ich bin, ich bin Juri Worobjow Dein Spatz, ich hab Dir doch erzählt, das Worobjow vom russischen übersetzt Spatz heißt und ich..«

»Ja, ich erinnere mich Du bist der Vogel den ich hab«, dabei grinste sie nicht nur innerlich.

»Ja toll, mach Dich nur lustig über mich! Es freut mich ja, dass Du Dich amüsierst, aber das ist nicht

so einfach für mich und es macht mich schon traurig,
dass Du mich nicht ernst nimmst.«

Hanna grinste immer noch dezent.

»Sorry, ich konnte nicht anders, natürlich weiß ich noch, das Du mein Spatz bist. Aber kommt Dir dieses Gespräch nicht auch irgendwie seltsam vor?«

»Ja natürlich, liegt wahrscheinlich daran, dass es seltsam ist. Deine ironischen Kommentare machen es aber nicht unbedingt leichter für mich eine Erklärung zu finden.«

»O.k. Juri, sprich weiter, ich werde Dich nicht mehr unterbrechen, wer oder was glaubst Du zu sein?«

»Juri! Ich bin Juri, Dein Mann! Ich weiß nicht welche Form ich habe, aber ich glaube nicht, dass ich ein Geist bin, für das alles muss es eine natürliche, wissenschaftliche Erklärung geben. Alles was ich Dir sagen kann ist: Ich denke, also bin ich. Bitte lach nicht, doch es gibt keine bessere Erklärung, als die von Descartes. Wäre ich ein Geist, rein theoretisch, müsste ich doch auch einen sogenannten Astralkörper haben und bei den vielen Menschen die täglich sterben, müsste ich doch auch andere Geister sehen können, das kann ich aber nicht. Ich sehe nur Dinge durch lebende Menschen, irgendwie so, als ob ich mich in ihre Gehirne einklinken könnte, aber ich kann ihre Gedanken und Gefühle nicht beeinflussen nur sehen, hören, lesen und fühlen.«

»Ach ja, natürlich Du kannst sie nur ausspionieren.«

»Hanna bitte lass diese Scherze, das ist nicht lustig.«

Hanna wurde wieder wütend und zynisch zugleich:

»Ja Juri, ich gebe Dir Recht, das ist nicht lustig und es erklärt gar nichts, gerade im Gegenteil, Deine Worte bestätigen lediglich, dass Du ein Gehirngespinnst von mir bist, eine Nebenwirkung von Kraviplex! Sei doch froh, dass ich darüber lache, andere würden sich verzweifelt von einer Brücke stürzen.«

Juris Stimme klang ganz sanft und ein wenig traurig:

»Nein Hanna, das würdest Du nicht, weil Du tief in Deinem Herzen froh darüber bist, mit mir reden zu können.«

»O.k., dann suchen wir einen neuen Ansatz. Du sagst, Du kannst die Gedanken anderer lesen, was dachte Rossmann, als ich von Dir sprach?«

»Davon weiß ich aber nicht viel, ich weiß, was Du gedacht hast, aber ich bin doch nicht ständig zwischen Deinen und seinen Gedanken hin und her geswitcht. Und das was ich gelesen habe, willst Du nicht wissen. Außerdem ist es nicht beweiskräftig, ich könnte Dir doch alles Mögliche erzählen, wie willst Du wissen, dass ich die Wahrheit sage?«

»Ich frage ihn einfach. Ich gehe zu ihm und sage, dass ich bei unserem letzten Gespräch das Gefühl hatte, dass er sich folgendes Bild über mich und meine Probleme gemacht habe und dann werde ich ihm erzählen, was Du in seinen Gedanken gelesen hast. Hm, so mache ich das!«

»Oh nein, meine naive Butterblume, so machst Du das nicht, weil Du ihn sicher nicht auf das, was er dachte, ansprechen wirst.«

Hanna wurde richtig zornig.

»Nenne mich nicht Butterblume, Du weißt, wie ich das hasse. So schlimm können Mag. Rossmanns Gedanken nicht gewesen sein. Sag endlich was Du weißt oder lass mich in Ruhe!«

»Na na, so zornig, meine süße Butterblume. Du weißt doch, was sich liebt, das neckt sich.«

Während Hanna wutentbrannt schnaubte, fuhr Juri fort.

»*Was willst Du wissen?*«

»Was hat Rossmann gedacht, als er mir das Taschentuch reichte?«

»*Oh ja, das konnte ich lesen, das war witzig. Er dachte, warum müssen Frauen immer heulen, und wenn sie schon wissen, dass sie heulen werden, warum schmieren sie sich vorher zu Hause noch tonnenweise Kleister ins Gesicht und Wimperntusche auf die Augen, das ist kein schöner Anblick, wenn sich das Schminkzeug über ihr Gesicht verteilt.*«

»Nein, das kann nicht sein, das hat er nicht gedacht, Du lügst wie gedruckt. Rossmann ist seltsam, aber freundlich, er würde so etwas niemals auch nur denken. Außerdem hat er mich doch so mitfühlend angesehen.«

»*Das kann schon sein, aber sein Mitgefühl galt eher der Verunstaltung Deines Gesichtes oder es war Selbstmitleid, weil er Deinen Anblick ertragen musste.*«

»Das ist gemein, Du bist so ein Ekel, warum rede ich eigentlich mit Dir?«

»*Hanna, Du glaubst doch nicht wirklich, dass die Menschen ständig hochkomplexe Gedankengänge haben, die hast Du auch nicht. Auch ein Psychotherapeut denkt völlig banal, ohne vorher zu überlegen, würde er mit jeden seiner Patienten mitfühlen, würde er früher oder später daran zerbrechen. Wozu glaubst Du, haben die Meisten ein Diktiergerät, um alles aufnehmen zu können, um dann, wenn sie Zeit haben ihren Senf dazu zu geben. Alle Ratschläge, die er Dir gegeben hat sind Standardphrasen, die er allen seinen*

Patienten gibt.«

»Ich glaube Dir kein Wort, wahrscheinlich erzählst Du mir, wenn ich Dich fragen würde, was der Priester bei Deiner Beerdigung dachte, dass er Blähungen hatte und deshalb sein Gesicht so verkniffen und gequält wirkte!«

Hanna hörte Juri lachen, laut und herzlich, erst war sie sauer, doch dann musste auch sie lachen, gemeinsam mit ihm, wie lange war es her, dass sie von Herzen lachen konnte.

»Vielleicht ist es doch nicht so schlecht Dich zu hören, Juri.«

»Sag ich doch! Stell mir noch eine Frage?«

»Juri, ich will nicht mehr darüber diskutieren, ich bin müde, mir ist kalt, es ist spät und ich will nur noch nach Hause.«

»Das ist jetzt aber kein Trick, um mich los zu werden, du hilfst mir die Wahrheit heraus zu finden, was da los ist, wie das sein kann?«

»Morgen Juri, morgen reden wir weiter, lass mir ein wenig Privatsphäre mein Kopf explodiert gleich.«

»Hanna, ich habe Angst vor dem was da noch kommt.« Juris Stimme war traurig und Hanna hätte ihn am Liebsten in den Arm genommen und gesagt: »Alles wird gut mein Spatz«, doch Juri wusste und spürte dies sicher und so lächelte sie und dachte: »He, mir fällt gerade eine ganz wichtige Frage ein, aber ich glaube nicht, dass Du darauf eine Antwort hast!«

»Das kannst Du erst wissen, wenn Du mich gefragt hast.« Hanna hatte wieder ein Lächeln auf den Lippen. »Na gut, dann sag mir doch, gibt es einen Himmel für graue Eichhörnchen?«

»Das kann ich Dir wirklich nicht sagen, weil ich es

nicht weiß. Aber was ich sicher weiß ist, dass ich Dich liebe!«

3. Kapitel

Butterblumen

Hanna und Juri plauderten noch eine Zeit lang, über ‚gute alte Zeiten‘, aber vermieden es über Juris Existenz zu spekulieren, zu anstrengend und zu nervenaufreibend war dieses Thema. Hanna war froh, dass Juris Stimme sie nicht mehr so bedrängte und er ihr Raum für ihre ganz eigenen Gedanken ließ. Natürlich wusste sie, dass Juri jeden ihrer auch noch so banalen Gedanken lesen konnte, aber sie war dankbar, dass er nicht länger jeden ihrer geistigen Ergüsse kommentierte. Draußen war es schon hell, als Hanna wach wurde. Sie rekelte und streckte sich in ihrem Bett, bevor sie die Augen öffnete. Schon lange hatte sie nicht mehr so gut geschlafen, wie letzte Nacht. Das Erste, was ihr einfiel war: »Juri, bist Du da?« doch die Stimme in ihrem Kopf antwortete nicht. Verunsichert und etwas enttäuscht stieg sie aus ihrem Bett, war das alles nur ein Traum? Egal, darüber konnte sie auch später noch sinnieren, was sie jetzt brauchte, war eine heiße Dusche und ein starker Kaffee.
Sie wankte auf die Toilette und anschließend ins Bad, dort zog sie ihr Nachthemd, was eigentlich nur ein altes, viel zu großes T-Shirt war, aus. Normaler Weise schlief sie nackt, doch letzte Nacht war sie durch Juris angeblicher Anwesenheit so verunsichert, dass sie sich den alten Fetzen eiligst überzog, bevor sie ins Bett kroch. ›Eigentlich, ist es ja nicht schlecht,

dass Juri nicht da ist, so kann ich entspannt duschen‹, dachte sie und genoss das heiße Wasser, welches auf sie niederprasselte.

Als sie fertig war, stieg sie aus der Dusche, stellte sich nackt vor den großen Spiegel in ihrem Badezimmer und betrachtete sich. ›Hm, habe mich wohl ein bisschen vernachlässigt in letzter Zeit‹, ganz nah schob sie ihr Gesicht an den Spiegel heran, ›oh mein Gott, ist das lang, ein dunkles Haar auf meinem Kinn, igitt!‹

»*Guten Morgen meine süße Butterblume!*« ertönte Juris Stimme in Hannas Kopf. Hanna erschrak dermaßen, dass sie gut einen dreiviertel Meter zurücksprang und ihr gesamter Körper zuckte, instinktiv riss sie ein Handtuch vom Haken und verhüllte ihre nackte Haut.

»Geht es noch Juri?!« dachte sie nicht nur sondern schrie sie so laut, dass sie wahrscheinlich die gesamte Nachbarschaft hören konnte. »Bist Du wahnsinnig, Du kannst mich doch nicht so erschrecken!« Hanna hyperventilierte fast, als sie zornig weiter schrie, »Und verdammt noch mal, nenn' mich nicht Butterblume!«

»*Oh entschuldige, ich wollte Dich nicht erschrecken, nur überraschen und was stört Dich an Butterblume?*«

»Glaube mir, keine Frau auf der ganzen Welt möchte Butterblume genannt werden, das ist ein dottergelbes, wucherndes Kraut mit auffällig runden Blütenblättern, welches geradezu danach schreit von Bienen bestäubt zu werden und gleichzeitig alle Lebewesen, die sie eventuell vernaschen wollen, verschreckt. Außerdem impliziert allein der Name schon, dass diese Blume fett ist!«

Juri lachte: »*Sei mir nicht böse Du hast einen Knall.*

Für mich ist eine Butterblume ein wunderschönes, lieblich wirkendes Gewächs mit perfekten Rundungen, stark und dennoch im richtigen Maß beschützenswert. Und ganz ehrlich, wer liebt Butter nicht. Du bist die Butter auf meinem Brot, ohne Butter schmeckt es einfach nicht.«

»Wer hat da einen Knall? Wenn Du glaubst, es sei ein Kompliment mich mit tierischem Fett zu vergleichen, welches nur den Cholesterinspiegel hoch treibt, irrst Du Dich gewaltig.«

»Apropos, Spiegel, Du brauchst Dich nicht vor mir verstecken oder verhüllen, ich kenne jede Stelle Deines Körpers in- und auswendig. Und Du bist schön wie eh und je, obwohl Du schon an Deinem Selbstbild arbeiten solltest?«

»Was?« Juri sah Hannas verwirrten Gesichtsausdruck im Spiegel.

»Es ist witzig, aber als ich in den Gedanken der Menschen, die ich vor meinem Tod schon kannte las, während sie sich im Spiegel betrachteten, habe ich gemerkt, dass jeder Mensch eine komplett eigene Wahrnehmung hat. Nämlich nicht nur bezüglich ihrer Meinung, die sie über sich und andere haben, sondern auch das reelle Bild, welches in ihr Gehirn projiziert wird, es wird komplett anders dargestellt und interpretiert, als das Bild, welches ich in Erinnerung hatte. Selbst die Farben unterscheiden sich in geringen Nuancen.«

»O.k.? Und inwiefern unterscheidet sich mein Selbstbild vom dem Bild, welches Du von mir hattest?«

»Hm, ich möchte nicht uncharmant sein...«

»Ach echt nicht? Tu Dir keinen Zwang an, langsam

gewöhne ich mich wieder an Deine nicht vorhandenen diplomatischen Fähigkeiten.«

»*Und ich mich an Deinen Zynismus.*«

»Komm schon spuke es aus, wie sehe ich mich, ist meine Haut grünstichig oder was?«

»*Blödsinn! Wobei jetzt wo Du es sagst, vielleicht... Ne, war nur ein Scherz. Du siehst Dich viel kritischer, Du machst Dir Gedanken und siehst Dinge an Dir, die mir nie aufgefallen sind und selbst jetzt, wo ich sie durch Dich sehen kann, stören sie mich so überhaupt nicht.*«

»Na toll, und da wunderst Du Dich, warum ich mir ein Handtuch überwerfe, wenn ich merke, dass Du da bist.«

»*Ach meine süße But..., mh eh, ach meine Süße, was ich Dir damit sagen will ist, Du liebst Dich nicht genug, deshalb kritisierst Du jede kleine Unregelmäßigkeit an Dir. Unregelmäßigkeiten, die ich nie sah, ich hätte so gerne, dass Du Dich einmal mit meinen Augen sehen könntest. In meinen Augen bist Du perfekt und nicht die geringste Kleinigkeit würde ich an Dir ändern wollen.*«

Hanna war gerührt und musste sich beherrschen, nicht zu weinen: »Ach mein Spatz, ich habe Dich so sehr vermisst und bin so froh Dich zu hören.«

Nach einer kurzen Gedankenpause fragte sie Juri:

»Wo, warst Du heute Morgen, als ich wach geworden bin? Hast Du da geschlafen?«

»*Nein, mein Gehirn braucht nicht ganz so lange Ruhephasen. Ich war im Krankenhaus und habe ein paar Gedanken von Schwestern und Ärzten gelesen, in der Hoffnung, dass sich vielleicht irgendjemand an mich oder meine Einlieferung erinnert, doch das ist anscheinend kein Thema mehr und auch schon zu lange her. Leider kann ich die Leute ja nicht fragen, nur mit Dir kann ich geistig kommunizieren. Bitte hilf mir bei der Recherche, ich muss unbedingt wissen, was mit mir los ist.«*

»Woran kannst Du Dich denn noch erinnern? Stört es Dich, wenn ich mich anziehe und mir einen Kaffee mache, während Du mir alles erzählst?«

»Nein, nein mach nur. Also, eigentlich weiß ich fast nichts mehr. Was ich weiß ist, was ich in Deinen Gedanken gelesen habe!«

»Ach eh, wie lange spukst Du eigentlich schon in meinem Gehirn herum?«

»Ähm, doch schon eine Zeit lang, wie lange weiß ich nicht, es hat, glaube ich, doch relativ lange gedauert bis ich diese Fähigkeit, Deine Gedanken lesen zu können, sinnvoll und verständlich für mich nutzen konnte.«

Da war Hannas Zynismus wieder: »Ach, wie beruhigend.«

»Glaube mir, ich war auch ganz schön verwirrt!«

»Egal, erzähl weiter. Du hast gestern gesagt, Du hättest Deine Beerdigung gesehen.«

»Da bin ich mir leider gar nicht mehr so sicher, ich glaube ich habe nur Deine und die Erinnerungen der anderen Trauergäste gesehen, als ich in Euren Gedanken gelesen habe, das war alles sehr bizarr für mich.«

»Kannst Du Dich an den Unfall erinnern?«

»Dunkel, es war ein Samstag, ich war wie immer Vormittags im Büro und verließ das Büro, ganz normal so gegen 13 Uhr 30, dann fuhr ich meine gewohnte Strecke. Irgendwann, hielt ich bei einer roten

Ampel auf der ersten Spur. Neben mir auf der zweiten Spur hielt so eine typische, aufgemotzte Angeberkarre und der Typ darin, ließ den Motor aufheulen, stieg ständig aufs Gas und ich dachte noch: ›Was für ein Idiot!‹, reagierte aber nicht, dann hupte er und als ich hinüber sah, grinste er mich blöd an und zeigte mir den Mittelfinger seiner rechten Hand. Du kennst mich Hanna, ich bin normal die Ruhe selbst ....«
Hanna unterbrach Juri.

»Ja, Juri ich kenne Dich, Dein russischer Stolz konnte das nicht ignorieren.«

»*Mag sein, auf jeden Fall, als die Ampel grün wurde, stieg ich aufs Gas und der Typ neben mir auch. Und als ich um die langgezogene Kurve beim Fitnesscenter schlitterte, sah ich schon die Baustellenschilder vor mir, ich bremste und blinkte nach links, um auf die zweite Spur zu wechseln, doch der Idiot neben mir bremste auch und ich konnte nur nach rechts Richtung Gehsteig ausweichen. Ich bremste und war mir sicher, dass ich noch rechtzeitig zum Stehen kommen würde, es ging sich aber nicht mehr aus, ich fuhr mit der Beifahrerseite gegen den Pfeiler eines Baugerüsts, es machte einen lauten Rumps und ich dachte noch, was für ein Glück, dass ich nicht in das auf der ersten Spur geparkte Baustellenfahrzeug gekracht bin und dann wurde es plötzlich dunkel.*«
Hanna, schüttelte den Kopf und stellte Ihren Kaffeebecher ab.

»Nein Juri, davon stand nichts im Bericht.«

»*Was stand nicht, in welchem Bericht?*«

»Da stand nichts von einem zweiten Unfallbeteiligten oder einem parkenden Baustellenfahrzeug im Polizeibericht.«

»*Doch so war es, ich schwöre es Dir! Was stand im Unfallbericht?*«

»Hm, lass mich überlegen, das ist schon eine Weile her, dass ich den gelesen habe. Aber da stand in etwa, Du warst zu schnell dran, hattest in der Kurve Dein Auto nicht mehr unter Kontrolle und rastest in das Baustellengerüst und es wäre Dir vermutlich nicht allzuviel passiert, wäre das Gerüst nicht zusammen gebrochen, auf Dein Auto gestürzt und mit ihm der Balkon vom 2. Stock, den die Baufirma eigentlich reparieren wollte. Da stand nichts von einem zweiten Auto und auch nichts von einem Baustellenfahrzeug, das auf der ersten Spur parkte.«

»*Das ist doch seltsam Hanna, findest Du nicht? Für mich wirkt es, als wäre dieser Unfall geplant und inszeniert gewesen. Glaubst Du es wollte mich jemand umbringen?*«

»Nein, warum und wer? Und außerdem konnte doch niemand voraus planen, dass Dir ein tonnenschwerer Balkon aufs Auto kracht. Du hättest den Unfall laut Polizei überlebt, wäre das nicht passiert.«

»*Trotzdem Hanna, das kann kein Zufall gewesen sein. Ich sterbe angeblich bei einem schweren, seltsamen Unfall, werde beerdigt und dennoch lebe ich irgendwie noch, oder denkst Du ich bin ein körperloser Geist?*«

»Da gibt es noch immer die Option, dass Du mein persönliches, und ich muss zugeben äußerst liebenswertes Hirngespinst bist, weil ich Deinen Tod nicht verkraften kann und Kraviplex nicht vertrage.«

»*Oh nein, das ist keine Option für mich, ich weiß, dass ich nicht Dein Hirngespinst bin!*«

»Hm, ich bin mir da nicht so sicher.«

»*Hanna, wenn ich Dir beweise, egal wie, dass ich kein, wie nennst Du es, posttraumatisches Stresssyndrom bin, sondern immer noch, egal in welcher Form, lebe - hilfst Du mir dann die Wahrheit herauszufinden?*«

»O.k., ja mache ich, aber ich finde es spannend wie Du mir das beweisen willst?«

»*Vertraue mir einfach, meine wunderschöne, über alles geliebte BUTTERBLUME.*«

»Das war ja klar, Du kannst es einfach nicht lassen. Erzähle mir lieber, woran Du Dich sonst noch erinnerst?«

»*O.k., ich höre auf Dir Butter, ach verzeihe Honig um den Mund zu schmieren.*«

»Nicht lustig, Juri!«

»*Fand ich schon. Aber gut, ich kann mich nur daran erinnern, dass ich irgendwann Deine Stimme hörte, ich hörte Dich weinen und ich hörte Deine Gedanken. Ich hörte, was Du mit den unterschiedlichsten Menschen gesprochen hast. Am Anfang immer nur Bruchteile, dann versuchte ich mich besser zu konzentrieren und es wurde immer intensiver. Irgendwann hörte ich auch die Gedanken anderer, vorallem, wenn ich mich auf sie konzentrierte.*«

Hanna unterbrach ihn. »Die Gedanken, welcher anderen?«

»*Hauptsächlich die derer mit denen Du Dich unterhalten hast und die von Menschen, die ich vor meinem Unfall kannte, zum Beispiel die Gedanken meiner Schwester oder die von meinem Chef. Wenn ich ganz intensiv an eine Person denke, kann ich ihre Gedanken hören. Inzwischen funktioniert das auch, wenn ich an einen bestimmten Ort denke, wie zum Beispiel an die Intensivstation des Krankenhauses, in dem ich war, dann kann ich die Gedanken der Menschen, die sich dort aufhalten auch hören oder lesen.«*

»Stopp! Juri, ich brauche eine Pause, das klingt alles so unfassbar, ich muss das erst einmal verarbeiten.«

»Ist das o.k. für Dich, wenn ich mich mal bei Dir ausklinke und in Ruhe überlege, wie es weiter gehen kann?«

Da war er wieder Hannas typischer Zynismus.

»Was immer Du willst.«

»Dann bis später.«

»Ja ja, wir hören uns, da bin ich mir sicher!«

Hanna stellte ihren leeren Kaffeebecher in die Spüle, lehnte sich gegen einen Küchenunterschrank und seufzte: »Wie kann das alles nur möglich sein?« sicherheitshalber fragte sie noch kurz: »Juri, bist Du noch da?« keine Antwort, war in diesem Fall eine gute Antwort.

So viel Juri auf einmal, nach einer langen Zeit des Alleinseins, musste man erstmal verkraften können. Hanna genoss die Ruhe, ging ins Bad und zupfte das ungeliebte Haar von ihrem Kinn, dann trug sie etwas Rouge und Wimperntusche auf, sie war sich sicher, dass sie an diesem Tag keinen Grund haben werde in Tränen auszubrechen, sodass Make-up ihr Gesicht verunstalten könnte. Danach machte sie, wie jeden Tag, ihr Bett, öffnete die Lade ihres Nachtkästchens, nahm ihr Armband heraus, legte es sich um und bevor sie die Lade wieder schloss, fiel ihr der kleine rosa Ladyfinger ins Auge, der darauf wartete mit Hanna zu spielen. Das wäre die Art der Entspannung gewesen, die sie dringend nötig hatte, doch wie peinlich wäre es gewesen, wenn Juri, wie am Morgen, wieder den

Drang gehabt hätte sie zu überraschen. ›Nein‹, dachte sie, für diese Blöße war sie noch nicht bereit.

Sie drehte den Fernseher auf und kuschelte sich in ihr Sofa, das musste zum Entspannen und Ausschalten reichen. Es dauerte nicht lange und Hanna schlief ein.

»*Hanna! Hanna! Ich weiß es, ich weiß wie ich Dich überzeugen kann!*« riss Juris aufgeregte Stimme sie aus dem Schlaf.

»Verdammt, Du sollst mich doch nicht so erschrecken!«

»*Und Du sollst nicht fluchen wie ein Bierkutscher, ich wusste doch nicht, dass Du schon wieder schläfst.*«

»Du kannst meine Gedanken lesen, aber nicht erkennen, ob ich schlafe oder nicht?«

»*Ähm, normaler Weise schon, aber ich bin so aufgeregt, ich weiß wie ich Dir beweisen kann, dass ich kein Hirngespinnst bin!*«

»Aha? Na dann klär mich mal auf.«

»*Lass Dich überraschen, wir machen einen Ausflug, komm auf Touren, schlafen kannst Du, wenn Du tot bist*«, Juri musste selbst kurz über seine makabre Meldung lachen.

»Und noch einmal, Juri - Du bist nicht witzig!« Hanna kannte Juri so gut und sie genoss es, wenn sich die Beiden derartige Wortspielereien um die Ohren warfen. Juri wusste das, und es war ihm auch bewusst, dass er diese doch eher ungewöhnliche und nervenaufreibende Situation nur mit Humor und Wortwitz etwas entschärfen konnte.

»Wo soll es denn hingehen - besser gesagt, wo soll ICH hingehen? Und zwar mit meinen zwei VORHANDENEN Beinen.«

»*Ha ha, natürlich, und Du glaubst wirklich Du bist witzig?*«

»Oh ja, das bin ich!« erwiderte Hanna mit einem frechen Grinsen im Gesicht.

»Wohin soll ich Dir folgen?« und dann lachte sie.

»*Aus jetzt, ich meine es ernst, wir gehen jetzt einen Kaffee trinken, o.k. das klingt eigenartig, Du gehst einen Kaffee trinken, während meine Gedanken Dich begleiten! Besser so?*«

Hanna schmunzelte: »Viel besser.«

»*Dein Schläfchen hat Dir offensichtlich gut getan, Du bist so übermütig.*«

»Das auch, aber eigentlich bin ich nur froh, dass Du da bist, in welcher Form auch immer. Schwebt Dir ein bestimmtes Café vor oder ist es egal in welches wir gehen?«

»*Das ist egal, aber ich bitte Dich sprich nicht laut mit mir, ich kann doch auch hören was Du denkst, sonst wird es nämlich ziemlich peinlich.*«

»Und wieder sprichst Du aus, was keine Frau hören will, nämlich, dass sie ihrem Mann peinlich ist.«

»*Bitte, stell Dich nicht so an, Du weißt genau, wie ich es meine.*«

»Ja, das weiß ich, aber Du hältst mich anscheinend für ziemlich doof und außerdem würdest Du mich nicht ständig provozieren, müsste ich nicht meinen Gedanken durch ausgesprochene Worte Nachdruck verleihen.«

»*Soll ich Dir jetzt beweisen, dass ich Recht habe oder willst Du mich weiter quälen?*«

»Nein, ich glaube Du hast mich verstanden, lass uns gehen.«

»*Warum müssen Frauen immer so zickig sein?*«

dachte Juri vor sich hin.

»Das habe ich gehört!« erwiderte Hanna drohend.

»Das war eine rein rhetorische Frage und bedarf keiner Antwort, - bin eh schon still!«

»Gut so!«

»Und immer müssen sie das letzte Wort haben?«

»Echt?«

Obwohl es schon Mitte April war, war es bitter kalt. Hanna zog ihre warme Winterjacke an und überlegte sogar Fäustlinge, Haube und einen Schal wieder aus der Kommode zu holen, doch dann siegte ihre Eitelkeit. Sie war schon lange nicht mehr in ihrem Stammcafè gewesen und sie wollte nicht ihren mitleiderregenden Witwenstatus verstärken, indem sie, wie ein Eskimo eingemummt auch noch erfroren und arm wirkte.

Hanna setzte sich auf ihren Stammplatz, wo sie früher auch immer mit Juri saß. Es dauerte nicht lange bis die Bedienung an Hannas Tisch kam.

»Hallo, Hanna! Es tut mir leid, was passiert ist, was für ein Unglück, wie geht es Dir denn?« fragte die Kellnerin mit dem typischen Dackelblick, der ihr ehrliches Mitgefühl noch unterstreichen sollte.

Und genau das war der Grund, warum Hanna seit Juris Tod nicht mehr in diesem Café war, dennoch antwortete sie mit einem freundlichen Lächeln im Gesicht.

»Danke Lisa, es geht schon, bringst Du uns, äh mir, bitte einen Café Latte und ein Glas Wasser!«

»Gerne Hanna«, antwortete die Kellnerin und ihr Blick glich dem eines geschlagenen Dackels, als sie Hannas kleinen Versprecher registrierte.

Juri lachte: *»Du willst jetzt sicher nicht wissen, was*

Lisa gerade denkt?«

»Du hast recht, ich kann es mir echt gut ausmalen, was sie denkt, und ich will es nicht hören.«

»Aber ich muss zu Lisas Verteidigung sagen, ihr übertriebenes Mitgefühl ist echt und für einen Moment hatte sie sogar Tränen in den Augen.«

»Was für ein Glück, dass sie nicht weint, sonst würde ihre Wimperntusche ihr hübsches Gesicht verunstalten.«

»Du bist so eine Zynikerin und Du merkst Dir auch wirklich jeden Blödsinn!«

»He entschuldige mal, es hat mich schon getroffen, was Rossmann gedacht hat und außerdem ist dadurch mein Vertrauen in die Menschheit total erschüttert worden, wie soll ich denn wissen, was Menschen ernst meinen und was nicht!«

»Dafür hast Du ja jetzt mich, ich sag Dir was die Leute denken!«

»Gut, dann sag mir mal, was denkt die Mutter mit ihrem Kind, die dort drüben an dem Tisch sitzt?«

»Gute Wahl, das wird interessant. Die junge Frau könnte Deine Hilfe brauchen!«

»Wieso denn das?« platzte Hanna aus dem Mund.

»Pscht, nicht so laut!«

»Ups, sorry. Wieso denn das?«

»Die Frau muss auf die Toilette, will aber ihr Kind nicht alleine hier lassen, es aber auch nicht mit aufs WC nehmen, weil das immer so umständlich ist.«

»Na, toll und was soll ich jetzt, ich kann ja schlecht hingehen und ihr anbieten auf ihr Kind aufzupassen, während sie pinkeln geht?«

»Nicht pinkeln, aber egal, Du könntest zu ihr gehen und sie freundlich in ein Gespräch verwickeln und

dann fragt sie Dich sicher, ob Du nicht auf Lukas auf-
passen würdest, so dringend, wie sie muss!«

»Lukas?«

»Ja, so heißt der Kleine.« -

Mißmutig schüttelte Hanna ihren Kopf: »Das ist total
irre!«

»Bitte, Hanna, geh einfach zu ihr hin.«

»Mit welchem Vorwand, dort wo die Frau sitzt, würde ich nicht einmal vorbei kommen, wenn ich selbst
auf die Toilette müsste.«

»Dir wird schon etwas einfallen, gehe einfach hin zu
ihr. Bitte! Tu es für mich!«

»O.k. ich mach es.«

Hanna stand auf, ging hinüber zu der jungen Frau und
sprach sie an: »Entschuldigen Sie bitte, ich habe gerade diesen wunderschönen Kinderwagen bewundert,
meine Schwester bekommt in einigen Wochen auch
ein Baby und ich würde ihr gerne einen Kinderwagen
spendieren, ist dieses Modell nicht nur hübsch sondern auch praktisch?«

Die Frau sah zwar etwas verwundert, antwortete
jedoch sehr freundlich: »Ja ich kann Ihnen dieses Modell nur empfehlen, es hat nur einen Nachteil, Lukas
schläft nur noch ein, wenn ich ihn in diesem Ding
herumkutschiere.«

»Ach wie süß der kleine Lukas und wie selig er
schläft, ich hoffe meine Nichte wird auch so nied-
lich!« schwärmte Hanna.

»Davon bin ich überzeugt, dürfte ich Sie etwas bitten, könnten Sie so nett sein und für ein paar Minuten
auf Lukas achten, sodass ich auf die Toilette gehen
kann ohne ihn alleinlassen zu müssen?« fragte die
junge Frau fast flehend.

›*Wo lernt man diesen Dackelblick, den die Leute alle drauf haben?*‹, dachte Hanna, nickte aber und sagte: »Selbstverständlich das mache ich doch gerne!«

»Vielen Dank!« hörte Hanna noch und weg war die junge Mutter in Richtung WC. Die Frau musste anscheinend wirklich sehr dringend, denn sie war Ruckzuck zurück und bedankte sich nochmals sehr herzlich bei Hanna.

Wieder an ihrem Tisch sagte Hanna zu Juri:

»O.k. Juri, Du hattest recht.«

»*Womit?*« fragte er fast schadenfroh, wie ein kleines Kind, es fehlte nur das ‚Ätsch bätsch ich hatte recht und Du nicht‘.

»Mit allem, sie musste mal und ihr Sohn heißt Lukas«, murmelte Hanna kleinlaut vor sich hin.

»*Pst, halt die Klappe!*« - Zu spät.

»Wie bitte, sprichst Du mit mir Hanna?« fragte Lisa, die gerade den Café Latte zum Tisch brachte.

»Nein nein, ich habe nur laut gedacht«, antwortete Hanna schnell und tatsächlich, da war er wieder der mitleidige, treue Dackelblick.

»Danke für den Kaffee, Lisa!«

»Bitte gerne!« dann neigte die emphatische Servierkraft leicht ihren Kopf, lächelte freundlichst und ging hinter die Theke.

»Jetzt möchte ich wissen was Lisa denkt.«

»*Sei nicht so hart, Hanna! Lisa ist ehrlich mitfühlend und sie hat gedacht, was für eine arme Frau, wie einsam muss sie sein ohne ihren Mann, wie einsam, dass sie mit sich selbst spricht, sie muss ihn unheimlich vermissen, dabei waren die Zwei so ein tolles Paar und sie wirkten immer so glücklich, genau das dachte sie.*«

»Findest Du das gar nicht anmaßend, wie kann sie glauben zu wissen, wie es mir geht? Sie kennt mich doch gar nicht!«

»Hanna, Du bist anmaßend, Gedanken sind frei und urteile nicht über sie, die Frau fühlt einfach mit Dir, weil sie selbst weiß wie Scheiße es ist, sich verlassen zu fühlen. Lisa ist selbst einsam und projiziert ihre Einsamkeit auf Dich!«

»O.k. es tut mir Leid, können wir ihr nicht irgendwie helfen?«

»Warte mal, ich habe da eine Idee, Du siehst doch den Mann an der Theke mit dem etwas schütteren Haar, obwohl er noch recht jung zu sein scheint.«

»Was ist mit ihm?«

»Er ist verliebt und jetzt rate mal in wen?«

»Nein, echt? Der ist in Lisa verknallt?«

»Ja, er ist total verschossen in sie! Er überlegt die ganze Zeit, ob er sie einladen soll oder nicht und wenn er es denn schafft sie zu fragen, weiß er nicht wohin er sie ausführen soll, was ihr gefallen würde, Kino - welcher Film? Restaurant? Was würde ihr schmecken?«

»Und was würde ihr gefallen?«

»Woher soll ich das wissen?«

»Du kannst doch Gedanken lesen!«

»Aber ich kann sie nicht fragen, und ob Du es glaubst oder nicht, sie denkt nicht die ganze Zeit darüber nach, welchen Film sie gerne sehen würde, oder was sie gerne isst und was nicht!«

»O.k. klar, ich werde sie fragen, neben ihrem Verehrer. Und Du versuchst inzwischen herauszufinden, ob sie ihn auch mag.«

»Na dann gib Dein Bestes!«

Hanna stand auf, nahm ihren Kaffee und stellte sich zur Theke, nahe dem ‚Romeo'.

»Du Lisa, hast Du vielleicht eine Zeitung mit einem Kinoprogramm, ich würde gerne mal wieder einen Film sehen«, fragte Hanna ganz unschuldig.

»Ja natürlich, warte mal, hier ist eine«, Lisa reichte ihr eine Zeitschrift über die Theke.

Ganz nebenbei fragte Hanna während sie das Heft durchblätterte: »Ich habe keine Ahnung welcher Film gerade angesagt ist, kannst Du mir vielleicht einen Film empfehlen Lisa?«

Erstaunt, dass Hanna ihren Rat wollte, stotterte Lisa: »Äh, ich war schon lange nicht mehr im Kino, aber der neue Film mit Christian Bale soll gut sein, wie heißt der noch mal ...?«

Hanna sah fragend zum ‚Romeo' hinüber, als wollte sie sagen ‚komm hilf ihr'.

»'Knight of Cups' mit Natalie Portmann!« schoss endlich aus seinem Mund.

»Ja genau, danke wie nett!« antwortete Lisa mit ihrem typischen Lächeln.

»Und Juri, was denkt sie über ihn?«

»*Das Mädel ist entweder extrem naiv oder einfach nur die netteste, unschuldigste Person deren Gedanken ich jemals gelesen habe!*«

»Was jetzt? Sag schon, was denkt sie über ihn?«

»*Sie dachte genau das, was sie sagte, - danke ach wie nett.*«

»Hm, das hilft jetzt auch nicht weiter!«

»Und worum geht es in dem Film?« fragte Hanna und Lisas Antwort war: »Ähm, nun ja ich habe ihn nicht gesehen, aber vielleicht...«

Lisa wandte sich ‚Romeo' zu, »...können ja Sie uns

mehr zu diesem Film erzählen?«

Romeo errötete und Lisa lächelte ihn freundlich zu,

»Ich habe den Film leider auch noch nicht gesehen, aber ich habe gehört er soll sehenswert sein!«

»Das klingt doch vielversprechend!« erwiderte Lisa und ihre Augen glitzerten und wirkten nicht länger, wie die eines Dackels.

»Hanna, sie mag ihn und dachte, vielleicht sollten wir uns den Film gemeinsam ansehen und sie meinte mit 100 %iger Sicherheit nicht Dich!«

»Na bitte ich habe es voll drauf!«

»Sie heißen Lisa, oder? Ich bin Max«, getraute ‚Romeo‘ sich endlich, Lisa direkt anzusprechen.

»Hallo Max, es freut mich Sie kennenzulernen!« erwiderte Lisa.

»Ähm, haben Sie vielleicht Lust sich den Film gemeinsam mit mir anzusehen?« fragte er Lisa schüchtern.

»Oh ja, gerne!« antwortete sie sichtlich erfreut.

»Entschuldigung, danke für den Film tipp, ich möchte jetzt gerne zahlen!« warf Hanna ein, denn sie wollte nicht länger stören.

»Oh entschuldige, natürlich, das macht dann 2 Euro 90 !« Hanna zahlte verabschiedete sich freundlich, zog ihre Jacke über und verließ das Lokal.

»Juri, das war unglaublich!«

»Glaubst Du mir jetzt?«

»Oh ja, das war der Wahnsinn.«

»Ja, Du warst der Wahnsinn, Du hast während eines Café Lattes drei Menschen geholfen. Meine geniale Butterblume!«

»Nein, das waren wir gemeinsam - und nenne mich nicht BUTTERBLUME!«

4. Kapitel

Die Voodoo Priesterin

»*Hanna, ich bin so froh, dass Du mir endlich glaubst, aber irgendwie habe ich das Gefühl, Du versuchst mit aller Gewalt nicht darüber nach zu denken!*«

»Das stimmt nicht Juri, ich denke ständig darüber nach, immer dann, wenn ich mir sicher bin, dass Du gerade nicht in meinen Gedanken liest. Ich muss darüber nach denken und ich muss damit klar kommen. Die Betonung liegt bei ICH, es kann doch nicht sein, dass ich dazu, mehr oder weniger, genötigt werde, jeden Gedanken bis an mein Lebensende mit Dir teilen zu müssen! Das machst Du doch auch nicht!«

»*Würde ich aber, wenn Du meine Gedanken lesen könntest. Lass mich Deine Gedanken, die Du Dir machst hören - sprich oder denke mit mir darüber, was Dich beschäftigt, was Dich quält?*«

»Solange ich selbst nicht weiß, was ich denken soll, möchte ich auch nicht, dass Du Dich in meine Gedanken einmischst und sie manipulierst.«

»*Ich will Dich doch nicht manipulieren, ich möchte nur gemeinsam mit Dir eine Lösung finden!*«

»Juri, wir können keine Lösung finden für ein Problem, dass wir nicht verstehen oder dass vielleicht gar nicht existiert.«

»*Oh nein, für mich ist es existent, ich denke, also muss ich doch ein Gehirn haben, wo ist es und wo ist der Rest von mir?«*

»Juri, das weiß ich nicht, meiner Meinung nach liegt er in einem Erdloch, in einem Grab, ich war dort und warum ich Dich nun höre, verstehe ich nicht und weiß auch nicht, wie ich damit umgehen soll. Ich weiß doch nicht einmal, ob ich mich wirklich darüber freuen kann!«

»Ach, meine Süße, Du freust Dich nicht, dass ich Dir so nah bin?«

Hanna begann zu weinen.

»Du bist mir näher, als je zuvor und dennoch bist Du so unerreichbar weit von mir weg. Kannst Du das denn nicht verstehen?«

»Bitte Hanna, erkläre es mir, ich bin da, ich rede mit Dir.«

Hanna schluchzte und dicke Tränen kullerten über ihre Wangen.

»Ich wache auf in der Früh und Deine Seite des Bettes ist leer, ich mache Frühstück - nur für mich. Wenn mir kalt ist, kannst Du mich nicht wärmen, Du kannst mich mit Worten trösten, Du bringst mich zum Lachen. Ich kann Dich hören und jeden Abend, wenn ich zu Bett gehe, rieche ich an Deinem Kopfpolster, seit über zwei Monaten habe ich ihn nicht gewaschen. Doch Dein Geruch verfliegt langsam. Ich kann Dich hören, ich kann Dich verstehen, aber ich kann Dich nicht fühlen auf meiner Haut.«

»Ach, meine liebe, liebe Hanna, es tut mir Leid, glaube mir, ich würde Dich so unendlich gerne in den Arm nehmen, Dich streicheln, Dich küssen, Dir Deine Tränen von den Wangen wischen, es tut mir weh, dass ich es nicht kann und das ist der Grund warum ich Antworten brauche. Ich bin da und doch nicht da,

warum und wozu? Ich bin wahrscheinlich der einzige Tote, der Angst hat sein Leben zu verlieren, Dich zu verlieren. Hilf mir Antworten zu finden!«

»Hast Du denn überhaupt einen Plan? Wie und wo sollen wir anfangen nach Antworten zu suchen, welche Fragen sollen wir stellen und vor allem wem sollen wir sie stellen?«

»Wir können nur arbeiten mit Dingen, die greifbar sind und mit Menschen, welche die Situation kennen. Weißt Du was ich meine?«

»Nein, weiß ich nicht? Für mich ist nichts greifbar, im wahrsten Sinne des Wortes.«

»Du und ich sind betroffen und unsere Erinnerungen können uns vielleicht Antworten geben, vielleicht ist es ein Puzzle, das wir nur Stück für Stück zusammen setzten müssen. Ich bin ständig unterwegs, um andere Menschen zu finden, die mich vielleicht hören können und in der selben Situation sind wie wir.«

»Wo bist Du unterwegs? In fremder Menschen Köpfe?«

»Das klingt brutal, wie Du das sagst! Ich begebe mich geistig an belebte Plätze, wie die U-Bahnstationen, oder zu Veranstaltungen, ins Foyer der Oper vor Aufführungen und versuche Menschen anzusprechen. Bisher leider ohne Erfolg!«

»Das ist krank! - Apropos krank, vieleicht solltest Du die Menschen in den Warteräumen von Psychiatern ansprechen!«

»Ich weiß das war zynisch gemeint, aber die Idee an und für sich ist nicht einmal so schlecht. Es ist doch naheliegend, dass Menschen mit einem ähnlichen Problem, wie wir es haben, zum Psychiater gehen!«

»Na klar, vielleicht kann Dich ja ein Schizophrener

hören oder warum hörst Du Dich nicht mal in den Kirchen um, vielleicht denkt ja ein Pfarrer zufällig an seinen letzten Exorzismus, den er durchgeführt hat und Du kannst Kontakt aufnehmen zu seinem letzten Opfer! Oder soll ich im Internet nachschauen, vielleicht finden sich ja ein paar Satanisten, die Stimmen von Dämonen hören und vielleicht, weil sie ja schon Übung darin haben, können sie auch Dich hören?«

»Sag, was ist los mit Dir Hanna, findest Du das lustig, ich mach mir ernsthaft Gedanken und Du verarscht mich nur!«

Hanna wurde wütend.

»Du hast ja auch nichts anderes zu tun, als Dir Gedanken zu machen, hauptsächlich Gedanken über Dich! Ich schaffe das heute nicht, ich will es nicht mehr hören, ich brauche Normalität, ich muss zur Abwechslung mal mit richtigen Menschen reden, über das echte Leben. Spuke in den Gehirnen von Fahrgästen der öffentlichen Verkehrslinien herum und lass mich einfach mal in Ruhe!«

»Wow, das war ja mal direkt. Muss ich mir Sorgen um Dich machen?«

Juris Stimme, klang sanft und ernsthaft besorgt, sodass Hanna sich wieder beruhigte.

»Nein, Juri ich schaffe das schon, gönne mir einfach eine kleine Pause, um Zeit für mich und meine Gedanken zu haben.«

»Wirklich? Dann lese ich mal in anderen Gehirnen und schau was es Neues gibt. Ähm, das klingt wirklich schräg.«

»Sag, ich doch! Danke, aber bitte komme wieder in ein paar Stunden, ja?«

»Klar doch, wie könnte ich meine süße Butterblume

vergessen? Bis bald!«

»Bis dann, wir hören uns!«

Hanna atmete tief ein und stellte ihre obligatorische Kontrollfrage: »Juri, bist Du noch da?«

Nachdem sie keine Antwort erhielt, ging sie ins Badezimmer zu ihrem Medikamentenschrank und nahm ihre tägliche Tablette ein, die ihr Dr. Beck gegeben hatte, mit den Worten: ›Eine Tablette am Morgen und eine am Abend, Frau Worobjowa und alles fühlt sich ein wenig leichter an!‹

Dr. Beck war Psychiater in der Klinik, in der Juri starb, er hatte sie nach ihrem Sturz in der U-Bahn verarztet und ihr auch Mag. Rossmann als Psychotherapeut empfohlen. Sie kannte Dr. Beck kaum, sie war seit dem Sturz auch erst zweimal bei ihm, zur Kontrolle der Wunde an der Stirn und um einen Fragebogen zu ihrer Befindlichkeit auszufüllen und ihren Krankenstand verlängern zu lassen. Dr. Beck nahm sich nie viel Zeit mit Hanna zu reden, dazu war ja Mag. Rossmann zuständig.

Hanna ging in ihr Schlafzimmer nahm ihr Armband aus der Nachttischlade, legte es sich um ihr Handgelenk und wanderte zurück ins Wohnzimmer, drehte den Fernseher auf und machte es sich auf ihrem Sofa gemütlich.

Die Tablette wirkte schnell und Hanna fiel in eine angenehme Gelassenheit, die es ihr ermöglichte wieder ein wenig objektiver an ihr Problem heran zugehen.

Wenige Stunden später, als Hanna gerade das Geschirr abtrocknete, seit Juris Tod nutzte sie den Geschirrspüler nicht mehr, wofür auch, für einen Teller und ein wenig Besteck, hörte sie ganz leise und vorsichtig Juris Stimme.

»*Hanna, sprichst Du wieder mit mir?*« - Hanna musste schmunzeln.

»Natürlich, mein Spatz, es wird nie so heiß gegessen, wie gekocht. Es tut mir Leid, ich wollte Dich nicht verletzten - ähm, doch ich glaube ich habe das gesagt, weil ich Dich verletzen wollte, ich war sauer und fühlte mich so hilflos und überfordert, bitte verzeihe mir.«

»*Es gibt nichts zu verzeihen meine Butterblume, ich kann Dich doch verstehen, ich hoffe nur, dass auch Du mich verstehen kannst!*«

»Wenn ich Dir verspreche es zu versuchen, versprichst Du mir dann endlich damit aufzuhören mich Butterblume zu nennen?«

Juri lachte: »*Nein, das kann ich Dir nicht versprechen, aber ich verspreche, dass ich es versuchen werde!*«

»Tz tz, immer diese Ausflüchte. Ich habe mir Gedanken gemacht Juri, als Du nicht da warst und bin zu dem Entschluss gekommen mit Eveline darüber zu sprechen, ich möchte wissen, was sie von dieser ganzen Geschichte hält.«

»*Um Himmels Willen, dieser Wahnsinnigen willst Du Dich anvertrauen?*«

Juris Stimme klang entrüstet.

»Eveline ist meine allerbeste Freundin und sie ist immer für mich da!«

»*Diese Frau hat einen Dachschaden!*«

»Ich weiß, dass ihr Euch nicht leiden könnt, aber sie ist ja auch meine Freundin und nicht Deine.«

»*Wie kannst Du mit einer Frau befreundet sein, die Deinen Ehemann hasst?*«

»Sie hasst Dich nicht, sie mag Dich nur nicht besonders und Du bist selbst Schuld daran.«

»*Kann schon sein, aber sie hat auch überhaupt keinen Humor!*«

»Wie bitte? Ganz ehrlich Juri, Du hast sie eine Kuh
genannt!«

»*Nein, ganz so war das nicht, ich war betrunken und
konnte ja nicht wissen, dass sie uns belauscht! Außerdem war es witzig und Du hast doch auch gelacht und
auf Dich ist sie nicht sauer.*«

»Ich habe nicht gelacht, ich habe gehustet. Weil es so
verraucht war in ihrer Wohnung!«

»*Ja, ja! Dich hat der Rauch auch gestört und nur
weil ich gesagt habe was andere dachten, bin ich der
Böse?*«

»Juri, Du hast gesagt ich zitiere: ‚ich dachte Kühe
geben Metangas in die Atmosphäre ab und nicht niko-
tinverseuchtes Kohlendioxid‘, natürlich war Eveline
sauer auf Dich!«

»*Ist schon gut. Kann gut sein, dass ich sie beleidigt
habe, trotzdem denkt man nicht schlecht über Tote.*«

»Sie denkt schlecht über Dich, obwohl Du tot bist?«
- Hanna war sehr überrascht und wieder schwang
etwas Sarkasmus in ihrer Stimme mit.

»*Ich wollte Dir das nicht erzählen, gab ja auch kein
Grund dafür. Aber als Du ihr das letzte Mal, bevor
sie sich auf ihren Esoteriktrip aufmachte, Dein Herz
ausgeschüttet hast, dachte sie in etwa, Du solltest
doch froh sein diesen, und sie meinte mich damit,
selbstgefälligen, oberflächlichen Arsch los zu sein, es
gäbe so viele sensible, nette Männer, Du hättest mich
nie notwendig gehabt.*«

Hanna lachte: »Das ist typisch Eveline, aber das darfst
Du nicht persönlich nehmen, sagtest Du nicht vor

Kurzem ‚Gedanken sind frei'! Die meint das nicht so. Außerdem ist sie nicht auf einem Esoteriktrip, sondern auf einer Raucherentwöhnung, ich glaube sie müsste heute oder morgen zurück sein.«

»Das ist wieder einmal klar, mir wird jedes Wort im Mund umgedreht und die verrückte Voodoo Priesterin nimmst Du in Schutz!«

»Die geistert ja auch nicht ununterbrochen in meinem Gehirn herum.«

»Aber dafür baut sie wahrscheinlich Puppen die aussehen wie Du und der hypersensible Nachbar von ihr und spielt romantische Rollenspiele mit Euch nach.«

Wieder musste Hanna lauthals lachen.

»Wahrscheinlich! Aber Du weißt schon, dass ihr Nachbar vom anderen Ufer ist!«

»Beruhigend zu wissen, aber jetzt ernsthaft. Du willst wirklich mit Eveline über die ganze Sache sprechen?«

»Die hat die ur Kontakte zu allen möglichen Leuten Mentalisten, Heilpraktiker, Gurus, Priester...«-
Juri führte Hannas Satz zu Ende: *»...und zu anderen Scharlatanen und Betrügern!«*

»Du hast selbst keinen blassen Schimmer, was da abgeht und wenn ich versuche Licht ins Dunkel zu bringen, indem ich alle Möglichkeiten in Erwägung ziehe und Fachleute im Bereich des Übersinnlichen suche, bin ich unrealistisch oder doof!«

»Nein, Du bist nicht doof, aber Eveline ist durchgeknallt.«

»Und Du bist, ein selbstgefälliger, oberflächlicher Arsch!«

»Aber hallo! Wie sprichst Du von mir?«

»Ich zitiere nur Eveline!«

»*O.k. ich kann Dich anscheinend sowieso nicht, davon abhalten, wenn Du unbedingt willst, rede halt mit ihr.*«

»Ich versuche auf meine Art Antworten zu finden und Du auf Deine. Hast Du heute jemanden gefunden, der Dich hören kann?«

»*Nein, es ist immer das Gleiche, die einzigen die auf mich reagieren sind Hunde und Kinder!*«

»Echt, Kinder hören Dich?«

»*Ich denke schon, sonst würden sie nicht reagieren.*«

»Wie reagieren sie?«

»*Die ganz Kleinen lachen oder weinen, Hunde bellen, knurren oder wackeln mit den Schwänzen!*«

»Sprechen die Kinder nicht mit Dir?«

»*Die Meisten können noch nicht sprechen, und die Größeren suchen woher die Stimme kommt, und wenn ich weiter mit ihnen rede, laufen sie heulend zur Mama. Und die Wenigen, die keine Angst vor mir haben, erzählen mir meist einen totalen Kauderwelsch oder stellen mir ihre imaginären Freunde vor!*«

»Was? Du verarscht mich gerade?«

»*Ich weiß das klingt jetzt wirklich strange, aber die Kinder, die mich hören können, sehen auch seltsame Sachen, die nicht da sind, angefangen von bunten Lichtern oder eigenartigen Wesen, die in ihren Gehirnen aussehen, wie Libellen mit Gesichtern oder Hasen und Schmetterlinge, alles mögliche, ich finde das eher befremdlich.*«

»Das ist wirklich seltsam, vielleicht gibt es doch mehr zwischen Himmel und Hölle, als wir wissen!«

»*Hanna, ich verspreche Dir, wenn ich herausgefunden habe, warum ich mit Dir sprechen kann, obwohl*

ich angeblich tot bin, mach ich mich sofort daran alle
anderen Mysterien dieser Welt aufzuklären, O.k.?«
Juris Stimme klang genervt und Hanna fühlte, dass
ihm die Geschichte mit den Kindern unheimlich war
und er gar nicht gerne darüber sprach.

Gerade, als sie Juri einwenig ärgern wollte, mit der
Frage was denn die Hunde so sagen würden, läutete
ihr Mobiltelefon.

»Hanna Dein Telefon läutet und ich kann Deine Ge-
danken lesen, sie sagen meistens WAU!«
Hanna grinste und hob ab.

Eveline war am Telefon, um ihr von ihrer Raucherentwöhnung zu erzählen, als Hanna begann über Juri zu
sprechen wurde es plötzlich ruhig am anderen Ende
der Leitung: »Eveline bist Du noch dran?« fragte
Hanna verunsichert.

»Äh, ja eh, red weiter.«

»Ich muss mich unbedingt mit Dir treffen, ich kann
Juri hören, er spricht mit mir!« erzählte Hanna eupho-
risch.

»Was? Du bei mir piepst es, ich muss jetzt auflegen,
es ruft wer an, da muss ich ran gehen, ich rühr mich
später, Tschau, Bussi!« erwiderte Eveline auffällig
hektisch und legte auf. Hanna hatte nicht einmal mehr
die Gelegenheit sich zu verabschieden.

»Juri, sie hat mich abgewürgt!«

Als keine Reaktion von ihm kam fragte Hanna:

»Juri, bist Du da?«

Offensichtlich, hatte er sich ausgeklinkt, denn es kam
erneut keine Antwort.

20 Minuten später hörte Hanna Juris Stimme wieder:
»Fertig telefoniert, alles o.k.?«

»Wo warst Du?«

*»Ich wollte nicht stören und hab ein wenig abge-
schaltet. Du sagtest doch ich solle Deine Privatsphäre
wahren.«*

»Also hast Du nicht gelauscht oder Evelines Gedanken gelesen?«

»Nein, habe ich nicht. Hätte ich sollen?«

»Nein, ist schon in Ordnung oder vielleicht hättest
Du doch sollen, sie war ganz eigenartig. Zuerst ganz
lieb und als ich erzähle, dass Du mit mir sprichst hat
sie mich ganz plötzlich abgewürgt. Sie meinte es ruft
jemand an, da muss sie dringend ran und legte einfach
auf!«

*»Na vielleicht hat sie ja einen neuen Lover bei ihrem
Esoteriktrip kennengelernt.«*

»Nein, das glaube ich nicht, das hätte sie mir erzählt
und sie war auf keinem Esoteriktrip sondern, bei einem Raucherentzug.«

»Was hat sie Dir denn erzählt?«

»Das Übliche, es war so toll, der Psychologe war
ein Wahnsinn und seit der Hypnose, raucht sie nicht
mehr!«

*»Hypnose? Ist das nicht sauteuer? Wie kann sie sich
das leisten?«*

»Keine Ahnung, aber angeblich hat sie einen Gut-
schein gewonnen im Esoterikbuchladen, wo sie
Dauerkundin ist. Sie hatte die Wahl, entweder eine
Reise mit einer Rückführung unter Hypnose oder ein
Raucherentzug oder eine Selbstfindungs-Reise mit
Hypnose, wo sie Kindheitstraumen aufarbeiten hätte
können. Ja und sie hat sich für die Reise mit Raucherentwöhnung entschieden, alles andere kannte sie ja
schon!«

»Und Du bist echt der Meinung die Frau ist normal,

ich glaube Deine Voodoo Priesterin hat zuviel LSD konsumiert in ihrer Jugend und hat es nicht geschafft von ihrem Trip runter zu kommen!«

»Juri das ist gemein, sie ist einfach nur unsicher und auf der Suche nach der universellen Wahrheit.«

»Ich bin auch auf der Suche nach Antworten, trotzdem ändere ich meine Ideologien oder Konfessionen nicht wie meine Unterhosen!«

»Das liegt wahrscheinlich daran, dass Du keine Unterhosen brauchst.«

»Haha, mach Dich nur lustig über meinen nicht vorhandenen Hintern!«

»Ich sag ja nicht, das Eveline ganz normal ist, vorallem nachdem sie mich einfach abserviert hat, aber vielleicht sollten wir, gerade in unserer doch etwas ungewöhnlichen Situation uns auch ein bisschen mehr mit parapsychologischen Dingen auseinandersetzen.«

»Vielleicht hast Du recht, ruf sie einfach nochmal an.«

»Gut aber dieses mal hörst Du mit und lest ihre Gedanken o.k.?«

»Mach ich!«

Hanna wählte Evelines Nummer, doch sie kam sofort auf die Mailbox.

»Hm, sie hat ihr Handy ausgeschaltet oder telefoniert gerade, magst Du Dich nicht mal in ihre Gedanken schummeln und ... äh Du weißt schon?«

»Na, wenn Du mich so lieb fragst.«

Gespannt wartete Hanna auf Juris Infos. Es dauerte ganz schön lange, bis er wieder da war.

Seine Stimme klang extrem aufgeregt: *»Hanna, das glaubst Du mir nie, ich kann es selber kaum glauben!«*

»Was denn? Spanne mich nicht so auf die Folter, was denkt sie?«

»*Nichts!*«

»Was nichts?«

»*Deine Voodoo Priesterin denkt nicht!*«

»Schläft sie?«

»*Nein, dann könnte ich ihre Träume sehen. Sie hat einen Song im Kopf, wie eine hängengebliebene Schallplatte. Hanna ich war schon in vielen Köpfen, aber das habe ich noch nie erlebt!*«

»Was erzählst Du da, hat sie einen Ohrwurm, den sie nicht los wird?«

»*Nein, das ist kein Ohrwurm, ich habe eine halbe Stunde lang versucht ihre Gedanken zu lesen, aber immer nur ein Lied gehört und zwar von Anfang bis zum Ende, immer und immer wieder das gleiche, als würde man einen Song aufnehmen und ununterbrochen wiederholen, wie in einer Dauerschleife!*«

»Das ist seltsam, bist Du Dir sicher, dass das nicht normal sein kann?«

»*Hanna, glaube mir, ich bin totsicher!*«

»Sehr nett, tolles Wortspiel, aber welches Lied hört sie die ganze Zeit?«

»*Das glaubst Du mir nicht!*«

»Sag es mir endlich, mich kann nichts mehr verwundern!«

»*Das Leben des Brian.*«

»Was?«

»*Ja, wirklich die ganze Zeit ‚...always look on the bright side of live dü düm dü dü dü dü dü düm...‘, ich konnte es selbst nicht glauben.*«

»Jetzt mach ich mir wirklich sorgen.«

»*Ja, Deine Voodoo Priesterin hat endgültig ihren*

Verstand verloren!«

»Ich werde morgen zu ihr fahren und nach ihr sehen, ich muss wissen, was da los ist. Irgend etwas sehr Seltsames passiert da in meinem Leben, zu erst das mit Dir und jetzt auch noch Eveline, das darf doch nicht wahr sein!«

»*Ja tu das und wenn es Dich beruhigt schaue ich noch ein paar mal in ihren Kopf, vielleicht hört das ja irgendwann auf, vielleicht wenn sie schläft.*«

»Das ist eine prima Idee, danke! Ich mache mir jetzt etwas zu essen, willst Du auch was?« Hanna grinste wieder.

»*Haha, sehr lustig!*«

Hanna hatte gerade fertig gegessen als ihr Telefon klingelte. Sie dachte Eveline rufe sie zurück, aber am Display war eine Handynummer zu sehen, die sie nicht eingespeichert hatte.

Hanna ging trotzdem ran: »Worobjowa.«

»Guten Abend Frau Wobrojo.., ähm.. Beck am Apparat, entschuldigen Sie die späte Störung, aber ich bin von meinem Seminar zurück und habe am AB Ihre Nachricht gehört. Sie wollen einen Termin ausmachen?«

Hanna war ziemlich überrascht, es war ja doch schon kurz vor 10.00 Uhr Abends und mit einem Anruf von ihrem Psychiater hatte sie so gar nicht gerechnet:

»Ähm ja das stimmt, ich wollte gerne mit Ihnen über das Kraviplex sprechen und Sie fragen, ob es nicht besser wäre, wenn ich am Montag wieder zu arbeiten beginnen würde?«

»Ich glaube es wäre gut, wenn sie zu mir ins Krankenhaus kommen und wir sprechen dort darüber, wann hätten Sie denn Zeit, ich könnte mir Morgen gegen 11.00 Uhr Zeit für Sie nehmen.«

»Äh, ja, hm Morgen, ja das müsste gehen.«

»Sehr schön, dann sehen wir uns Morgen auf der Station. Wenn Sie da sind, sagen Sie einfach einer Schwester, dass Sie einen Termin bei mir haben, gut? Sie kennen ja die Station, zweiter Stock Neurochirurgie B. Ich freue mich Sie zu sehen und entschuldigen Sie nochmal die späte Störung.«

»Kein Problem, danke für Ihren Rückruf. Gute Nacht!«

»Gute Nacht!«

»Juri, kennst Du einen Arzt der um 10.00 Uhr Abends bei einem Patienten anruft, um einen Termin auszumachen?«

»Nein, kenne ich nicht, aber Du dürftest ihm am Herzen liegen.«

»Wieso? Hast Du seine Gedanken gelesen?«

»Nein, Hanna das war nur eine Vermutung, es ist nicht so einfach Gedanken von Menschen zu lesen, die ich nicht kenne und zu denen ich keinen Bezug habe!«

»Wie soll ich wissen, wessen Gedanken Du liest und welche nicht? Trotzdem finde ich es seltsam, dass der Mann so spät noch anruft.«

»Entspann Dich. Er hat wahrscheinlich nicht auf die Uhr gesehen. Ich verstehe ja, dass Du langsam paranoid wirst, trotzdem solltest Du nicht alles überbewerten.«

»Weißt Du was ich will jetzt nicht mit Dir streiten und deshalb gehe ich jetzt schlafen, ich habe morgen einiges vor und muss früh raus.«

»Ist gut, ich schau noch mal zu Eveline, gute Nacht meine Süße!«

»Gute Nacht!« Hanna stellte ihren Wecker auf 7 Uhr

30, nahm ihre Tablette, putze ihre Zähne, zog ihr altes T-Shirt an und ging zu Bett.

5. Kapitel

Freund oder Feind?

Als der Wecker am Morgen läutete, fühlte sich Hanna wie gerädert, sie hatte nicht gut geschlafen, zuviele Dinge gingen ihr durch den Kopf. Sie drehte sich zu ihrem Nachtkästchen und drückte auf die Ausschalttaste am Wecker, dann zog sie sich die Decke über den Kopf und nickte wieder ein.

10 Minuten später weckte sie Juris Stimme: »*Hanna meine Liebe, wach auf Du wolltest doch zu Eveline!*« Hanna gähnte: »Geh, weg ich bin noch müde, ich will noch schlaften«, dachte sie völlig unmotiviert und verschlafen. Juri kannte das, Hanna war immer schon ein Morgenmuffel und brauchte bis sie richtig in die Gänge kam.

»*Mein Butterblümchen, in der Küche gäbe es Kaffee!*«

»Nein, den muss ich mir doch erst machen«, raunzte sie.

»*Ach, Schatz komm steh auf, ich würde Dir ja liebend gerne einen Kaffee ans Bett bringen, aber ohne Hände ist das schwierig.*«

»Immer diese Ausreden«, stammelte sie scherzend, »alles muss man selber machen!«

Dann richtete sie sich auf, gähnte, rieb ihre Augen und streckte sich: »Ich komme eh schon!«

Eine halbe Stunde später hatte sie ihre Morgentoilette erledigt und machte sich einen Kaffee: »Hast Du in der Nacht nach Eveline geschaut?«

»*Ja, natürlich ich habe es Dir doch versprochen*«, antwortete Juri, »*so gegen Mitternacht war das Lied wieder weg und sie hat sehr wirr geträumt, aber nichts Besonderes oder Aussagekräftiges! Ich blieb nicht lange, ich konnte nichts Interessantes erfahren.*«

»Warst Du heute Morgen auch schon bei ihr?«

»*Nein, ich habe auch geschlafen und dann war ich kurz in Deinem Gehirn.*«

»Und waren meine Träume interessanter?«

»*Irgendwie schon, ich kenne Dich einfach besser, als Eveline und konnte das Wirrwar besser einordnen.*«

»Was habe ich denn geträumt?«

»*Von Deiner Mutter, einem Hund, der nicht hörte und kurz von mir.*«

»Was habe ich von Dir geträumt?«

»*Das Übliche mein Schatz, dass was Du fast jede Nacht träumst, Du weinst und ich umarme Dich und dann gehe ich weg, und Du willst mir folgen, aber kannst Dich nicht bewegen. Eigentlich ziemlich traurig!*«

»Ja den Traum kenne ich nur zu gut«, seufzte Hanna, »aber was soll es, jetzt wo Du mir folgst! Zumindest meinen Gedanken.«

»*Genau Hanna, jetzt bin ich doch bei Dir.*«

»Ich muss mich jetzt beeilen, sollte ja um 11.00 beim Beck sein und vorher möchte ich noch zu Eveline, kommst Du mit?«

»*Wenn es Dich nicht stört gerne.*«

»O.k., dann los!«

Hanna zog ihre Schuhe und die Jacke an, dann schnappte sie ihre Tasche, die Schlüssel und den sterbenden Ficus. Zu Eveline hatte sie zu Fuß nur maximal sieben Minuten.

Hanna wollte gerade an der Gegensprechanlage läuten, als die Haustüre des Wohnbaus aufging und ein
Mann mit einer großen Schachtel in der Hand vor ihr
stand, sie hielt dem Arbeiter mit ihrer freien Hand die
Tür auf und schummelte sich in das Stiegenhaus.
Eveline hatte eine kleine Drei-Zimmer-Eigentums-
wohnung mit einer hübschen Dachterrasse im obers-
ten Geschoß des Hauses. Hanna nahm den Aufzug,
mit dem Ficus im Arm hatte sie keine Lust vier Stock-
werke hochzulaufen. Evelines Wohnungstür stand
offen und mehrere Kartons standen am Gang vor ihrer
Tür. Hanna ging in die Wohnung und rief vorsichtig:
»Eveline, bist Du da?«

»In der Küche!« hörte sie Eveline antworten.

»Hallo, was machst Du da, ziehst Du aus?« fragte
Hanna in der Küchentür stehend, mit einem äußerst
verwunderten Gesichtsausdruck.

»Hallo Hanna, schön Dich zu sehen, nein ich ziehe
nicht aus, zumindest noch nicht, ich räume nur aus
und trenne mich von altem Ballast, außerdem möchte
ich ausmalen, jetzt wo ich nicht mehr rauche.«
Hanna schaute immer noch fragend und wortlos.

»Was führt Dich zu mir, ich habe wie Du siehst eine
Baustelle hier und auch nicht besonders viel Zeit«,
meinte Eveline, während sie eine Vase in Zeitungspa-
pier packte.

»Ich will Dich nicht stören, aber nachdem Du gestern so kurz angebunden warst am Telefon, habe ich
mir Sorgen gemacht«, erklärte Hanna.

»Am Telefon?« fragte Eveline überrascht, »wir
haben doch gar nicht telefoniert, ist alles in Ordnung
mit Dir, Hanna?«

»Natürlich haben wir telefoniert, ist mit Dir alles in Ordnung? Du hast mir von Deiner Raucherentwöhnung erzählt und ich habe von Juri gesprochen«, versicherte Hanna.

Eveline schüttelte den Kopf, »das musst Du geträumt haben, warte mal ich muss Erwin sagen er soll die Schachtel mit Zerbrechlichen erst zum Schluss runter bringen«, entgegnete Eveline, während sie sich an Hanna vorbei drängelte und im Gang verschwand.

»Juri? Was denkt sie?«

»Sie kann sich wirklich nicht an Euer Gespräch erinnern, bist Du sicher, dass Du mit ihr gesprochen hast?«

»Ja, das bin ich! Ich bin doch nicht blöd!« Hanna war außer sich.

»Ich glaube Dir ja, aber Eveline, weiß überhaupt nicht wovon Du sprichst!«

Hanna folgte Eveline und als diese dem Arbeiter ihre Anweisungen gegeben hatte, sagte sie zu Eveline: »Ich muss dringend, mit Dir sprechen, können wir uns nicht kurz auf die Terrasse setzten?«

»Ich habe echt kaum Zeit, aber ich wollte Dich sowieso was fragen. Willst Du nicht zu mir ziehen, ich habe einen neuen Job und werde kaum hier sein und jetzt wo Du alleine bist, brauchst Du doch keine so große Wohnung mehr?« fragte sie.

»Ähm, äh ich weiß nicht, ich muss mit Dir reden, ich kann Juri ...!« Eveline unterbrach Hanna: »Ich habe bei der Raucherentwöhnung Erwin kennengelernt und er renoviert mir die Wohnung und macht alles tipptopp neu, sogar die Musikanlage stellt er mir ein und meinen PC bringt er auf Vordermann. Denk doch Du könntest neu beginnen, dann müsstest Du nicht ständig an die schreckliche Sache mit Ju... äh mit Deinem Mann denken.«

»Eveline ich werde es mir überlegen, aber ich muss Dir etwas wichtiges sagen... und ich«, Hanna streckte Eveline den Ficus entgegen, »ich hab Dir etwas mitgebracht, Du kannst ihn sicher wiederbeleben.« Eveline nahm den Ficus, stellte ihn demonstrativ zu Boden, dann hielt sie Hanna an beiden Schultern fest, schaute tief in ihre Augen und sagte:

»Hanna, meine Liebe, die Pflanze ist tot, Du musst Dich damit abfinden, wirf Ballast ab und beginne neu, es hat keinen Sinn verschütteter Milch nachzutrauern. Ich habe auch lange gebraucht das zu verstehen, aber Dr. Li hat mir die Augen geöffnet..«, dann sah sie Hanna mit dem gängigen Dackelblick an, »...was Du mir sagen willst hat Zeit, die ich im Moment leider nicht habe, wenn die Wohnung fertig ist, ich denke in drei bis vier Tagen, setzen wir uns zusammen und reden, o.k.?«
Hanna war sprachlos und stammelte nur: »Wie Du meinst!« während Eveline sie aus der Wohnung schob.
Wie ferngesteuert ging Hanna die Stiegen hinunter und bei der Haustüre raus.

»*Ist alles in Ordnung Hanna*«, rissen Juris Worte sie aus ihrer Lethargie.

»Nein, ich glaube nicht, ich will mich irgendwo hinsetzten, was war das denn oder besser gesagt wer war das denn?«
Juri spürte, dass sich Hanna alles andere als gut fühlte, »*..komm Hanna, um die Ecke gibt es ein kleines Bistro und Du hast doch noch Zeit bis zu Deinem Termin im Krankenhaus, lass uns reden.*«

Hanna bestellte sich eine Cola, um ihren Kreislauf wieder in Schwung zu bringen.

»Geht es jetzt besser?«

»Ja, es geht schon! Ich weiß Du kennst Eveline nicht so gut, wie ich, aber irgendetwas stimmt da nicht. Vor ihrer Reise hätte sie niemals Wände weiß gestrichen, ihre heißgeliebten Traumfänger entsorgt, eine sterbende Pflanze ignoriert oder ihre beste Freundin weg geschickt, sag' weißt Du mehr?«

»Es ist total schwierig ihre Gedanken zu lesen, sie unterscheiden sich kaum, von dem was sie sagt, da ist irgendwie eine Blockade! Sie wollte nur von der Wohnung sprechen und hast Du gemerkt sie sprach von Deinem 'Mann' und wollte meinen Namen nicht in den Mund nehmen. Du hast recht irgendetwas stimmt da nicht, aber ich habe keinen blassen Schimmer was?!«

»Juri, ich glaube ich drehe langsam durch, ich verliere alles, was mir wichtig ist, Dich, irgendwie Eveline und jetzt wahrscheinlich meinen Verstand,«

»Nein Hanna, Du verlierst mich nicht, ich bin doch da ..«, Hanna unterbrach Juri und begann zu weinen: »Nein Juri, höre auf mir einreden zu wollen, dass Du da seist, ich habe Dich vor zwei Monaten bei einem Unfall verloren, Du bist nicht da, ich sitze hier alleine in diesem Bistro, ich mag Dich zwar hören, aber welche Theorie ist naheliegender, dein Gehirn lebt noch und Du sprichst mit mir über Telepathie oder Eveline hat Recht und ich bilde mir alles nur ein, so wie das Telefonat mit ihr gestern?«

»Aber Hanna, ich habe Dir doch im Café vorgestern bewiesen, dass ich echt bin!«

»Hast Du das? Vielleicht habe ich mir das alles auch nur eingebildet!«

*»Blödsinn, Du warst dort, gehe hin und frage Lisa,
wie der Film war. Wie hättest Du wissen können, dass
der Bub Lukas hieß und seine Mutter zur Toilette
musste oder, dass Max in Lisa verliebt ist?«*

»Ganz einfach Juri, durch aufmerksames Beobachten, ich habe vielleicht unterbewusst wahrgenommen,
dass irgendwo am Kinderwagen der Name Lukas
stand, dass die Mutter ständig in Richtung Toilette
schaute, dass Max Lisa anschmachtete und, dass jeder
Zweite beim ersten Date in ein Kino möchte, ist auch
ganz normal, weil jeder erstens gerne Filme sieht und
zweitens man leichter ein Gesprächsthema findet,
sollte es beim ersten Date Kommunikationsschwie-
rigkeiten geben. Es ist alles nachvollziehbarer und
logischer, als zu denken, ein Toter kann Gedanken
lesen und gibt Informationen an die lebende Witwe
weiter, mittels Telepathie. Juri, ich kann nicht mehr,
ich würde das ja gerne alles glauben, aber es kann
einfach nicht wahr sein!«

*»Bitte Hanna, bitte, bitte, bitte glaube und sprich mit
mir. Was soll ich denn tun? Alleine bekomme ich keine
Antworten und ich denke, obwohl ich angeblich tot
bin, bitte Hanna, was soll ich tun!«*
flehte Juri und Hanna fühlte seinen Schmerz.
Sie atmete tief ein und aus und dachte so laut sie
konnte: »Es tut mir Leid, ich kann das jetzt nicht, ich
gehe zum Beck und rede mit ihm, komm' mit oder
lasse es, ich kann es sowieso nicht beeinflussen!«
Hanna ignorierte Juris Stimme völlig am Weg zum
Krankenhaus und es fiel ihr gar nicht schwer, sie war
müde, traurig und absolut ratlos, in ihrem Kopf bilde-
tet sich eine Leere, nur die wichtigsten Gedanken ließ
sie noch zu, wie z.B.: mit welcher U-Bahn sie denn

fahren müsse.

Irgendwann gab Juri es auf sie anzusprechen und es wurde ruhig in Hannas Kopf.

Um 10 Uhr 50 war Hanna auf der Station, dieses Mal war sie nicht zu spät, aber sie hatte auch gar nicht auf die Uhr gesehen. Sie sah sich auf der Station um, ja hier war sie schon einmal, damals als sie sich von Juri verabschieden musste. Es gab einen eigenen Raum, wo sie die Leichen, der im OP Verstorbenen, hinbrachten und wo sich die Angehörigen noch verabschieden konnten, bevor die Toten in die Leichenhalle gebracht wurden. Hanna konnte sich gut erinnern, Juri war völlig abgedeckt mit einem weißen Laken, eine Schwester hob damals das Tuch von Juris Kopf und Hanna sah es, sein blasses, feines Gesicht, es hatte keine Blessuren und man hätte denken können er schliefe. Nur sein Schädel selbst war leicht deformiert. Dr. Beck erklärte Hanna damals, dass ein Teil seines Schädelknochens entfernt wurde, um die Blutung im Kopf stillen zu können, als dann Juris Herz versagte und er starb setzten sie das Stück der Schädelplatte nicht mehr ein und schlossen einfach nur den Schädel. Warum nur musste ihr Juri gehen und warum konnte sie ihn nicht einfach ziehen lassen.

Als Hanna zum Schwesternstützpunkt kam, saß dort eine junge Krankenschwester an einem PC.

»Entschuldigen Sie, mein Name ist Worobjowa, ich habe einen Termin bei Dr. Beck«, sagte sie freundlich.

»Dr. Beck, kenn ich nicht, aber ich arbeite noch nicht lange hier, ich werde die Stationsleitung fragen, warten Sie bitte hier«, antwortete die junge Frau bevor sie in der Teeküche verschwand.

Es dauerte nicht lange bis sie zurück kam:

»Dr. Beck wird in Kürze hier sein, das ist einer unserer Konsularärzte, der nur Privatpatienten behandelt, deshalb kenne ich ihn nicht, es tut mir leid.«

»Das ist kein Problem, danke für Ihre Bemühungen«, entgegnete Hanna.

»Bitte, nehmen Sie inzwischen in der Wartezone Platz bis der Doktor kommt«, forderte die Schwester Hanna auf.

»Danke!« sagte Hanna und setzte sich in die Wartezone, dort hatte sie auch damals gewartet auf Juri. ›Seltsam‹, dachte Hanna ›ich wusste gar nicht, dass Beck nur Privatpatienten betreute, Juri hatte keine Zusatzversicherung und ich musste in der Ambulanz auch nichts zahlen, als er meine Wunde am Kopf verarztet hat!‹

Hanna war noch in Gedanken, als Dr. Beck auf sie zukam. »Frau Wobro...äh Woborjo...äh...«, Hanna lächelte ihn an, als sie ihn unterbrach: »Guten Tag, Herr Dr. Beck, sie können mich gerne Hanna nennen, ich weiß mein Name ist nicht einfach.«

»Danke Frau Hanna, es freut mich Sie zu sehen, ich schlage vor, wir suchen uns ein ruhiges Plätzchen zum Reden, folgen Sie mir bitte«, erklärte er.

»Gerne, danke, dass Sie sich für mich Zeit nehmen«, sagte Hanna freundlich.

Beck lächelte: »Nichts zu danken, das ist doch selbstverständlich!«

Plötzlich hörte sie wieder Juris Stimme: »*Hanna, ist das der Mann, der mich operiert hat?*«

»Ja Juri, und jetzt lass mich in Ruhe.«

»*Irgendetwas stimmt mit dem nicht, pass auf Hanna!*«

»Ich will mit ihm sprechen, Du störst.«

Dr. Beck hielt Hanna die Tür in ein freies Untersuchungszimmer auf: »Bitte schön,treten Sie ein und nehmen Sie Platz.«

Der Arzt setzte sich vis-à-vis von Hanna hinter einen sehr kleinen, leeren Schreibtisch.

»Frau Wobro... äh Frau Hanna, wie geht es Ihnen, wie fühlen Sie sich, Sie sehen müde und nicht unbedingt gesund aus?«

»Oh, vielen Dank für das Kompliment«, scherzte Hanna, »mir geht es ehrlich gesagt nicht besonders gut, trotzdem hätte ich gerne, dass sie mich gesund schreiben.«

»Das ist keine gute Idee, wenn Sie sich nicht gut fühlen hat das wenig Sinn, außerdem müssen Sie dazu zu Ihrem Hausarzt gehen, der schreibt Sie gesund, wenn Sie das wirklich wollen, ich kann Sie zwar Krankschreiben und den Krankenstand verlängern, doch arbeitsfähig schreibt Sie dann ein Allgemeinmediziner. Frau Hanna, warum fühlen Sie sich schlecht?« fragte er.

»Ich war am Freitag vor einer Woche bei Mag. Rossmann und er meinte, dass Kraviplex unangenehme Nebenwirkungen haben kann und jetzt bin ich ziemlich verunsichert. Ich habe auch versucht mehr über das Medikament zu erfahren, aber ich fand weder etwas im Internet darüber und in der Apotheke kannte man es auch nicht«, erklärte sie.

»Das wundert mich überhaupt nicht, Kraviplex ist nur eine Nahrungsergänzung und am Markt noch nicht erhältlich, nur mit ganz besonderen Beziehungen kann man es erhalten. Was hat Ihnen denn Mag. Rossmann darüber erzählt?« wollte Beck wissen.

»Er hat gesagt, dass es sein kann, dass Kraviplex

Halluzinationen, Konzentrationsschwierigkeiten und Gemütsschwankungen hervorrufen kann«, antwortete Hanna.

Dr. Beck sah sie verwundert an und man sah, dass er brauchte, um eine Antwort zu finden.

Dazwischen schaltete sich Juri wieder ein: »*Hanna, glaube ihm kein Wort, glaube mir der Mann ist eigenartig, er lügt!*«

»Ich hab Dir gesagt, Du sollst mich in Ruhe lassen, ich will mit ihm reden. Du bist nur in meinem Kopf und ich befürchte, dass ich Dir nicht trauen kann, also mir selbst nicht mehr trauen kann, ich bin krank und brauche Hilfe.«

»*Hanna, tu es nicht, erzähl ihm nichts, bitte*«, flehte Juris Stimme.

»Es ist durchaus möglich, dass Stimmungen und Gefühle verzerrt oder verstärkt wirken, durch Kraviplex, weil es die Gehirnaktivität in geringem Ausmaß steigert, aber das bewirkt eher, dass Ihre Konzentration gesteigert wird. Haben Sie denn das Gefühl, dass das der Fall ist?« fragte Beck neugierig.

»Ich weiß es nicht Herr Doktor, aber ich fühl mich verwirrt und ich höre...«, Hanna stoppte kurz,

»ähm... ich höre Stimmen!«

Dr. Beck riss die Augen auf und lächelte einwenig, es schien, als freue er sich über diese Information. Hanna fiel das sofort auf und irritierte sie ein wenig, doch die Erwartungshaltung des Neuropsychiaters animierte sie weiter zu sprechen.

»Eigentlich, höre ich nur eine einzige Stimme, die Stimme von Juri«, ergänzte Hanna.

»Das klingt sehr interessant, wie klingt denn seine Stimme, sind es eher Gedanken im Hintergrund und was sagt er Ihnen denn?« bohrte Beck nach.

»Ich weiß das klingt seltsam, aber ich muss mit jemandem darüber reden, vielleicht kann man ja mit Medikamenten etwas dagegen tun«, als Hanna dies sagte, spürte sie ein leichtes Ziehen in Ihrer Brust, wenn es ein Medikament gäbe das helfen würde, könnte sie wahrscheinlich Juris Stimme nie wieder hören und diese Vorstellung tat weh.

»Bitte schildern Sie mir, wie es sich anfühlt und was er sagt«, drängte Beck auf eine Antwort.

»Ich höre ihn laut und deutlich, als stünde er neben mir, er sagt ich könne als Einzige seine Gedanken lesen und er die Meinen!«

»Hören ähm ... Glauben Sie auch die Gedanken anderer Menschen zu hören?« fragte Beck weiter.

»Nein, das ist nicht der Fall«, beteuerte Hanna.

So laut wie in diesem Moment hörte Hanna Juris Stimme noch nie, er schrie förmlich: *»Hanna, bitte, bitte lass es, erzähl es ihm nicht, Du kennst seine Gedanken nicht, aber ich!«*

Hanna erschrak fürchterlich, das entging Dr. Beck natürlich nicht und er fragte: »Alles in Ordnung, geht es Ihnen gut?«

Hanna begann zu weinen: »Nein, es geht mir nicht gut, bitte können Sie mir nicht helfen, das alles macht mich fertig, ich kann nicht mehr.«

»Was erzählt Ihnen Juri? ...ähm ich muss das Wissen, um das Ausmaß Ihres Syndroms erkennen zu können?!« ignorierte Beck Hannas Gefühlsausbruch.

Hanna schluchzte: »Er sagt, dass er noch lebt, zumindest sein Gehirn und er die Gedanken der Menschen hören kann, doch das verstehe ich nicht!«

Dr. Beck wurde blass: »die Gedanken welcher Menschen?.«

»Die von fast allen, von allen mit denen ich rede oder zu denen er einen Bezug hat. Was ist los mit mir Dr. Beck, das ist doch nicht normal!?« schluchzte sie. Der Doktor begann zu stammeln und sich zu räuspern, dann begann er sehr hektisch zu sprechen:

»Ähm, äh, Frau Hanna ich muss mich mit Kollegen kurz über Ihren Fall beratschlagen, warten Sie bitte hier, ich bin in Kürze zurück!«
Hanna schluchzte immer noch und nickte, wie ein artiges Schulkind. Beck verließ, wie von einer Tarantel gestochen, den Raum.

»*Hanna ...*«, hörte sie wieder Juris Stimme, »*beruhige Dich wieder, ich möchte hören was Beck denkt und sagt, ich bin gleich wieder da, und ... ich liebe Dich, vergiss das nie!*«
Beck stand am Ende des Ganges mit dem Handy in der Hand. Juri konnte hören, wie es am anderen Ende läutete und dann hörte er, alles was Beck sprach:
.»Cheng Lu, Du musst zurück kommen, wir haben einen Durchbruch, aber es gibt Probleme, ich bin einwenig ratlos, wie ich das regeln kann, wann kannst Du hier sein? - Was erst am Montag, das ist gar nicht gut! - Dein Vertrauen in Ehren, aber die ganze Sache ist komplizierter, als Du denkst, ich will nicht am Telefon mit Dir darüber sprechen, ich will nicht einmal darüber nachdenken, Du weißt warum! - Na, gut wir sehen uns am Montag!«

»Verdammt, was soll ich tun? Juri lesen Sie meine Gedanken? ...Ähm...wenn ja ich verspreche Ihnen, wenn Sie mir ins Handwerk pfuschen, hat das schlimme Konsequenzen und das nicht nur für Sie, sondern auch für Ihre Hanna, also erzählen Sie Ihr nichts von meinen Gedanken oder ich zerstöre Ihr Gehirn und Hannas Leben, das ist keine Drohung, das ist ein Versprechen! Jetzt verstehe ich, wie sich Ihre Frau fühlen muss, aber Sie haben es in der Hand, es kann alles für Sie und Hanna gut werden, aber es kann auch in einer Katastrophe enden!«

»*Hanna Du musst hier schleunigst weg, Du bist in Gefahr, bitte, bitte glaube mir!*« hörte Hanna Juris eindringliche Stimme.

»Was? Warum, wohin soll ich denn, was ist denn los?« fragte Hanna aufgeregt.

»*Beck wird Dir nicht helfen, er wird Dich behandeln, wie ein Versuchskaninchen, wir sind lediglich ein Experiment für ihn, bitte vertraue mir, lauf weg, so schnell Du kannst!*« so intensiv war Juris Stimme noch nie.

»O.k.!« Hanna schnappte ihre Tasche und floh aus dem Zimmer. Dr. Beck schlenderte den Gang in ihre Richtung, und als er sie sah, rief er: »Wo wollen Sie denn hin, wir können schon weiter reden!« Hanna rief zurück: »Ich bin gleich wieder da, ich muss auf die Toilette!«

»Das ist die falsche Richtung, die Toiletten sind hier!« schrie Beck. Hanna ignorierte den Arzt und rannte in seine entgegengesetzte Richtung zur Tür ins Stiegenhaus.

»Juri, was ist los?« dachte sie intensiv, während sie die Stiegen hinunter lief.

»*Das erzähle ich Dir dann in aller Ruhe, lauf Hanna, Du musst raus hier!*«

Als Hanna am Portier vorbei lief, schrie dieser:

»Fräulein, wo wollen Sie denn hin, Sie sollen hier..!« Hanna ignorierte auch den Protier und rannte so schnell sie konnte zum Ausgang, hinaus aus dem Komplex, die Außenanlage hinunter bis zum Hauptausgang, durch das Tor auf die Strasse, dann blickte sie sich kurz um und sah ein Taxi auf einem fixen Standplatz.

Schnell sprang sie auf die Rückbank des Autos und sagte: »Fahren Sie bitte!«

»Wohin?« fragte der Taxilenker verduzt.

»Ähm... egal fahren Sie einfach los, äh Richtung Norden!«

Das Taxi fuhr los und Hanna sah den Portier und Dr. Beck im Seitenspiegel, wie sie durch das Haupttor des Krankenhauses liefen und wild mit den Armen gestikulierten.

»Juri, wohin soll mich der Fahrer bringen?«

»Auf keinen Fall zu Dir nach Hause, ich habe eine Idee, fahr fürs Erste zum Haus des Meeres, dort sucht Dich niemand und wir können in Ruhe weiter überlegen!«

»O.k., fahren Sie mich bitte zum Haus des Meeres!« sagte sie zum Fahrer.

Mit den Worten: »In Ordnung!« bestätigte der Taxilenker das Fahrtziel.

»Hanna, wieviel Geld hast Du bei Dir?«

»Knappe 100,- Euro, wieso?«

»Und wieviel hast Du auf Deinem Konto?«

»Ich weiß nicht ca. 450,- €. Was ist los?«

»Hanna, Du musst so schnell, wie möglich alles abheben und verschwinden!«

»Aber mit 450,- € werde ich nicht weit kommen, ich habe aber noch was auf meinem Sparbuch!«

»Hast Du das dabei?«-

»Nein, das liegt zu Hause, ich muss dort sowieso

hin, wenn ich weg soll, brauch ich einiges von zu Hause!«

»*Hanna, das geht nicht, die suchen Dich dort!*« -

»Juri, ich versuche Dir zu vertrauen, aber was soll der ganze Unsinn?«

»*Ich geh noch einmal in Becks Kopf, fahr Du zum Haus des Meeres und raste Dich einwenig aus, ich bin bald wieder bei Dir?*«

»Juri, bitte geh nicht, Du kannst mich doch jetzt nicht im Stich lassen!«

»*Ich muss, bin aber eh bald wieder da!*«

6. Kapitel

Das trügerische Herz

»Schwester Doris, ich muss noch einige Telefonate führen und dann bin ich außer Haus«, hörte Juri Beck denken und mit einer Schwester sprechen, dann hörte er ihre Antwort durch Becks Ohren:

»Aber Herr Doktor Sie haben in einer Stunde einen Termin mit dem Krankenhausvorstand.«

»Schwester Doris, das ist mir egal, sagen Sie den Termin ab!«

»Aber der Termin steht schon seit zwei Wochen.«, widersprach sie.

»Diskutieren Sie nicht mit mir, machen Sie was ich Ihnen sage!« fauchte der Doktor zurück und dachte bei sich: ›Die alten Knacker in der Verwaltung sollen sich bloß nicht künstlich aufregen, immerhin unterstützt die Liga das Krankenhaus finanziell nicht unerheblich, alles Idioten, die haben ja keine Ahnung!‹. Dann ging Beck in ein leeres Untersuchungszimmer, nahm sein Handy aus der Tasche und telefonierte: »Erwin, Beck hier, können Sie 11 B orten?« fragte er einen Mann.

»Im Moment nicht, ich hab noch ziemlich viel bei 11 C zu tun«, antwortete Erwin.

»Was? Wielange dauert das denn noch? Das ist mir egal ob Sie noch bei 11 C beschäftigt sind oder nicht, 11 B hat absolute Priorität«, dabei dachte er: ›*Kann sich denn niemand an meine Anordnungen halten!*‹

»Was soll ich denn zu ihr sagen, ich kann doch nicht einfach abbrechen«, widersprach Erwin.

Beck wurde ungehalten und schrie Erwin fast an:

»Um Himmels Willen, das kann doch nicht so schwer sein, sagen Sie, Sie hätten einen Notfall in der Familie, lassen Sie von mir aus Ihre Großmutter sterben, aber bewegen Sie Ihren Arsch ins Institut, sofort!« Völlig eingeschüchtert antwortete Erwin: »Ist in Ordnung Herr Doktor, ich werde in einer halben Stunde dort sein!«

»Gut, bis dann«, mit diesen Worten beendete Beck das Gespräch und zog einen Zettel aus der Innentasche seines Arztkittels und tippte die Nummer, die darauf stand in sein Mobiltelefon.

Als der Gesprächspartner abhob sagte Beck sofort:

»Sprechen Sie nicht, tun Sie was ich Ihnen nun sage, verabreichen Sie MCS sofort!« die weibliche Stimme am anderen Ende der Verbindung reagierte nahezu fassungslos: »Was? Aber da brauch ich Li's Bestätigung.«

Beck antwortete erzürnt: »Ich sagte Sie sollen nicht sprechen, Li kommt am Montag, ich habe nicht solange Zeit, verabreichen Sie eine geringe Dosis, das aber sofort, keine Widerrede!«

»Das brauche ich schriftlich und zügeln Sie Ihren Ton, ich bin keiner Ihrer Lakaien!« kam die Antwort der Dame etwas erbost.

Beck atmete tief ein und aus: »BITTE, tun Sie was ich Ihnen sage, Li ist damit einverstanden, bitte! Ich erkläre Ihnen alles, wenn ich im Institut bin!«

»Auf Ihre Verantwortung, so war das nicht geplant«, war die widerwillige Antwort der Frau. Beck sprach ganz sanft, aber mit Nachdruck: »Tun Sie es einfach, bitte seien Sie so freundlich unser Projekt hängt davon ab. Ich bin in 20 Minuten bei Ihnen, aber warten Sie damit nicht auf mich, wir müssen den Standort schützen.«

»Ich verstehe nichts, aber ich will Ihnen vertrauen, aber Sie schulden mir etwas«, erwiderte die Frau.

»Was immer Sie wollen, bis gleich«, dann legte Beck auf.

›Juri, sind Sie in meinem Kopf? Ich habe sie gewarnt, gleich bekommen Sie eine kleine Kostprobe, von dem was ich Ihnen versprochen habe‹, dachte Beck drohend.

Juri wollte zurück zu Hanna, doch es funktionierte nicht, sein Gehirn wurde so müde, dass er nicht mehr reagieren konnte.

Hanna war inzwischen im Haus des Meeres angekommen. Sie setzte sich ins Buffet und starrte bei einem Kaffee mit viel Milch, vor sich hin. Immer wieder fragte Sie: »Juri bist Du da?« doch erhielt sie keine Antwort.

»Was ist nur geschehen, ich verstehe gar nichts mehr, Juri wo bist Du?« sie hätte weinen können, doch sie wusste nicht weshalb, sie war nur noch verwirrt und egal was sie sich vorstellte, alles war so unwahrscheinlich und abstrakt. Wer könnte ihr jetzt noch helfen? Eveline? Nein, die hatte Hanna mehr als deutlich zu verstehen gegeben, dass sie nicht mit ihr sprechen wollte. Sollte sie wieder zurück zu Dr. Beck, mit dem stimmte doch, laut Juri, irgendetwas nicht und auch wenn Juri nur ein Gehirngespinnst wäre, versuchte in diesem Fall doch offensichtlich ihr Unterbewusstsein sie von Dr. Beck fernzuhalten.

›Ich muss für mich selbst Klarheit schaffen, was

weiß ich, oder glaube ich zu wissen, ich brauche ein Blatt Papier, um mir Notizen zu machen«, dachte Hanna und winkte den Kellner zu sich.

»Könnten Sie mir vielleicht ein Blatt Papier bringen?« fragte sie ihn freundlich mit einem Lächeln im Gesicht.

»Ich kann Ihnen ein Blatt von meinem Bestellblock geben«, entgegnete er.

»Oh, ich befürchte, das wird zu klein sein, ich bräuchte wirklich ein A4 Blatt«, als sie das sagte wurde ihr bewusst, dass auch sie den Dackelblick beherrschte.

Der Kellner sah sich kurz um und antwortete:

»Warten Sie einen Moment, die Gäste sind versorgt, ich laufe kurz in die Verwaltung und hole Ihnen eins«, dabei lächelte er Hanna fast liebevoll an und zwinkerte ihr zu.

›Wow!‹, dachte sie, ›der Dackelblick kann schon was‹.

»Juri, bist Du da?« wieder keine Antwort.

Der Kellner war wirklich flott und reichte Hanna das Stück Papier. »Ach, wie nett, vielen, vielen Dank!«

»Gerne geschehen für eine schöne Frau mach ich das doch gerne« und wieder zwinkerte er Hanna zu.

›*Süß, aber ich habe keine Zeit zum Flirten*‹, dachte sie und nickte nur dankbar.

Sie nahm einen Kugelschreiber aus der Tasche und begann zu schreiben:

14.2.2015 : Juris Unfall
Erster Kontakt zu Beck

17.2.2015 : Unfall auf der Rolltreppe
Zweiter Kontakt zu Beck

Erstmalige unregelmäßige Einnahme Kraviplex

20.2.2015 : Beerdigung Juri

24.2.2015 : Kontrolle der Wunde
Dritter Kontakt zu Beck

25.2.2015 : 1. Sitzung Rossmann

4.3.2015 : 2. Sitzung Rossmann
Beginn der regelmäßigen Einnahme von Kraviplex

16.3.2015 : 3. Sitzung Rossmann

17.3.2015 : Kontrolle der Wunde
Vierter Kontakt zu Beck

23.3.2015 : 4. Sitzung Rossmann

2.4.2015 : 5. Sitzung Rossmann
Anruf auf AB von Beck

5.4.2015 : Besuch an Juris Grab
Erstes Mal Juris Stimme bewusst gehört
und mit ihm kommuniziert

8.4.2015 Anruf Eveline, Rückruf von Beck

9.4.2015 Besuch bei Eveline, Termin bei Beck.
Flucht aus dem Krankenhaus

Hanna schrieb das nieder in der Hoffnung, dass sie
aus der Zeitabfolge irgend etwas lesen oder Zu-
sammenhänge erkennen könnte. Das einzige, was
ihr auffiel war, dass sie in den letzten Wochen fast
ausschließlich Kontakt zu Beck, Rossmann und seit
einigen Tagen zu Juri hatte. Vielleicht gibt es ja doch

einen Zusammenhang, irgendwie erschien es ihr seltsam, dass immer wieder Beck, derjenige war, der sie behandelte und auch Juri am Valentinstag operiert hatte, obwohl er kein Kassenarzt war. Aber warum sollte er ihr, wie er sagte Nahrungsmittelergänzung geben, die sie völlig irre werden ließen - Stimmen im Kopf, Verschwörungstheorien, das ergab doch alles keinen Sinn.

»Juri, bist Du da?« wieder nichts und es war sicher schon zwei Stunden her, als sie ihn zuletzt gehört hatte.

›*Wenn er nun nie wieder kommt? Dann kann ich mein Leben normal weiter führen. Kann ich doch nicht, wie soll ich das schaffen ohne Juri, vielleicht sogar ohne Eveline, ich muss nach Hause, mir ist das jetzt völlig egal, auch wenn Juri gesagt hat, es wäre nicht sicher zu Hause, was kann mir denn schon, passieren?*‹, dachte Hanna während sie den Kellner wieder zu sich winkte.

»Ich möchte bitte zahlen.«

»Gerne, das macht 2 Euro 90.«, antwortete er. Hanna gab ihm 5 und sagte mit einem freundlichen Lächeln: »Danke für das Papier, das passt schon!« Der Kellner freute sich sichtlich und wünschte Hanna noch einen guten Tag.

Als Hanna aufstand und ihre Jacke anzog, sah sie zwei Tische weiter einen Mann, der ihr bekannt vorkam. ›*Woher kenne ich den bloß?*‹, überlegte sie und dann viel es ihr ein: ›*Das ist doch Erwin, Evelines Handwerker-Freund, komischer Zufall!*‹, dachte sie und als sie noch einmal kurz hinsah zahlte Erwin gerade. Hanna ging auf die Toilette und danach in Richtung Ausgang des Haus des Meeres Sie ging die

Stiegen vom Areal hinunter zum Autobus und dachte fragend wieder: »Juri, bist Du da?« doch Juri war nicht da.

›Ich habe Hunger, vielleicht schau ich noch bei Lisa vorbei, bevor ich nach Hause gehe, mein Kühlschrank ist gähnend leer und ich habe keine Lust einkaufen zu gehen, das mach ich dann morgen‹, plante sie, während sie in den Bus stieg.

Das Café in dem Lisa arbeitete, war nur wenige Schritte von der Autobushaltestelle entfernt und auch nur fünf Minuten von Hannas Wohnung.

›Ich werde einfach weiter leben, wie es jeder normale Mensch tun würde, egal ob mit oder ohne Juri, sonst werde ich wirklich noch verrückt‹, dachte Hanna, als sie ihr und Juris Stammlokal betrat.

Lisa hatte Dienst und strahlte Hanna herzlich an, als sie ihr entgegen rief: »Hanna, schön Dich wieder öfter hier zu sehen!« dann kam sie zu Hannas Tisch und nahm die Bestellung auf.

»Wie war es im Kino?« fragte Hanna.

»Im Kino? Ach ja das Kino, ich war nicht dort?« grinste Lisa. »Max und ich wollten uns zwar gestern den Film ansehen, aber wir hatten vor dem Kinobesuch noch Zeit und gingen in eine Bar, dann haben wir die Zeit übersehen und Max meinte es wäre nicht schlimm, dass die Karten verfallen sind, es war so schön mit mir zu plaudern«, Lisa sah so glücklich aus.

»Hast Du Dir den Film angesehen?«

»Nein, leider nicht, ich hatte noch keine Zeit!« antwortete Hanna und spielte sich mit ihrem Armband.

»Das ist ein hübsches Kettchen, das Du da hast«, bestaunte Lisa Hannas Armband.

»Ja, gefällt es Dir? Die Anhänger sind alle ein Geschenk von Juri gewesen, sein letztes ist dieses Herz«, Hanna drückte auf den Knopf auf der Rückseite, sodass es rot leuchtete.

»Das ist hübsch«, entgegnete Lisa, und Hanna musste schmunzeln, Lisa war ja so eine schlechte Lügnerin, um das zu erkennen brauchte man wirklich keine telepathischen Fähigkeiten. Doch Hanna war nicht böse, denn sie verstand Lisa, das Herz war derart kitschig, dass es wahrscheinlich nur wenige Frauen, als hübsch bezeichnet hätten.

»Das war Juris Valentinsgeschenk«, sagte sie schnell, um sich indirekt zu rechtfertigen, warum sie dieses hässliche Ding trug.

»Ach, wie großzügig von Juri, die Reise und ein Herz, ihr ward ja so ein hübsches Paar. Entschuldige, ich hoffe ich trete Dir nicht zu nah?« sprach Lisa unerschrocken aus, was sie dachte. Hanna schmunzelte wieder und dachte bei sich, so übel ist Lisa gar nicht, vielleicht ein wenig naiv, aber herzlich und ehrlich. Dann fiel ihr plötzlich auf, und es platzte aus ihrem Mund: »Welche Reise Lisa, was meinst Du?«

»Na der Kurztrip nach London«, Lisa bemerkte Hannas fragenden Gesichtsausdruck. »Na, die gemeinsame Reise, die Juri Dir zum Valentinstag schenkte, er war hier, nachdem er die Tickets Anfang Februar besorgt hatte, wir haben noch gescherzt, er meinte er müsse sie gut verstecken, denn Frauen finden grundsätzlich, zufällig alles, außer das, was sie in Wirklichkeit suchen. Er erzählte, dass Ihr ausgemacht hattet, ihr würdet Euch nichts gegenseitig schenken, weshalb er ein Geschenk für Euch Beide ausgesucht hatte!« Hanna standen Tränen in den Augen, warum fand man dann dieses Herz in Juris Auto, es entsprach auch in keiner Weise seinem Geschmack und wo hat er die Tickets versteckt?

»Ist alles in Ordnung Hanna? Ich wollte Dich nicht traurig machen«, fragte Lisa mit ihrem obligatorischen Dackelblick.

»Nein Lisa, es ist alles gut«, versuchte Hanna zu lächeln.

»Ich bringe Dir gleich Dein Baguette und das Cola, heute ist nicht viel los, da dauert es nicht lange«, murmelte Lisa, als sie zur Theke ging.

Hanna war hin und her gerissen, sollte sie nach Hause laufen und die Tickets suchen und was hat es mit diesem Herz auf sich, wollte Juri es einer anderen Frau - »Juri, bist Du da?« fragte sie in ihren Gedanken zornig. Keine Anwort.

Nein, diese Möglichkeit schien ihr absurd, Juri hatte einige Fehler, aber er hätte sie niemals betrogen, dessen war sie sich sicher.

›*Ein hübsch eingepacktes Herz aus dem Autowrack meines Mannes, sehr, sehr eigenartig?*‹, dachte Hanna und sah aus dem Fenster, als sie wieder Erwin sah, wie er in ein Auto sprang, welches

kurz stehen blieb und gleich nach Erwins Einstieg los fuhr.

›*Was macht der hier, verfolgt er mich, hat Eveline ihn überredet mich zu überwachen? Aber ich habe ihn nicht im Bus gesehen, da war nur ein alter Mann, ein Schulkind mit Rucksack und ein paar asiatische Touristen. Wie konnte er wissen, dass ich hier bin?*‹ Und plötzlich fuhr es durch ihr Hirn: ›*das Herz, kann das möglich sein, dass es ein Sender oder wie man es von den Krimis kennt, eine Wanze ist?*‹ Am Liebsten hätte sie das Herz in seine Einzelteile zerlegt, aber dann dachte sie: ›*Nein, das kann ich nicht machen, dann ist es kaputt und man würde sofort merken, dass etwas nicht stimmt, wenn man mich nicht mehr orten könnte oder abhören. Ich muss mir was anderes einfallen lassen, vielleicht hatte Juri Recht und ich bin in Gefahr, aber warum?*‹

Hanna ging zur Theke und sagte zu Lisa:

»Lisa ich weiß, dass wir nicht die allerbesten Freundinnen sind, aber ich empfinde Dich schon als hm gute Bekannte und potentielle Freundin?«

Lisa schaute verwundert: »Äh, danke, ich hatte eher das Gefühl, dass Du mich nicht leiden kannst, aber vielleicht habe ich mich geirrt, ich wäre gerne Deine Freundin, weißt Du ich habe nicht sehr viele!«

»Lisa, ich brauche Deine Hilfe und ich weiß, was ich jetzt sage klingt total eigenartig. Ich habe das Gefühl, dass dieses Herz ein Sender ist!« flüsterte Hanna.

»Echt und Du veräppelst mich sicher nicht?« fragte Lisa vorsichtig und ganz leise.

»Nein Lisa, ganz ehrlich, es ist nur so ein Gefühl, bitte kannst Du dieses Herz in Deine Tasche stecken und wenn Du das Gefühl haben solltest, verfolgt zu werden, schmeiße es einfach in einen Gulli oder in den Müll«, erklärte Hanna und setzte ihren, heute schon einmal erfolgreichen, Dackelblick auf.

»Wow, das klingt aufregend, wie in einem Film, aber kann mir da auch wirklich nichts passieren?« fragte Lisa verunsichert.

»Nein, die wollen mich, die werden Dir sicher nichts tun!« flüsterte Hanna und dachte im Anschluss ›*Hoffentlich!*‹.

»O.k., ich mache es, wenn es Dir hilft und keine Sorge, ich halte Dich nicht für paranoid. Wer meinst Du, schenkt Dir einen Sender in einem Herzen versteckt?« dabei lächelte Lisa.

Hanna dachte nur: ›*also, das wäre das Sicherste für Lisa, wenn ich wirklich nur einwenig paranoid wäre!*‹

»Ich erzähle Dir mehr, wenn ich wieder komme o.k.? Bitte packe mir das Baguette ein, wenn es fertig ist, wie spät ist es eigentlich schon?« fragte Hanna.

»Es ist kurz vor halb fünf, wo willst Du hin?« Hanna schaute Lisa fragend an, als würde sie sagen wollen: 'was geht Dich das an', deshalb ergänzte Lisa flüsternd ihre Worte: »Nur für den Fall, dass Dir etwas passiert oder Du nicht wieder kommst?«

Hanna dachte es wäre gar nicht so dumm jemanden in ihren Plan einzuweihen, aber ob Lisa die Richtige dafür ist, zumindest ist sie unauffällig, dann schrieb sie auf ein Stück Papier:

Mag. Rossmann, Antonigasse 10

»Mehr musst Du nicht wissen, hier hast Du das Herz. Hast Du Morgen Vormittag Dienst?« flüsterte Hanna, während sie Lisa das Herz auf die Theke legte und dabei ihren Finger vor den Mund hielt.

»Ab neun Uhr bin ich hier!« wisperte Lisa.

»Dann sehen wir uns morgen Früh und ich möchte gerne zahlen«, bat Hanna.

Hanna zahlte, zwinkerte Lisa zu und verließ mit ihrem Baguette in einem Plastiksackerl das Café.

Vor der Tür schaute sie in alle Richtungen, doch sie sah niemanden. Der nächste Taxistand war ca. 10 Minuten entfernt, Hanna drehte sich immer wieder um und beobachtete genau, ob sie jemand verfolgte, aber sie konnte nichts auffälliges feststellen.

Kurz nach fünf stieg Hanna aus dem Taxi vor Rossmanns Praxis. Sie wusste Donnerstag hatte Rossmann
seinen langen Tag bis 19 Uhr für Berufstätige.

In der Gemeinschaftspraxis angekommen, sagte sie
zu Waltraut: »Ich weiß, ich habe keinen Termin, aber
könnte ich bitte mit Mag. Rossmann sprechen? Es ist
wirklich dringend!«

Die Sprechstundenhilfe antwortete prompt, kurz aber
freundlich: »Tut mir Leid Frau Magistra Worobjowa,
aber Mag. Rossmann ist nicht mehr hier!«

»Oh, ich dachte er hätte heute bis 19.00 Uhr Sprech-
stunde?«

»Nein, Sie verstehen nicht, Mag. Rossmann hat
beschlossen in Pension zu gehen«, klärte Waltraud
Hanna auf.

»Er hat mir vorige Woche gar nichts davon erzählt!«
meinte Hanna verwirrt.

»Nein, es war überraschend, er kam heute Nachmittag nach seiner Mittagspause zurück und meinte,
er hätte das hier nicht mehr notwendig und würde in
Pension gehen, dann packte er alle, seine privaten
Dinge, aus seinem Praxisraum, in eine Schachtel,
meinte den Rest würde später jemand holen und ging
einfach so«, erzählte Waltraut mit einem beleidigten
Unterton.

»Aha, aber... aber können Sie mir wenigstens helfen
und mir meinen Akt kopieren?«

»Nein, tut mir leid das kann ich nicht!«

Hanna wurde etwas wütend: »Ich darf von Rechts-
wegen meine persönlichen Krankenakten einsehen,
also bitte ich Sie, mir diese zu übergeben!« pochte
Hanna auf ihr Recht.

»Frau Magistra, Sie haben völlig recht, aber ich kann

Ihnen Ihre Akten nicht geben, weil kurz nachdem Rossmann die Praxis verlassen hat, alle MC Akten abgeholt wurden, so auch Ihre«, erwiderte Waltraut freundlich und zuckte dabei mit ihren Schultern: »Es tut mir wirklich Leid, ich kann Ihnen nicht weiterhelfen.«

»Oh, danke, aber darf ich Sie noch kurz fragen, wer die Akten abgeholt hat und was MC bedeutet?« und zum dritten Mal zeigte Hanna an diesem Tag ihren Dackelblick.

»Es tut mir wirklich sehr Leid, ein Mann, der gekleidet war, wie ein Handwerker, holte die Akten und MC war eine Kurzform für die Behandlungsart, für das Programm, welches dem Patient verordnet wurde, was es hieß, weiß ich selber nicht. Diese Akten waren immer streng vertraulich und außer Mag. Rossmann und Dr. Beck hatte niemand Zugriff darauf. Sie wurden auch nicht digitalisiert, es gab sie nur in Papierform und sie wurden immer in Rossmanns Save weggesperrt! Aber Sie müssten doch wissen, an welchem Programm Sie teilnahmen?« antwortete Waltraud und sah Hanna fragend an.

»Danke für Ihre Hilfe! Dr. Beck hatte Zugriff auf die Akten?« fragte Hanna nach.

»Ja, er traf sich so alle zwei Wochen mit Mag. Rossmann, aber es waren ja nur 5 MC Patienten, die Rossmann betreute, die anderen Ärzte hier haben gar keine MC-Patienten.«

»Frau Waltraud ich bitte Sie, können Sie mir nicht die Daten der anderen MC-Patienten geben, ich weiß das ist unverschämt und das dürfen Sie von Gesetzwegen nicht, doch niemand wird es erfahren, das verspreche ich Ihnen«, während dieser Bitte kramte

Hanna in ihrer Tasche, faltete einen 50er zusammen und schob ihn Waltraud zu.

Waltraut schaute sich kurz um und steckte flott den Schein weg. Dann öffnete sie ihr Terminbuch, schob es ein kleines Stück Hanna entgegen:

»Nein, das darf ich wirklich nicht, außerdem kenne ich nur die Namen und die Telefonnummern im Visitenkartenständer und muss jetzt wirklich dringend auf die Toilette«, dabei zwinkerte sie Hanna zu, schlängelte sich an ihr vorbei und sagte bevor sie auf der Toilette verschwand: »Bitte warten Sie nicht auf mich, die Sitzung könnte länger dauern.«

Hanna schrieb sich so schnell sie konnte alle Namen aus dem Terminkalender, neben dem MC klein gekritzelt stand, auf. Zum Glück waren keine Patienten im Warteraum und sie hörte auch niemanden, der sich den Türen der Praxisräume näherte. Hanna durchforstete die Visitenkarten und erhielt auf diese Art 3 Telefonnummern von insgesamt 4 MC-Patienten, dann hörte sie auf zu suchen, da sie Stimmen aus einem der Räume näher kommen hörte. Hanna verließ eilig die Praxis.

Vor dem Haus schaute sie sich wieder um, aber auch da war nichts Auffälliges. Als Hanna am Weg zur U-Bahn war, läutete ihr Telefon, ein Anruf von einer Festnetznummer, Hanna war neugierig und hob ab: »Ja bitte?«

»Hanna, bist Du das? Hier ist Lisa!« ihre Stimme klang ganz aufgeregt.

»Ja, ist alles in Ordnung?« entgegnete Hanna.

»Nein, Dein Herz ist weg, ein Mann kam vor 10 Minuten ins Café und fragte nach Dir, als ich sagte Du seist nicht da, sah er mich total böse an und fragte, ob Du vielleicht etwas vergessen hättest, als ich fragte was, erwähnte er den Anhänger, da wusste ich nicht, was ich sagen sollte und sagte ihm, dass ich einen gefunden hätte, aber nicht wusste, dass er von Dir war, ich glaube nicht, dass er mir das abgenommen hat, dann meinte er, er sieht Dich heute sowieso noch und bringt ihn Dir. Hanna entschuldige, ich habe ihm das Herz gegeben, bitte sei mir nicht böse!«

»Lisa, keine Sorge, Du hast alles richtig gemacht«, dabei dachte Hanna es wäre besser gewesen sie hätte sich blöd gestellt und anschließend das Teil in den Müll geworfen. »Lisa, wie sah der Mann, denn aus?«

»Er war sehr groß, ziemlich muskulös und hatte rote Haare! Kennst Du ihn?«
Das war auf keinen Fall Erwin.

»Nein, keine Ahnung wer das war, aber es ist alles gut und es macht nichts, dass das Herz weg ist.«

»Glaubst Du er kommt vielleicht wieder?«

»Nein, keine Angst, der hat ja jetzt was er wollte, aber wenn Du Dich fürchtest, frage doch Max, ob er nicht zu Dir kommen mag bis Dein Dienst endet und ähm Du kannst ihn ja ruhig erzählen was war, er versteht Deine Furcht sicher«, erklärte Hanna.

»Hanna, es tut mir so leid, bitte, bitte sei mir nicht böse.«

»Lisa, ich bin Dir nicht böse sondern dankbar, Du hast mir sehr geholfen, ich werde wahrscheinlich in Urlaub fahren, und wenn ich zurück bin, sehen wir uns und gehen gemeinsam ins Kino, wenn Du willst«, versuchte sie Lisa zu beruhigen.

»Ja, das wäre schön«, antwortete die junge Frau.

»Danke Lisa, ich muss jetzt Schluss machen meine U-Bahn kommt. Tschüss, gib acht auf Dich.«

»Mache ich, bis bald Hanna.«

Bevor die U-Bahn kam, ging Hanna die Stiegen wieder hinauf, nahm Ihren Akku aus dem Handy, wie sie es aus Filmen kannte und warf ihn in den Müll. Dabei dachte sie: ›*Ganz schön paranoid, aber vielleicht hat ja jemand mitgehört. Shit, was bin ich für eine Freundin, ich hätte Lisa nie in so eine Lage bringen dürfen!*‹

Am Taxistand vor der U-Bahnstation stieg Hanna ins Taxi: »In die Michaelagasse 12 bitte.«

7. Kapitel

Die Wiedergutmachung

Es war 18 Uhr 15, als Hanna zu Hause ankam, in ihrem Plastiksackerl war das Schinkenbaguett leider inzwischen kalt geworden.

Hanna ging zu Fuß in den 3. Stock zu ihrer Wohnung. Als sie nach ihrem Schlüssel kramte, merkte sie, dass die Wohnungstür aufgebrochen war. Ihr Herz begann wild zu pochen und sie fragte hysterisch, »Juri, Juri wo bist Du, antworte gefälligst!« - nichts!

›Was soll ich tun, die Polizei anrufen, ich habe keinen Akku, die Nachbarn fragen, ob sie für mich die Polizei anrufen? Der letzte Polizist mit dem ich Kontakt hatte, hat mir dieses komische Herz gebracht! Soll ich hinein gehen? Was soll ich tun, wenn jemand in meiner Wohnung wartet? Einfach schnellstens weg von hier, aber ich muss in meine Wohnung.‹

Sie überlegte noch angestrengt, als plötzlich die Aufzugtür aufging und ein fremder Mann vor ihr stand. ..»Entschuldigen Sie bitte, sind Sie Frau Worobjowa?« Hanna wusste nicht was sie sagen sollte und ging im Rückwärtsgang zur Tür der Nachbarn, um im Notfall läuten zu können, sie hörte Stimmen aus der Wohnung, also war jemand zu Hause.

»Ja, wie kann ich Ihnen helfen?« fragte sie zögerlich und misstrauisch.

»Mein Name ist Felix ich bin der Sohn von Ferdinand Rossmann, Ihrem Therapeuten, ich muss dringend mit Ihnen sprechen«, sagte er mit einer klaren sympathischen Stimme.

»Was wollen Sie von mir?« entgegnete ihm Hanna etwas unfreundlich.

»Bitte, können wir nicht in Ihre Wohnung oder woanders hingehen, um in Ruhe sprechen zu können. Keine Angst, ich will Ihnen helfen und hoffe Sie können mir helfen.«

»Ich kann Ihnen nicht helfen und Sie mir auch nicht, und in meine Wohnung kann ich Sie auch nicht mitnehmen, sehen Sie, es wurde eingebrochen, ich traue mich da nicht hinein.«

»Frau Worobjowa, ich kann gemeinsam mit Ihnen nachsehen, ob noch jemand in der Wohnung ist.«

»Woher, weiß ich, dass Sie nicht zu den Einbrechern gehören?«

»Wenn Sie wollen, können wir die Polizei anrufen.«

»Nein, mein Handy ist kaputt, was wollen Sie eigentlich von mir? Lassen Sie mich doch einfach in Ruhe!«

»Frau Hanna bitte, mein Vater wurde heute Nachmittag ermordet, ich habe ihn erstochen in seinem Arbeitszimmer gefunden.«

»Oh mein Gott, das tut mir furchtbar leid, aber was hat das mit mir zu tun?«

»Waltraud hat mir erzählt, dass Sie ihn dringend sprechen wollten und mein Vater hinterließ mir eine Nachricht auf meiner Mailbox, Hanna ich muss Ihnen helfen, dass bin ich meinem Vater schuldig«, der Mann hatte Tränen in den Augen und seine Stimme klang so aufrichtig, dass Hanna nicht anders konnte als zu sagen: »Ich spreche gerne mit Ihnen, aber zuerst muss ich in meine Wohnung, ganz kurz, haben

Sie eigentlich ein Auto?«

»Ja warum?«

»Ich hole einige dringende Sachen, und dann muss ich irgendwo hin, wo mich niemand so schnell findet, aber das können wir ja drinnen besprechen, sofern die Einbrecher weg sind.«

»Ich glaube, wir sollten in Ihrer Wohnung gar nicht sprechen, vielleicht werden Sie ja abgehört.«

»Das stimmt, begleiten Sie mich trotzdem hinein?«

»Natürlich!«

Hanna und Rossmann Junior schlichen so leise, wie möglich in die Wohnung, Hanna drehte das Licht an, die Wohnungstür ließ sie ganz weit offen, um Notfalls flüchten zu können.

»Ist hier jemand?« fragte Hanna schüchtern, während Rossmann in jedem Zimmer das Licht anmachte und schaute, ob jemand da war.

»Es ist keiner hier Frau Hanna, rief er aus dem Bad, sie können die Tür schließen.«

Hanna ging zu ihm ins Bad, hielt Ihren Zeigefinger vor Ihren Mund und sagte dann laut und deutlich:

»Danke Herr Müller, dass sie nachgeschaut haben, ich komme jetzt schon allein zurecht!«

»Bitte, gerne Frau Worobjowa, sie sollten nachsehen, ob etwas gestohlen wurde und die Polizei und den Schlüsseldienst rufen«, antwortete der vermeintliche Hausmeister Müller.

»Das werde ich machen! Schlafen Sie gut auf wieder sehen und danke nochmal.«

»Bitte gerne, gute Nacht!« erwiderte Rossmann.

Hanna deutete ihm er solle ins Wohnzimmer gehen und sich aufs Sofa setzen. Der Mann nickte und folgte ihrer Anweisung. Hanna, ging ins Schlafzimmer, um

eine Reisetasche und Kleidung zu holen. Dann ging
sie wieder ins Bad, um ihre Toilettartikel einzupacken,
da merkte sie, dass ihre restlichen Kraviplex-Tabletten
weg waren, sonst schien alles da zu sein, ihr Schmuck
und ihr Sparbuch in der Nachttischlade. Sofort ging
Hanna in Juris kleines Arbeitszimmer und durchsuchte seine Laden, es war alles da und sie fand sogar die
Tickets für den Kurztrip nach London, der anscheinend für Pfingsten geplant war und dann war da noch
ein kleiner Schlüssel mit einem Anhänger von Juris
Bank, der musste wohl zu einem Schließfach gehören.
   »Juri, bist Du endlich wieder da?« leider nicht, dabei
sehnte sich Hanna nach seiner Stimme und ein paar
Antworten. Als Hanna fertig mit dem Durchsuchen
des Schreibtisches war, sah sie ein Blatt Papier auf
der Computertastatur vor Juris PC liegen. Es war ein
Brief an sie:

Frau Worobjowa,

sollten Sie die Polizei rufen oder sich nicht
bis Montag Punkt 11.00 Uhr bei mir melden, wird Ihr Mann endgültig sterben!
Das ist keine Drohung sondern ein Versprechen!
Dr. B

Hanna lief entsetzt ins Wohnzimmer und hielt ihrem
unbekannten Gast den Zettel vor die Nase. Felix
schüttelte nur den Kopf und man sah, dass er ehrlich
erschüttert war, dann klopfte er mit seinem Zeigefinger auf seine Uhr und sah Hanna mit einer flehenden
Mimik an. Hanna nickte, packte noch so schnell sie
konnte fertig ein, nahm das Sackerl mit dem Baguette

und winkte Rossmann Junior in den Vorraum, dann verließen sie gemeinsam Hannas Wohnung. Die Tür ließ sich nicht schließen, also lehnte Hanna sie nur an. Am Weg nach unten sagte Hanna zu Rossmann:

»Ich habe das Notwendigste eingepackt, aber ich weiß echt nicht wohin? Kennen Sie ein günstiges Hotel oder eine Pension außerhalb von Wien?«

»Können wir einander nicht Duzen, ich bin Felix, da lässt es sich einfacher miteinander reden?«

»Ja, von mir aus, ich heiße Hanna, aber das wissen Sie...ähm... das weißt Du ja schon!«

»Ich würde vorschlagen Du kommst mit in mein Hotel, ich sage Du wärst meine Ehefrau, das ist sicher kein Problem und bei mir wird Dir nichts passieren, außerdem ist es ein sauteures 5 Sternehotel und die passen wirklich auf, dass nichts passiert!«

»Wenn die so gut sind, merken die doch, dass ich nicht Deine Frau bin, wenn sie meinen Ausweis sehen!«

»Hanna, die bekommen Deinen Ausweis nicht zu Gesicht, die kennen mich, ich bin seit vielen Jahren dort immer wieder Gast.«
Hanna stieg in Felix Auto, konnte aber nicht aufhören alles zu hinterfragen, »und was ist, wenn Du überwacht wirst, die wissen dann doch, dass Du immer in dieses Hotel gehst?«

»Die wissen gar nichts von mir, die wissen nicht einmal, dass mein Vater überhaupt einen Sohn hatte, ich trage auch nicht seinen Namen, ich heiße ganz simpel Felix Schneider.«

»Du hast mich angelogen, Du sagtest Du bist Felix Rossmann der Sohn von ...ähm... ich glaube Ferdinand.... ja, der Sohn von Ferdinand Rossmann. Das war keine vertrauensbildende Maßnahme, Du hast mich in den ersten 3 Minuten schon belogen.«

»Nein, habe ich nicht, ich sagte ich heiße Felix und bin der Sohn von Ferdinand Rossmann.«

»Kann sein, ist ja auch nicht so wichtig, ich glaube wir oder ich habe im Moment ganz andere Sorgen.« Felix schaute während seiner Fahrt auffällig oft in den Rückspiegel, einmal hielt er sogar kurz in der Ladezone eines Lebensmittelgeschäftes.

Hanna fragte ihn: »Ist alles o.k., werden wir verfolgt?«

»Ich befürchte ja, lass mich überlegen, wie wir den abschütteln können!«

Hanna begann zu schluchzen: »Das darf doch nicht wahr sein, wo bin ich da reingeraten und was soll dieser Brief, ich schaffe das alles nicht, vielleicht sollte ich Beck anrufen und mich mit ihm treffen, damit nicht noch mehr Menschen in Gefahr geraten.«

»Nein, Hanna das tu bitte nicht, ich werde Dir alles erklären, sobald wir in Sicherheit sind, ich habe hier in Wien einen etwas zwielichtigen Freund, bitte nicht erschrecken, aber der wird uns helfen, versprochen und bitte hör‘ auf zu weinen, wir schaffen das gemeinsam.«

Felix fuhr aus der Ladezone, bog in eine Seitengasse und wendete, dann fuhr er zurück in die Richtung aus der sie kamen.

»Wir fahren zu meinem Freund, der hat ein Lokal in einer Seitengasse vom Gürtel, ich muss dazu sagen, ein einschlägiges Lokal!«

»Was! Du bringst mich in ein Puff?« fragte Hanna entsetzt.

»Das ist der Plan, der Besitzer ist Russe, wie Juri

und ich vertraue ihm blind.«

Hanna gab auf, es war inzwischen 8 Uhr Abends, sie war müde, hungrig und frustriert. Sie nahm ihr kaltes, inzwischen etwas unappetitlich aussehendes Baguett aus dem Sackerl, schaute kurz zu Felix:

»Darf man in Deinem Auto essen?«

Felix lachte: »Das ist ein Mietauto, Du darfst hier alles, aber ich finde es witzig, dass Du jetzt essen kannst.«

»Ich habe heute noch nichts gegessen und es lenkt mich von dem Wahnsinn hier ab.«

Hanna hatte gerade Mal die Hälfte ihrer Mahlzeit zu sich genommen, als Felix vor einem alten Schiebetor hielt, aus dem Auto sprang, das Tor öffnete und in einen kleinen Hinterhof fuhr.

»Hanna, wir sind da! Steig' aus und nimm Deine Sachen mit, ich schließe schnell das Tor wieder!«

Hanna dachte: ›*Der Typ scheint wenigstens zu wissen was er tut!*‹ und war froh nicht mehr so alleine zu sein.

»Komm schnell Hanna, wir gehen durch den Hinter-eingang«, mahnte Felix zur Eile.

Hanna nahm ihre Sachen und Felix half ihr mit der großen, schweren Tasche.

›*Oh ja*‹, dachte Hanna, als sie in das Haus gingen, ›*das ist tatsächlich ein Bordell!*‹.

Felix fragte eines der herumstehenden Mädchen, ob Dimitri da sei und die junge Frau nickte und deutete mit ihrem Kinn in Richtung einer Tür.

»Komm Hanna, er ist in seinem Büro, wir haben Glück.«

Hanna stand nur sprachlos da und schaute sich neu-gierig um, noch nie in ihrem Leben war sie in einem

Bordell, auch die Mädchen begutachteten Hanna und tuschelten. Hanna dachte: ›*Die denken sicher, ganz schön alt für eine Neue!*‹, dann schüttelte sie sich und folgte Felix ins Büro.

Als Dimitri Felix sah, sprang er sofort von seinem Schreibtischsessel auf, strahlte über sein ganzes Gesicht, umarmte Felix, Küsschen links und Küsschen rechts und mit einem typisch russischen Akzent schrie er: »Felix, meine gute, alte Freund, wie lange wir haben uns nicht mehr gesehen?«

»Hallo Dimitri, das ist sicher schon 4 Jahre her, das ist Hanna eine gute Freundin, wir brauchen dringend Deine Hilfe.!«

»Guten Tag Hanna, sie sehen aus müde, wollen sie nicht ausruhen und in eine Zimmer oben, frisch machen sich, wenn ich hier mit meine gute, alte Freund Angelegenheiten kläre?«

Hanna sah Felix fragend an?

»Danke Dimitri, Hanna das ist eine gute Idee, nimm aber nur Sachen mit hinauf, die Du brauchst, ich möchte Dein Zeug auf Wanzen oder Sender untersuchen.«

»Ah, das hubsche Paar wird verfolgt? Ich habe tolle Gerät von FSB, da geht das ganz schnell«, warf Dimitri ein.

»Echt, das ist ja super!« konnte Felix seine Begeisterung nicht zurückhalten.

Und Hanna hatte das Gefühl gar nicht da zu sein, niemand fragte sie, ob sie damit einverstanden wäre oder vielleicht einen anderen Plan verfolgen würde. Aber Hanna hatte keinen Plan und so musste sie Felix und Dimitri einfach vertrauen.

Dimitri holte einen kleinen Handscanner aus der

Schublade: »Muss ich noch Batterien tauschen, ha ha!« sagte er lachend und versuchte mit seinen klobigen Fingern das Fach für die Batterien zu öffnen.

»Kann ich helfen, ich habe längere Fingernägel?« fragte Hanna schüchtern, sie konnte Dimitri nicht zusehen.

»O.k., hier Frauen können besser arbeiten mit Händen und Finger!« dabei grinste er verwegen und zog eine Augenbraue hoch. Hanna runzelte ihre Stirn und ging nicht näher auf das Gesagte ein.
Geschickt öffnete sie da Batteriefach und entnahm die Batterien.

»Muss ich holen frische Batterien aus Lager!« sagte Dimitri und ging Richtung Tür.

»Ich hoffe Du findest welche«, sorgte sich Felix.

»Oh, guter Freund, Batterien sind da genug, für Spielzeug, Du weißt schon!« dabei lachte er wieder. Felix grinste und schüttelte seinen Kopf. Als Dimitri den Raum verließ, flüsterte Hanna:

»Was ist das für ein Typ, der bedient ja jedes Klischee eines russischen Mafiabosses.«

»Nein Hanna, Dimitri ist schon in Ordnung, der hat wenigstens noch Handschlagqualität, nach dem Scannen Deiner Sachen, geh' wirklich in ein Zimmer und ruhe Dich aus, ich muss mit ihm reden unter vier Augen«, entgegnete Felix.
Hanna nickte nur. Es dauerte nicht lange, bis Dimitri mit Batterien zurück kam und sie Hanna entgegenhielt.

»Danke!« stammelte sie, während sie das Gerät bestückte. Dann scannte Dimitri Felix und Hanna samt ihrem Gepäck, als er den Scanner zu Hannas Füßen führte fing cr zu picpscn an. »Schuhe!« sagte Dimitri.

»Der Rechte, ausziehen bitte«, Dimitri schaute ernst und besorgt. Hanna zog ihren Schuh aus und reichte ihn Dimitri, der ein Taschenmesser aus seiner Jacke holte und ziemlich brutal die Sohle von Hannas Schuh entfernte. Dann stichelte er mit der Spitze seines Messers ein kleines Rundes Ding aus dem Hohlraum des Absatzes, warf es zu Boden und zermalmte es mit dem Absatz seines Schuhs.

»Die sind neu und waren echt teuer, ich habe sie heute erst zum zweiten Mal an!« stammelte Hanna geschockt.

»Seit wann trägst Du sie?« fragte Felix.

»Ich habe sie als wir in der Wohnung waren ge-wechselt«, kam Hannas Antwort, wie aus der Pistole geschossen.

»Sie wissen, dass wir hier sind, wir müssen weg!« reagierte Felix aufgeregt.

»Keine Sorge Freund, hier wird nichts geschehen, was Dimitri nicht will! Erzähle mir was passiert ist, ich kann helfen«, mischte Dimitri sich in das Ge-spräch ein, »Yvonne bringt Hanna hinauf in ein gute Zimmer und wir Beide reden.«
Felix nickte, sah zu Hanna und schloss seine Augen kurz bejahend. Dimitri drückte auf den Knopf einer Fernsprechanlage und man hörte seine Stimme in allen Räumen: »Yvonne ins Büro!«
Es dauerte keine zwei Minuten, dann klopfte es an der Tür und eine junge hübsche Blondine in aufreizenden Dessous kam herein: »Dimi, Du wolltest mich se-hen?.«

»Ah, Yvi Schatz, bitte bringe Frau Hanna in eine freie, gute Zimmer und hilf ihr entspannen!« dabei zwinkerte er Hanna zu.

»Was?!« entfuhr es Hanna: »Danke, ich habe prinzipiell nichts gegen Entspannung, aber heute ... ähm... tut mir leid, bin ich nicht in Stimmung«, stammelte sie.

»Kein, Problem«, lächelte Yvonne, »folge mir.« Hanna sah Felix fragend an und er kippte kurz seinen Kopf in Richtung Tür. Mit einem fast verzweifelten Blick, nahm Hanna ihre Sachen und schlüpfte in den sohlenlosen Schuh, dann verschwanden sie und Yvonne aus dem Büro.
Es war ein nettes, kleines Zimmer mit einem großen runden Bett in der Mitte, natürlich war roter Samt an den Wänden und eine schwarze Lederbank diente zur Kleiderablage.

»Kann ich Dir helfen?« fragte Yvonne.

»Nein, das ist total lieb, aber ich werde mich duschen und frisch machen, dann gehe ich wieder zu Felix hinunter.«

»Gut dann zeige ich Dir noch das Bad!« bot Yvonne an und nahm einen Kaugummi aus dem Nachtkästchen, steckte ihn in ihren Mund und kaute sehr ambitioniert darauf herum. Dann nahm sie Hanna an der Hand, ging mit ihr ins Bad.

»Hier kannst Du Dich duschen, aber Vorsicht Kamera, bevor Du Dich ausziehst..!« Yvonne nahm den Kaugummi aus dem Mund und klebte ihn über eine winzige Kameralinse, die in die Fuge zwischen zwei Fliesen eingearbeitet war, dann sah sie Hannas erstaunten Gesichtsausdruck und musste lachen: »Im Zimmer ist auch eine, nur zur Sicherheit für uns Mädel, ich würde sie dort nicht verdecken, Du hast ja nicht vor nackt zu schlafen, oder?«

»Nein auf keinen Fall«, versicherte Hanna, »das ist

schon in Ordnung!«

»Wenn ich raus gehe sperr' hinter mir ab, Du bist ja offensichtlich nicht zum Spaß hier und hab keine Angst hier kann Dir nichts passieren, versprochen«, auch Nutten beherrschen den Dackelblick perfekt.

»Danke, Yvonne Du bist wirklich lieb«, das empfand Hanna auch so. Yvonne zwinkerte mit den Augen, lächelte und verließ mit den Worten: »Ich weiß«, das Zimmer.

Hanna sperrte sofort die Tür zu und ließ sich rücklings auf das riesige Bett fallen. Sie starrte in den großen Spiegel an der Decke und sagte laut und deutlich: »Juri, wo bist Du?« doch sie erwartete keine Antwort und erhielt auch keine. Dann duschte sie sehr lange und genoss das warme Wasser ausgiebig.

In der Zwischenzeit unterhielten sich Felix und Dimitri bei einem Glas Wodka in Dimitris Büro.

»Was!« schrie der Russe, »Ferdinand ist tot?«

»Ja, Dimi, er wurde erstochen«, antwortete Felix.

»Welche verdammte Schwein macht so etwas? Ich kille jede einzelne mit meine bloßen Hände, wer war das Felix? Wer hat Deine Vater und meine gute, liebe Freund tot gemacht?«

Dimitri war sichtlich erschüttert und voller Wut.

»Dimi, ich weiß wer es war, aber diese Leute sind mächtig und unberechenbar, wenn Du einen umbringst kommen drei nach! Mein Vater wollte Hanna helfen, aber er kam nicht mehr dazu, bevor er starb bat er mich, es für ihn zu tun!... Dimi ich brauche Deine Hilfe. Hanna muss untertauchen, das heißt sie braucht eine neue Identität und ein sicheres Versteck!« klärte Felix Dimitri kurz auf.

»Ich kann besorgen Papiere für Hanna, aber neue

Identität, komplett dauert und ist sehr teuer.«

»Ich brauche nur Papiere, die neue Identität macht ein Hacker, ein guter Freund von mir und..« Dimitri unterbrach Felix, »Du meinst Elias!«

»Ja, woher kennst Du ihn?« fragte Felix überrascht.

»Freunde Deines Vaters sind auch meine Freunde... weiß ich nicht viel, frage auch nicht viel, aber ich kenne Elias, das ist ein guter Mann.«
Felix nickte: »Ja, das ist er!«

»Felix, ich habe ein kleines Haus in Waldviertel, niemand weiß, dass es meines, Du kannst Hanna verstecken dort, ich gebe Dir Schlüssel und Adresse und Auto anderes!« bot Dimitri Felix seine Hilfe an.

»Danke Dimi, Du bist ein wahrer Freund. Ich werde das Leihauto zurück bringen und aus dem Hotel auschecken und dann komme ich hierher zurück und hole Hanna«, sagte Felix und Dimitri entgegnete: »Gut mache das, aber heute schlafen Du und Deine Freundin hier und wenn jemand kommen und wollen Dir oder Frau tun weh, ich schwöre bei Grab meine Mutter, ich mache tot.«
Immer wenn Dimitri aufgeregt war, wurde sein Deutsch schlechter und jeder der ihn kannte wusste genau, dann wurde Dimitri gefährlich.

»Danke Dimi, ich erledige die Dinge und bin bald wieder zurück, bitte pass auf Hanna auf«, bat Felix.

»Keine Sorge, mache ich mein Freund«, versprach Dimi, während er mit einem Zigarrenzwicker die Kappe einer Havanna entfernte und sie sich in den Mund steckte, dann gab er sich selbst Feuer mit einem vergoldeten Zippo und wiederholte seine Worte: »Das mache ich mein Freund, Frau Hanna wird passieren nichts. Ich verspreche Dir!«

Nach der angenehmen Dusche legte sich Hanna auf das große Bett und genoss die Stille. Man hätte annehmen können in so einem Etablissement würde es relativ laut zugehen, aber bis auf ein paar ungewohnte Geräusche, drang nichts durch die Wände des alten Gebäudes. ›*Wie spät mag es wohl sein?*‹, dachte Hanna, jetzt wo sie kein funktionierendes Handy mehr hatte, hatte sie auch keine Zeitanzeige mehr. ›*Wie mag es wohl Lisa und Eveline gehen und wo verdammt noch mal ist Juri!*‹, viele Gedanken gingen ihr durch den Kopf, bis sie schließlich erschöpft einschlief. Einige Zeit später weckte sie ein Klopfen an der Tür. Hanna musste sich kurz orientieren, als sie die Augen öffnete, doch dann sprang sie aus dem Bett und eilte zur Tür: »Wer ist da?«

»Ich bin es Felix, lass mich bitte rein.«

»Moment ich hole den Schlüssel«, antwortete Hanna.

Als sie die Tür öffnete stand Felix mit einem Koffer in der Hand vor ihr.

»Wo warst Du und wie spät ist es?« fragte sie ihn.

»Kurz vor halb 12, ich habe das Auto zurück gebracht und bin aus dem Hotel ausgecheckt.«, antwortete Felix kurz.

»Was ist los Felix, bitte klär mich auf, ich kenne Dich kaum und Du entscheidest ständig über meinen Kopf hinweg, was ist Dein Plan, ich dachte wir übernachten in Deinem Hotel?« dabei vergrub sie ihr Gesicht in ihren Händen und rieb sich den Schlaf aus ihren Augen.

Felix entgegnete: »Bitte setz' Dich auf das Bett ich werde Dir soviel, wie möglich erklären, wir haben Zeit, wir werden heute hier übernachten und morgen bringe ich Dich in Sicherheit.«

Hanna setzte sich auf das Bett und Felix schob die kleine Lederbank zu ihr hin, sodass er Hanna gegenüber saß, als er zu sprechen begann: »Hanna, ich weiß gar nicht wo ich anfangen soll«, dann räusperte er sich und begann aufs Neue zu reden:

»Mein Vater begann im Jahr 1990, kurz nach dem Fall des eisernen Vorhangs für die Liga für neuropsychologische Forschung zu arbeiten. Ein alter Freund meines Vaters empfahl ihm, für die Liga tätig zu werden, warnte ihn aber zuvor seinen Familienstatus nicht bekannt zu geben und Abstand zu Menschen zu wahren, die ihm wichtig waren. Meine Mutter war kurz zuvor an Krebs gestorben und mein Vater hatte große Geldprobleme, er hatte all sein Erspartes ausgegeben, um ein Heilmittel für meine Mutter zu finden, doch leider konnte er ihr nicht helfen. Nachdem er sie vier Jahre lang pflegte, starb sie 1989 und mein Vater war Pleite und ohne Arbeit. Er wollte mir eine gute Ausbildung und ein sorgenfreies Leben ermöglichen, deshalb ging er zu Dimitri, der besorgte mir eine neue Identität und mein Vater schickte mich nach Deutschland, um zu studieren, dann begann er für die Leute zu arbeiten, bis...«, Felix schaute auf seine Uhr es war inzwischen kurz nach Mitternacht.

»Bis gestern, da schickten sie ihn in Pension!« Hanna unterbrach ihn fragend, »in Pension?.«

»Ja«, antwortete Felix, »mein Vater sagte vor einiger Zeit zu mir: ‚Ich werde bis zu meinem Lebensende für die Liga arbeiten, Pension ist für die gleichzusetzen mit dem Tod‘. Ich verstand damals nicht, was er meinte, doch jetzt weiß ich es. Gestern bekam ich einen Anruf von einer unbekannten Festnetznummer aus Wien, ich hatte gerade einen Patienten, ich bin Psychiater und Psychotherapeut und konnte nicht ran gehen. Als ich dann die Mailbox abhörte, stellte ich fest, dass es mein Vater war und ich buchte sofort einen Flug nach Wien. Zum Glück waren in der Businessclass noch Plätze frei, ich bin um ca. 17.00 Uhr gelandet und sofort zu ihm nach Hause gefahren. Hanna ich war seit 25 Jahren nicht mehr im Haus meiner Kindheit. Ich hatte auch nur ca. 5 x im Jahr Kontakt zu meinem Vater. Er schickte mir Anfangs, während meiner Studienzeit größere Geldsummen auf ein Postfach, später, als das durch die Gesetze schwieriger wurde große Geldsummen bar zu versenden, schickte er mir wertvolle Kunstgegenstände. Die meisten davon habe ich noch, ein paar habe ich allerdings verkauft. Aber das ist jetzt egal. Ich kam um ca. 17 Uhr 30 zum Haus und fand meinen Vater erstochen in seinem Arbeitszimmer auf, in seiner Faust hielt er ganz fest ein unscheinbares, zerknülltes Stück Papier mit Zahlen und Buchstaben darauf. Mein Vater und ich entwickelten über die Jahre einen Code, den nur er und ich verstanden und Elias, aber zu dem komme ich später. Ich lasse Dich jetzt seine Nachricht anhören und den Zettel übersetze ich Dir dann.«

Felix tippte seine Mailboxnummer in sein Handy und reichte es Hanna.

»Eine gespeicherte Nachricht am 9.4.2015 um 13 Uhr 14 von der Nummer 00431776432

Hallo Felix, sie schicken mich in Pension, es tut mir leid. Ich hoffe mein letztes Geschenk hat einen guten Stand und das Potest der Statue passt in Deine Wohnung. HHW, MDR und ILDF. - Keine weiteren Nachrichten.«

»Was soll das bedeuten?« fragte Hanna erstaunt.

»Sie schicken mich in Pension heißt so viel wie, sie werden mich töten, das mit der Statue hat mich verwirrt, aber ich kam bald dahinter, er versteckte einen USB-Stick und eine Speicherkarte im Sockel der Statue, ich fuhr nach Hause und nahm die Dinge aus dem Potest mit nach Wien, im Flugzeug habe ich mir die Sachen kurz auf meinem Laptop angesehen, es sind unglaublich viele unterschiedliche Audio und Textdateien darauf. Die letzte Datei habe ich gelesen, die zeige ich Dir dann auch. HHW bedeutet, das weiß ich seit ich die Datei gelesen habe: Hilf Hanna Worobjowa, MDR das wusste ich gleich heißt: Mach das Richtige und ILDF heißt: Ich liebe Dich, Felix!«
Hanna kamen die Tränen: »Oh, mein Gott, es tut mir so leid, Felix!«
Er lächelte sanft: »Du kannst nichts dafür Hanna, echt nicht.«. Dann reichte er Hanna den Zettel, darauf stand:
HMC11A-HMC11B-KED-ILDF-MDR

»Was soll das bedeuten?« fragte Hanna.

»HMC11A das H steht für ‚Hilf‘, MC11A ist die Kennnummer von Juri, Du musst verstehen alle Probanten der Liga haben so eine Nummer. MC steht für Mind Controll, also Gedankenkontrolle.
H steht wieder für ‚Hilf‘ und MC11B ist Deine Nummer. KED steht für: ‚Kontaktiere Elias Doe‘, und den Rest kennst du ja schon ‚Ich Liebe Dich Felix‘ und ‚Mach Das Richtige‘. Hanna ich zeige Dir jetzt noch die letzte Textdatei auf dem USB-Stick.«

»Wow Felix, ich brauche eine kurze Pause, das ist mehr als verrückt, was Du mir da erzählst!« stammelte Hanna.

»Hanna, nur noch die eine Datei und dann hole ich uns etwas zu trinken, o.k.?«

»O.k., aber bitte was Hochprozentiges, ich glaube ich kann was Starkes vertragen.«

Felix lächelte: »Ja, das kann ich verstehen«, dabei streichelte er sanft Hannas Hand. Hanna zog erschrocken ihren Arm zurück, lange Zeit hatte sie niemand mehr liebevoll berührt. »Entschuldige! ich wollte nicht..!« Hanna unterbrach Felix: »Kein Problem ich bin nur erschrocken.«

Felix nahm seinen Laptop aus der Tasche, schaltete ihn ein und legte ihn auf Hannas Schoß, dann öffnete er die letzte Textdatei seines Vaters.

Lieber Felix,

ich habe so vieles falsch gemacht in meinem Leben und wenn Du das liest, werde ich wahrscheinlich tot sein. Bitte verzeihe mir ich war Dir kein guter Vater, und ich bereue es zutiefst, dass wir so wenig Kontakt zueinander hatten. Seit ich für die Liga arbeite, habe ich sehr viele Menschen hintergangen und verletzt, ich kann das nicht mehr. Sie werden kommen und mich töten, weil ich meine Arbeit längst nicht mehr zufriedenstellend erledige, ich glaube ich habe einen Gehirntumor und ich weiß nicht, wielange ich noch zurechnungsfähig sein werde. Etwas Gutes hat die ganze Sache, ich werde nicht elendiglich zu Grunde gehen, vorher kommen sie und schicken mich in Pension.
Seit Elias konnte ich niemanden mehr helfen, aber da ist eine Frau, ihr Name ist Hanna Worobjowa, sie braucht dringend Hilfe. Hannas Ehemann Juri ist der ältere Sohn von Ludmilla Bogdanowa - die bekannte russische Telepathin aus Zeiten des kalten Krieges. Juris Vater

war ein guter Freund und bevor er starb versprach ich ihm, mich um seine Söhne zu kümmern. Irgendwann fand die Liga Juri und hat versucht ihn zu kontrollieren, zu manipulieren und der Liga zugänglich zu machen. Zuletzt wollten sie ihn in einen Autounfall verwickeln, bei dem er leicht verletzt ins Krankenhaus gebracht werden sollte. Dort hätten sie ihm ein Medpad implantiert, doch die Liga machte einen folgeschweren Fehler und Juri wurde bei dem Unfall schwer verletzt. Juris Organe versagten bei der Not-OP, nur sein Gehirn funktionierte noch und deshalb entnahmen sie es Juri und halten es seither künstlich am Leben. Da sie nicht wussten, wie sie weiter machen sollten implantierten sie kurz nach Juris Unfall, Hanna auch ein Medpad, um Ihre kognitiven Fähigkeiten zu steigern. Die Wissenschafter der Liga spekulieren, dass Juris Gehirnregionen, die für Telepathie verantwortlich sind so stimuliert werden können, dass er Kontakt zu einem lebenden Menschen aufnehmen werde und naheliegend für die Liga, ist der Mensch, dem Juri am nächsten war, Hanna. Meine Aufgabe ist es herauszufinden, ob Juri Kontakt zu Hanna aufnimmt. Ich weiß noch nicht, ob das funktionieren wird, aber diese Frau ist so unglücklich seit dem Tod ihres Mannes, dass sie das wahrscheinlich nicht verkraften würde und ich möchte ehrlich nicht, dass sie zum Versuchskaninchen der Liga wird. Noch spiele ich mit, doch Felix ich glaube nicht mehr lange!

Bitte rede mit Elias und hilf dieser Frau und wenn möglich auch ihrem Mann, sie halten sein Gehirn im Helmholtz-Institut am Leben. Aber Vorsicht es ist schwer bewacht und das Gehirn zu stehlen, wäre Juris Tod, denn die Mittel, welche die Wissenschafter dort haben, hat sonst niemand auf der Welt.

Einmal möchte ich das viele Leid, welches ich mitverschuldet habe wieder gutmachen. Bitte, hilf den Beiden, *tu es für mich!*

Ich liebe Dich!

Dein Vater

8. Kapitel

Marie Luise

Hanna war sprachlos und unendlich wütend, sie legte den Laptop zur Seite und schrie Felix an:

»Verdammte Scheiße, was seid Ihr für riesen Arschlöcher! Das darf doch nicht wahr sein, wie konntet ihr nur, Du und Dein Vater wusstet das all die Jahre und habt mitgespielt, warum? Des Geldes wegen? Ist das wirklich nur ein Spiel für Euch? Hast Du jemals einen Menschen in Deinem Leben geliebt?« sie hob Ihre Hand und wollte Felix ins Gesicht schlagen, doch er fing ihren Arm und drückte sie an sich:

»Ist ja gut Hanna, beruhige Dich«, dabei hielt er sie ganz fest in seinen Armen, bis Hanna aufgab und sich nicht mehr wehrte, sondern zu weinen begann und Felix versuchte sie zu trösten:

»Ist ja gut Hanna, Du hast recht mit allem, Du hast recht und wenn ich kann, möchte ich Euch helfen, Dir und Juri, ich verspreche Dir ich werde alles tun, was irgendwie möglich ist«, dann streichelte er über Hannas Kopf: »Es tut mir so unendlich leid.«

Hanna schluchzte und während sie sich aus Felix festen Griff löste, sagte sie mit gebrochener Stimme: »Geh weg, lass mich alleine, bitte geh, ich muss nachdenken, geh einfach.«

»Ich bin unten bei Dimitri, wenn Du mich brauchst. Versuche zu schlafen, wir müssen Morgen zeitig weg von hier.«

Hanna machte nur eine abweisende Handbewegung Richtung Tür, vergrub ihr Gesicht in ihren Händen und weinte bitterlich, als Felix das Zimmer verließ.

»Juri, was soll ich nur tun, bitte sag es mir doch, es tut mir so Leid, dass ich Dir nicht glauben konnte«, keine Antwort. Hanna legte sich auf das Bett und weinte bis sie nicht mehr weinen konnte, dann setzte sie sich auf, stieg aus dem Bett und dachte: ›Es hilft nicht zu heulen, ich muss stark sein, für Juri, ich muss eine Lösung finden!‹
Sie kramte in ihrer Handtasche und zog das A4 Papier, aus dem Haus des Meeres und ihren Kugelschreiber heraus, dann nahm sie den Laptop von Felix, klappte ihn zu und verwendete ihn als Schreibunterlage. Auf der leeren Rückseite des Blattes begann sie zu schreiben:

1. Was ist ein Medpad?
2. Wer war Ludmilla Bogdanowa?
3. Wer ist Elias Doe?
4. Wie manipuliert die Liga Menschen?
5. Wo soll ich hin?
6. Wie soll es weitergehen?
7. Wie kann ich Juris Gehirn retten?

Als Hanna mit der Liste an Fragen fertig war, stapfte sie die Stiegen hinunter. Am Weg traf sie einen Mann, der mit einem der Mädchen nach oben verschwand, er war sichtlich betrunken und sah Hanna verwundert an. Sie war ganz offensichtlich nicht passend gekleidet für diese Lokalität.
Felix saß alleine an der Bar und starte in ein halbleeres Glas Scotch. Hanna beobachtete ihn ein Weilchen,

er sah so traurig aus und allein. Sie ging zu ihm, setzte sich neben ihn auf den Barhocker und sagte ganz sanft: »Darf ich stören Fremder?« dabei lächelte sie ihn freundlich an.

»Wissen Sie, Sie wirken so einsam und mir geht es ähnlich, ich habe alle meine Freunde innerhalb kürzester Zeit verloren, wollen Sie vielleicht mit mir befreundet sein?«

Felix drehte seinen Kopf zu ihr und dachte: ›*Was für eine hübsche, starke Frau. Nur leider schon verge-ben!*‹. Er lächelte sie freundlich an und spielte dieses kleine Rollenspiel mit:

»Es wäre mir eine Ehre und eine Freude mit Ihnen befreundet zu sein! Darf ich Sie auf einen Drink ein-laden?«

»Oh, wie charmant, gerne! Ich hätte gerne das Glei-che wie Sie.«

»Zwei doppelte Scotch, einen für die Dame und einen für mich«, orderte er beim Barmann.

Nach einer kurzen Zeit des Schweigens sagte er:

»Hanna, es tut mir so unendlich Leid, ich überlege schon die ganze Zeit, wie ich mein und das Verhalten meines Vaters rechtfertigen kann, doch es gibt keine Rechtfertigung dafür.« Hanna legte ihre Hand auf Felix Schulter und sagte:

»Es hat keinen Sinn vergossener Milch nachzuwei-nen, hilf mir eine Lösung zu finden! Ich habe einige Fragen aufgeschrieben, die mich brennend interessie-ren würden.« Felix las die Fragen halblaut durch.

»Hanna, können wir das Morgen, beim Frühstück klären, ich bin so tot-müde mein Tag war immens anstrengend, wie geht es Dir?«

»Nicht viel anders, aber ich hatte eine Dusche und

ein Nickerchen, als Du unterwegs warst.«

Felix sah Hanna so flehend und jämmerlich an, dass sie Mitleid bekam und meinte: »Na gut Fremder, trink aus und lass uns schlafen gehen.«

»Danke, Hanna.«

Als sie wieder im Zimmer waren sagte Felix:

»Du ich geh mich schnell duschen, sei so nett und leg einen Polster und eine Decke zur Seite, ich leg mich dann auf den Boden und Du kannst das Bett haben.«

»Nein«, antwortete Hanna, »Du kannst Dich ruhig zu mir ins Bett legen, schau Dich im Spiegel an und Du weißt, dass nichts passieren wird.«

»Frechheit!« erwiderte Felix.

Hanna lachte: »So habe ich das nicht gemeint, nicht weil Du hässlich bist oder so, das bist Du nicht, aber Du siehst total erledigt aus. - Und ich hab da noch eine Bitte, darf ich mich vorher noch schnell im Bad umziehen ich schlafe ungern in Jeans?«

»Warum machst Du das nicht im Zimmer, während ich dusche?« fragte Felix erstaunt.

»Kameras, hier sind welche, die im Bad hat Yvonne, netter weise, mit einem Kaugummi abgedeckt«, erwiderte Hanna.

»Echt jetzt! Kameras?«

»Ja echt Felix, darf ich jetzt ins Bad?«

»Ähm, ja natürlich.«

20 Minuten später schliefen Beide tief und fest, Rücken an Rücken im runden, riesen Bett im Bordell.

»*Hanna, Hanna wach auf!*« wurde sie von Juris Stimme geweckt. »Juri, bist Du das!« fragte sie verschlafen, dann fuhr sie hoch: »Juri, wo warst Du?« instinktiv sah sie auf die rechte Seite des Bettes und dachte, ›*Felix ist nicht da, Gott sei Dank!*‹. Dann legte sie sich wieder zurück und starrte an die Decke.

»*Ist das ein Spiegel an der Decke? Und wer ist Felix?*« fragte Juri.

»Juri, es ist nicht das, wonach es aussieht, Felix ist der Sohn von Rossmann, mein Therapeut der gestern ermordet wurde! Schau ich bin vollständig bekleidet, es ist nichts passiert.«, dann deckte sich Hanna ab, damit Juri im Spiegel sie komplett sehen konnte.

»*Rossmann wurde ermordet?*«

»Ja, Felix will uns helfen Antworten zu finden und ich habe auch schon echt viel herausgefunden, irritiert Dich der Spiegel?« nach der Frage schloss sie die Augen.

»*Nein, Hanna mach die Augen auf, ich will Dich sehen, Dein hübsches Gesicht! Ich muss mit Dir reden und hab wahrscheinlich nicht viel Zeit.*«
Hanna öffnete die Augen: »Juri Du hattest Recht Dr. Beck ist ein Verbrecher, er manipuliert Menschen und macht sie zu Versuchskaninchen!«

»*Hanna ich weiß, hör' mir bitte zu, es ist ganz egal, was Du heraus findest, bitte suche nicht weiter, verschwinde einfach, versteck Dich, mach Dich unsichtbar und fang ein neues Leben an, ohne mich!*«

»Nein, das kann ich nicht, ich liebe Dich, ich will Dir helfen, ich weiß wo Dein Gehirn ist, wir werden eine Lösung finden.«

»*Bitte, tu das nicht, Beck ist gefährlich und er sucht Dich überall, er hat Kontakte und ist ein mächtiger Mann, Dein Leben ist in Gefahr, Du bist in Gefahr!*«

»Sie sind in unsere Wohnung eingebrochen und er hat mir eine Nachricht hinterlassen, wenn ich mich nicht bis Montag bei ihm melde, tötet er Dich endgültig, Juri ich kann Dich nicht noch einmal verlieren, das ertrage ich einfach nicht.«

»*Egal, Hanna ich bin schon tot und ganz gleich was Du tust, für ihn arbeiten oder nicht er wird Dein Leben zerstören, Du musst verschwinden.*«

»Juri ich werde verschwinden, aber ich werde weiter kämpfen. Glaubst Du, dass er Dich wirklich tötet, wenn ich mich nicht bei ihm melde?«

»*Nein, er braucht mein Gehirn, ohne das bist Du wertlos für ihn, Hanna Deine größte Chance zu überleben ist, wenn mein Gehirn meinem Körper folgt und Du von der Bildfläche verschwindest, wenn mein Gehirn tot ist und Du Dich unauffällig verhältst, wird er sich nicht weiter mit Dir beschäftigen, davon bin ich überzeugt.*«

»Ich will aber nicht, dass Dein Gehirn stirbt, ich will Dich nicht verlieren, nicht schon wieder, ich werde kämpfen und Felix wird mir helfen! Ich werde Beck zur Strecke bringen!«

»*Es ist aber nicht nur Beck, er ist nur ein Handlanger, wirklich gefährlich ist ein Mann namens Li Cheng Lu und wahrscheinlich gibt es noch viele Andere!*«

»Juri, ich habe ganz viele Informationen von Rossmann und ich werde sie alle durchgehen und eine Lösung finden.«

»*Hanna, bitte lass es, ich bin wahrscheinlich bald wieder weg, sie sedieren mein Gehirn, sodass ich keinen Kontakt zu Dir aufnehmen kann, und Deine Medikamente werden auch bald ausgehen, und Du wirst mich nicht mehr hören können. Lebe Dein Leben und vertraue niemanden leichtfertig. Kannst Du Felix vertrauen?*«

»Ja ich glaube ganz fest daran und er hat mir so viele Antworten gebracht, die auch ihn belasten, aber er will uns helfen, seinem Vater zu Liebe und um sein eigenes Gewissen zu beruhigen.«

»Hanna, ich liebe Dich, geh zu meiner Bank mit dem Schließfachschlüssel das Pass .....«

»Juri, Juri nein geh nicht, bitte Juri!«

Doch Juri antwortete nicht mehr.

Hanna sprang aus dem Bett und kritzelte den Namen Li Cheng Lu auf das Blatt Papier unter die Fragen an Felix. Danach ging sie ins Bad und weinte bitterlich.

»Hanna, bist Du im Bad ich habe Frühstück für uns besorgt und eine Liste mit Namen von Dimitri!« hörte sie Felix, der ins Zimmer kam.

»Ich komme gleich!«

Sie wusch sich ihr Gesicht, kämmte ihr Haar und zog sich an, dann ging sie ins Zimmer. Felix sah sofort Hannas verweinte Augen und fragte: »Hast Du geweint? Ist alles in Ordnung mit Dir?«

Hanna schniefte und begann wieder zu weinen, während sie Felix erzählte: »Juri war wieder da, ich habe mit ihm gesprochen.«

»Was meinst Du? Nimmt er Kontakt mit Dir auf? Funktioniert das wirklich?« fragte Felix aufgeregt.

»Seit einer Woche habe ich Kontakt mit ihm, er kann Gedanken lesen, nicht nur meine, aber ich kann als Einzige seine lesen und mit ihm interagieren.«

Während eines Becher Coffee to go erzählte sie alles was in den letzten zwei Monaten passiert war, von Juris Unfall, von ihrem Sturz auf der Rolltreppe und den Gesprächen mit Juri, von Eveline, Dr. Beck, Dr. Li und Erwin.

Felix hörte aufmerksam zu und als sie fertig war und

ihr immer noch die Tränen über ihre Wangen liefen, nahm er Hanna in den Arm und flüsterte:

»Ich kann Dir nicht versprechen, dass alles gut wird, aber Du bist nicht allein, ich werde egal was passiert bei Dir sein, versprochen!«

»Danke Felix, Du bist ein echter Freund!« beruhigte sich Hanna.

»Jetzt wird mir Einiges klar Du und Juri seid gemeinsam eine Waffe, was glaubst Du wie wertvoll Ihr seid mit der Fähigkeit Gedanken zu lesen und Euren umfangreichen Sprachkenntnissen, welche Geheimnisse aus Politik, Wissenschaft und Wirtschaft ihr herausfinden könntet und was Beck und Konsorten mit Euren Informationen verdienen könnten und wieviel Macht und Druckmittel sie durch Euch hätten, ihr seid seit Elias die Größte Chance für die Liga, ihre Pläne zu verwirklichen!« erklärte Felix Hanna die Situation.

»Hanna, erzähle niemanden davon, die Menschen sind gierig und Du kannst niemanden vertrauen, wir müssen wirklich weg von hier! Dimitri hat einige Personalausweise von verstorbenen Damen, die er umarbeiten kann, gib mir Deinen Personalausweis und suche Dir einen Namen von der Liste aus«, Felix hielt Hanna ein Blatt Papier hin.

»O.k., gib mir fünf Minuten ich suche mir einen Namen aus!« antwortete Hanna.

Rosa Steinböck
Maria Egger
Margarete Putz
Anna Winkler
Maria Novak
Aurelia Binder

Gerlinde Tauber
Susanne Dostal
Marie Luise Richter
Michaela Mayer-Roth
Gisela Hauff
Maria Schimpf

»Ich habe mich entschieden Felix, ich nehme Marie Luise Richter, der Name ist gängig, davon findet man sicher einige im Netz und er spricht mich dennoch an, ich werde mich rächen und ich werde richten!« sagte Hanna sehr überzeugend und bestimmt.

»O.k.! Und jetzt lass uns packen und schleunigst verschwinden. Dimitri gibt mir noch die Schlüssel von seinem Haus im Waldviertel und borgt mir ein unauffälliges Auto! Ich hole die Sachen und gib ihm Deinen Ausweis, mach' Dich bitte inzwischen fertig, ist das so für Dich o.k.?« fragte Felix.

»Habe ich denn eine Wahl? Wolltest Du mir nicht beim Frühstück ein paar Fragen beantworten?« entgegnete Hanna.

»Wenn ich mich richtig erinnere war: ‚Wie soll es weitergehen?' eine Deiner Fragen, die habe ich Dir gerade beantwortet, über den Rest sprechen wir im Auto, bitte vertraue mir!« sagte Felix bestimmt und verließ das Zimmer.
Hanna packte alles zusammen und machte sich fertig, es dauerte nicht lange bis Felix zurück kam.

»Hier sind die Schlüssel und hier die Adresse. Deinen neuen Ausweis lässt uns Dimi zukommen, sobald er fertig ist, ich habe auch alles bezahlt«, berichtete Felix stolz.

»Warte Felix, ich muss solange ich meinen Ausweis

noch habe zur Bank und ins Reisebüro, bitte Felix bring mir meinen Ausweis zurück, ich muss dort unbedingt hin, bevor ich verschwinden kann!« flehte Hanna.

»Wie stellst Du Dir das vor, die wissen sicher, dass wir hier sind und sobald Du hier rausgehst werden sie Dich verfolgen«, warnte Felix.

Hanna überlegte kurz und dann hatte sie eine Idee:

»Nicht unbedingt, ich muss mit Dimi reden ich bin gleich wieder da, warte hier, vertraue jetzt einmal mir!« sagte Hanna bestimmt und ihre Augen funkelten, als sie aus dem Zimmer lief.

Felix wartete sicher eine gute halbe Stunde ungeduldig im Zimmer, er schrieb kurz eine E-Mail über sein Handy, doch das dauerte nicht lange, danach ging er auf und ab und wurde langsam unruhig, als es an der Tür klopfte. Felix öffnete die Tür und vor ihm stand eine Blondine mit hochhackigen Schuhen im Minirock und mit einer Sonnenbrille auf der Nase: »Entschuldigen Sie, mein Name ist Marie Luise, heute ist so ein herrliches Wetter draußen, ich werde mit meinem Freund Dimi einen kleinen Ausflug machen und bin sicher in zwei Stunden zurück, was haben Sie in dieser Zeit vor?« fragte sie Felix mit einer Piepsstimme.

»Wow, ... ähm...Hanna Du siehst...äh... heiß aus, ich hätte Dich fast nicht erkannt«, stotterte Felix.

»Wer ist Hanna? Das ist sicher so ein unsicheres Mauerblümchen! Mein Name ist Marie Luise, aber Sie dürfen mich gerne nur Marie nennen«, spielte Hanna ihre Rolle.

»Du bist verrückt, aber es könnte funktionieren, ich werde in der Zwischenzeit versuchen Elias zu treffen!

Das Schwierigste wird sein unauffällig das Bordell zu verlasse.«

»Da kann ich behilflich sein, Yvonne kommt gleich und macht aus Dir den perfekten Zuhälter!«

»Ach Du Scheiße!«

»Die passende Ausdrucksweise beherrscht Du ja schon«, sagte Hanna und lächelte dabei.

Yvonne kam mit einem Sack mit unterschiedlichen Utensilien ins Zimmer und Marie verabschiedete sich mit den Worten: »Bis dann ich bin spätestens in zwei Stunden zurück!«

Unten wartete Dimitri in einem Nadelstreifanzug und ebenfalls einer Sonnenbrille auf der Nase, auf ‚Marie‘. Dieses mal verließ Hanna das Bordell durch die Vordertür und an ihrer Seite war Dimitri. Einer von seinen Mitarbeitern fuhr mit einem amerikanischen Schlitten vor und ‚Marie‘ und Dimi setzten sich auffällig flirtend auf die Rückbank.

Als sich der Fahrer 100% sicher war, dass sie nicht verfolgt wurden, nahm Hanna die Brille und die Perücke ab, richtete ihr Haar, wischte sich den knallroten Lippenstift vom Mund und nahm aus ihrer Tasche flache Schuhe, um nicht ganz so aufzufallen, wenn sie die Bank betreten würde. Der Fahrer hielt 200 Meter von der Bank entfernt, in einer Seitengasse, Hanna stieg aus dem Auto und Dimitri beauftragte den Fahrer ihr unauffällig zu folgen und darauf zu achten, dass ihr nichts geschehen würde.

Hanna ging zu einem Schalter, holte den Schließfachschlüssel aus ihrer Tasche und sagte zu dem Bankbeamten: »Ich würde gerne in dieses Schließfach sehen.«

»Ähm, dieses Schließfach ist Passwort geschützt, ich

kenne den Besitzer nicht, es wurde vor Jahren ein-
gerichtet, als die Gesetze noch anders waren, kennen
Sie das Passwort?« fragte der Banker, während er die
Schlüsselnummer überprüfte.

»Ähm.. ich bin die Witwe des Besitzers, er ist vor
zwei Monaten verstorben!« versuchte Hanna Mitleid
zu erregen.

»Das tut mir wirklich leid, aber ich kann das Fach
nur mit einem richtigen Passwort öffnen!« erklärte er
Hanna.

Sie überlegte angestrengt: »Darf ich es versuchen«,
Hanna setzte wieder ihren Dackelblick auf.

»Eigentlich dürfen Sie nicht raten, sonder sollten es
wissen!«

»Bitte!« flehte Hanna und begann zu schluchzen.
»Es ist sehr wichtig für mich, mein Mann ist unerwartet bei einem Verkehrsunfall gestorben, er konnte mir
nicht mehr das Passwort verraten, hätte er gewusst,
dass er sterben muss, hätte er gesagt: ,Ha.. eh Marie
meine süße But..' - Moment ich kenne das Passwort,
ich hatte es nur im Stress vergessen.«

»Na gut ich will Ihnen glauben, aber es muss auf
Anhieb stimmen! Bitte schreiben Sie es auf dieses
Formular«, sagte der Mann und schob Hanna ein
Blatt Papier zu. Sie nahm einen Stift und schrieb in
Großbuchstaben BUTTERBLUME auf den Zettel.
Der Bankbeamte zog eine Augenbraue hoch, lächelte
und meinte: »Gut gemacht, folgen sie mir bitte in den
Keller zu den Schließfächern!«

Hanna seufzte erleichtert und folgte dem Banker.
In einem Kellerraum öffnete er mit Hannas Schlüssel
das Fach und nahm eine Kassette heraus, dann sagte
er: »Ich lasse Sie nun allein, bitte geben sie mir Be-

scheid, wenn sie fertig sind, ich warte vor der Tür.«

»Danke vielmals!« entgegnete Hanna, setzte sich zu einem kleinen Tisch und öffnete die Kassette. Hanna staunte nicht schlecht, als sie darin 243.000,- Euro, ein goldenes Kettchen mit einem Kleeblattanhänger und einen Brief an sie, von Juri, fand. Sie steckte alles in ihre Tasche, den Brief wollte sie in aller Ruhe lesen und nicht hier im Stress, dann schloss sie das Kästchen ging zur Tür und sagte zum Beamten: »Ich danke Ihnen, aber im Kästchen waren nur ein paar Dokumente nichts Wichtiges, trotzdem Danke noch mal!«

»Bitte gerne, das ist mein Job und der Inhalt Ihres Schließfaches hat mich nicht zu interessieren!« er schob die Kassette wieder in das Schließfach und begleitete Hanna ins Foyer der Bank.

»Wollen Sie das Schließfach kündigen, jetzt wo ihr Mann tot ist?« fragte er Hanna.

»Ja bitte, jetzt wo, wie sie sagten, mein Mann tot ist, wird er nicht länger dafür zahlen!« entgegnete Hanna etwas zynisch.

»Sie hatten Glück, nach drei unbezahlten Mieten, wäre das Schließfach geöffnet worden und alles was darin war, hätte man verwertet. Ich werde den Mietvertrag auflösen und wünsche Ihnen einen schönen Tag!« meinte der Beamte und Hanna verabschiedete sich freundlich, bevor sie die Bank verließ. Als Hanna zurück zum Auto ging, hörte sie ganz leise Juris Stimme: »Hanna! Besorge Dir Kraviplex sonst....!«

»Juri, Juri!« rief Hanna in ihrem Kopf, doch sie konnte ihn nicht mehr hören. ›Ich brauche dieses verdammte Medikament, sonst werde ich Juri wahr-

*scheinlich nie wieder hören können! - Woher soll ich
das nur bekommen. Beck? Nein viel zu gefährlich,
aber die MC Patienten, ich habe ja noch die Telefonnummern von Rossmanns Praxis!*‹, überlegte sie.

»Dimitri, ich brauche ein Paar Sachen, können wir
einkaufen fahren!« fragte sie Dimi, als sie ins Auto
stieg.

»Ich habe Zeit immer für schöne Frau und ich
brauche auch Sache für meine Business, was brauchst
Du?« lächelte er Hanna an. Dimitri war nicht unbedingt, der schönste Mann, er hatte Bockennarben im
Gesicht und sicher 30 Kilo Übergewicht, aber er hatte
eine liebenswerte Ausstrahlung und irgendwie, erinnerte er sie an Juri, vermutlich wegen seines russischen Akzents, der wesentlich ausgeprägter war, als
bei ihrem Mann.

»Ich brauche ein Prepaidhandy, oder wahrscheinlich
am Besten gleich mehr davon und ein Tablet, Papier,
vielleicht ein Notizheft! Und Dimitri ich brauche dringend einen Kaffee und muss mit Dir über Geschäftli-
ches sprechen!«

»Gut, ich habe Zeit, aber Felix wird warten!«

»Ja, Felix wird warten müssen, immerhin ist das
mein Leben und ich möchte es leben und nicht davon-
laufen!« antwortete Hanna resolut.

»Oh, Du bist eine starke Frau, das wird meine gute
Freund nicht freuen.«

»Bitte Dimitri!«

»Gut, fahren wir in große Kaufcenter am anderen
Ende der Stadt, ich kann Wunsch von schöne Frau
nicht schlagen ab! Hast Du gehört Janosch fahren wir
in Shopping Center Süd!«
Der Fahrer nickte und fuhr los.

»Dimitri, darf ich Dir ein paar Fragen stellen?« bat Hanna mit dem bereits perfekt entwickelten Blick.

»Natürlich, ich muss ja nicht wissen alles, frage nur!«

»Wielange bist Du schon in Wien? Und woher kennst Du Felix?«

»Ach, Frage ist leicht, aber du musst versprechen, niemand zu erzählen! - Janosch mach bitte Musik laut!« - Janosch folgte der Aufforderung seines Chefs.

»Janosch kannst Du mich hören?« fragte Dimi in normaler Zimmerlautstärke, doch Janosch antwortete nicht. Dann lächelte Dimitri und begann zu erzählen: »Ferdinand - Vater von Felix holte mich 1992 nach Wien, ich war noch sehr jung, 17 Jahre, habe keine Familie in Moskau, bin gewachsen auf in Kinderheim. Ich weiß nicht warum, doch Ferdinand schickte Mann mit Visa für mich und so ich kam nach Wien. Ich konnte Deutsch nicht und hatte keine Bildung, Ferdinand wollte mich schicken in Schule, aber keine Schule konnte helfen. Ich kann noch erinnern gut, er sagte in russisch mir: ‚Dimi, Du bist eine gute Junge, viele Menschen glauben, Wissen ist Macht und gehen in Universität, um erfolgreich zu sein für Zukunft, doch alles Wissen hilft nicht, wenn man nicht stark ist in Kopf. Ich kann nicht machen aus Dir eine kluge Mann mit viel Macht, aber ich kann machen aus Dir eine starke Mann mit noch mehr Macht‘, dann er schickte mich zu mächtigste, russische Mann in Wien, Boss in Unterwelt und diese Mann machte stark und schlau mich. Ferdinand war gute Mann, habe ihn leider nicht oft gesehen, aber er ist Pate von meine Tochter Nadja!«

»Du hast eine Tochter Dimi?« Hanna und Juri wollten immer Kinder haben, doch es klappte nicht und so konzentrierten sie sich auf ihre Arbeit und ihr gemeinsames Leben.

Dimitris Augen funkelten: »Ja, ich habe Tochter, 12 Jahre, willst Du sehen Foto?«

»Ja, sehr gerne!« sagte Hanna und während Dimi umständlich versuchte sein Portmonee aus seiner Gesäßtasche zu holen, dachte Hanna, ob Ferdinand wohl Dimitri auch vor der Liga gerettet hatte und wenn ja warum?

»Das ist meine Tochter, Nadja Ludmilla Orlowa, ich weiß Ludmilla ist schreckliche Name, aber Ferdinand hat gesucht aus und ich wollte Freude ihm machen!« lachte Dimitri, als er Hanna das Foto zeigte.

»Was für ein hübsches Mädchen...«, sagte Hanna und Nadjas Augen erinnerten sie an Juris, dann sprach sie weiter: »Nein Dimi, Ludmilla ist kein hässlicher Name, ich finde ihn schön!« plötzlich erschrak Hanna: ›Ludmilla so hieß doch Juris leibliche Mutter, kann es sein, dass Dimi Juris kleiner Bruder war, ich muss Rossmanns Dateien durchstöbern, ich will wissen was wirklich geschah in jedem kleinen Detail‹, dachte Hanna.

»Dimi, ich kann nicht ins Waldviertel flüchten, ich muss Antworten finden, hier in Wien. Kann ich mich nicht weiter bei Dir verstecken?« flehte sie.

Doch Dimitri war Geschäftsmann und kein Babysitter oder von der Heilsarmee: »Hanna ich kann Dir nicht Zimmer geben länger, ich verliere Geld, wenn Zimmer nicht genutzt!« entgegnete er.

»Ich zahle Dir jeden Tag 2000,- Euro für das Zimmer und 1000,- Euro für meinen Schutz. Bitte tu es für Ferdinand und für meinen Juri, er ist doch dein

Bru.. äh Dein Landsmann«, sagte Hanna.

Dimitri überlegte lange und meinte dann: »Gut Hanna, Du kannst bleiben, aber Felix muss in Hotel, kann nicht beschützen zwei und Mann, der nicht zahlt in meine Bordell, ist nicht gut für Geschäft!«

Hanna kramte in ihrer Tasche und holte 3000,- Euro heraus, dabei viel ihr Juris Brief wieder ins Auge. Das Auto wurde langsamer und Dimi fluchte: »Immer diese Stau auf Triesterstraße, ich habe nicht Zeit für Blödsinn solche!«

Hanna hielt Dimi das Geld hin: »Das ist für heute, haben wir einen Deal?«

»Ja Hanna, Business ist Business, Deal ist Deal!« dabei streckte er Hanna seine Hand entgegen:

»Schlag ein, abgemacht! Und jetzt muss ich telefonieren, muss arbeiten, Zeit ist Geld!«

Hanna schüttelte Dimis Hand und nickte: »Deal ist Deal, abgemacht!«

Während Dimitri auf russisch telefonierte, nahm Hanna Juris Brief aus der Tasche und begann zu lesen:

Meine geliebte Hanna,

wenn Du diesen Brief liest, bin ich wahrscheinlich nicht mehr am Leben. Ich möchte, dass Du weißt, dass ich Dich immer geliebt habe und wenn es ein Leben nach dem Tod geben sollte, ich Dich immer lieben werde über den Tod hinaus. Das Geld in der Kassette ist ein Notgroschen, ich habe nicht umsonst soviel gearbeitet und Dich fast jeden Samstag allein gelassen. Das Geld war für unseren Ruhestand gedacht, für ein kleines Häus-

chen am Meer. Doch nun soll es für Dich sein, Du sollst es schön haben und bitte lebe Dein Leben auch ohne mich weiter, werde wieder glücklich, vielleicht mit einem neuen Mann. Ich wollte immer nur Dein Glück!

Sollte das Kettchen noch in der Box sein, bin ich wahrscheinlich vor Deinem 40sten Geburtstag verstorben und wir haben keine Kinder. Ich habe es Dir nie erzählt, aber als wir 2010 in Moskau waren, hat mir meine Mutter am Sterbebett erzählt, dass ich nicht ihr leiblicher Sohn bin und mir diese Kette gegeben. Sie gehörte meiner leiblichen Mutter, mehr konnte sie mir nicht mehr sagen. Ich habe aus Respekt vor ihr, niemanden davon erzählt. Meine Ziehmutter war immer für mich da und für mich war sie meine einzige Mutter und wird es immer sein. Du weißt ich bin kein Freund davon, mich durch Dinge, die man sowieso nicht ändern kann, aus der Bahn werfen zu lassen. Ich wollte dieses, doch eher wertvolle Kettchen, an unser erstgeborenes Kind weitergeben oder wenn wir kinderlos blieben, wollte ich es Dir zu Deinem 40sten Geburtstag schenken. Nun gehört es Dir.

Wenn Du mich auch liebst, so sei nicht traurig, so ist der Lauf des Lebens, wir müssen alle irgendwann gehen!
Ich liebe Dich!

Dein Juri

Als Hanna diese Zeilen las, musste sie weinen, und Dimitri nahm ihre Hand und sagte sanft:

»Nicht weinen, Dimi wird helfen!«

»Danke!« schluchzte Hanna: »Ich hoffe so sehr, dass ich Juri retten kann!« Dimitri nickte nur. Janosch rief nach hinten: »Boss, wir sind gleich da, ich suche nur einen Parkplatz!«

»Mach Musik leise!« schrie Dimi nach vor. Als Janosch die Musik abdrehte sagte Dimitri: »Gehe mit Hanna und passe gut auf sie auf!«

»Aber Boss, wer passt auf Dich auf?« widersprach Janosch.

Dimitri antwortete wütend: »Ich bin eine große, starke Mann, ich aufpasse auf mich selbst, mach was sage ich!«

Hanna und Janosch besorgten alles, was Hanna brauchte, sie tauschte den Kurztrip nach London um in einen Reisegutschein und sendete ihn, als Geschenk, an Lisa. Am Weg zurück trafen sie Dimitri, der auch mit seinen Einkäufen fertig zu sein schien. »Ah, Timing ist gut, kommt ich habe Hunger, in andere Komplex ist Texas Steakhouse, ich zahle!« »Aber Felix wartet sicher schon!«

»O bozhe, Felix mein Freund wird warten noch oft in Leben, ist warten gewohnt! Komm, Dimitri hat Hunger, für alle Steak, auch für Dich Janosch und Felix packen wir Steak ein!«

Hanna lachte und folgte dem Russen.

Nach dem Essen schickte Dimitri Janosch zahlen und flüsterte zu Hanna: »Ich habe telefoniert mit Kontakt bei Polizei und habe gefragt was gibt Neues, wegen Mord an Ferdinand. Hanna, sie suchen Dich, wegen

Besuch in Praxis und kaputte Tür von Deine Wohnung!«

»Was? Und da lässt Du mich hier Steak essen, ich
muss unbedingt mit meiner Mutter telefonieren!«
fauchte Hanna. Dimi zuckte mit den Schultern und
antwortete kleinlaut: »Hatte Hunger.«

9. Kapitel

Die Rückholaktion

Als Hanna zurück ins Bordell kam, war es schon halb drei am Nachmittag, Felix wartete über vier Stunden auf sie, er war total sauer und brüllte:

»Wo warst Du so lange, ich habe mir Sorgen um Dich gemacht, wie kann man nur so verantwortungslos sein, ich will Dir helfen und Du machst so einen Scheiß, ich bin fas....!«

»Stopp Felix! Erstens brüll mich nicht an, das hat Juri nie getan und Du hast schon gar kein Recht dazu. Zweitens ich habe Dich nie um Deine Hilfe gebeten. Drittens, wenn Deine Hilfe darin besteht über meinen Kopf hinweg Entscheidungen für mich zu treffen, kann ich auf Deine Hilfe verzichten!....Und viertens...!« Hanna schaute Felix ganz unschuldig und lieb an: »Ich habe Dir ein Steak mitgebracht.« Felix holte schon Luft, um weiter zu diskutieren, als er inne hielt: »Du hast was?«

»Ich dachte Du wärst vielleicht auch hungrig.« Hanna machte einen Schmollmund, öffnete ihre Augen ganz weit und schaute unschuldig zu Felix hoch. Felix beruhigte sich lächelte, schüttelte seinen Kopf und sagte: »Hanna, was mach ich nur mit Dir?« Dann atmete er mehrmals tief ein und aus und fragte: »Na gut, wie lautet Dein Plan, meiner gefällt Dir ja offensichtlich nicht?«

»Setz Dich zu mir aufs Bett und lass mich erzählen!«

sagte Hanna ganz aufgeregt.

»Darf ich vorher noch mein Steak essen?« diesmal schaute Felix ganz unschuldig und machte einen Schmollmund. Hanna wusste, dass er sich über sie lustig machte, fand es aber süß, lächelte und sagte: »Natürlich, ich kann Dich doch nicht verhungern lassen, die Mädchen haben am Ende des Ganges eine kleine Teeküche, dort kannst Du es aufwärmen und es gibt auch Geschirr!«

»Du kennst Dich aber schon gut aus hier, willst Du mir nicht Gesellschaft leisten beim Essen?« fragte Felix und Hanna antwortete kurz: »Sorry, ich rufe lieber schnell meine Mutter an! Ich habe ein paar Prepaid Handys besorgt.«

Felix verließ etwas enttäuscht das Zimmer, während Hanna die Telefonnummer ihrer Mutter ins Handy tippte.

Als die Frau abhob und hallo sagte, antwortete Hanna sofort: »Mutter? Ich bin es Hanna!«

»*Johanna Kind, wo bist Du, ich mache mir Sorgen, ein Inspektor von der Mordkommission hat mich angerufen und dann kam heute Mittag noch ein Streifenpolizist bei uns vorbei, die suchen Dich alle. Was hast Du getan?*«

»Nichts Mutter, ich bin gar nicht in Wien ich bin in Berlin, ich hatte dort gestern ein Vorstellungsgespräch bei einem großen Konzern, die eine Englischdolmetscherin suchen!«

Hannas Mutter unterbrach sie. »*Dann weißt Du gar nicht, dass Dein Therapeut ermordet und in Deine Wohnung eingebrochen wurde? Der Müller hat auch schon angerufen, was er mit Deiner Wohnungstür machen soll? Was machst Du mit Deinen armen Eltern, komm sofort zurück Johanna und kümmere Dich um diese Angelegenheiten! Was glaubst Du wie erschrocken ich war, als dieser ungehobelte Streifenpolizist ums Haus schlich, bis Dein Vater ihn endlich fragte, was er denn hier suche?«*

»Wie? Er schlich um Euer Haus? Wie sah er denn aus?«

»Was spielt das für eine Rolle, furchterregend, groß und stämmig, wie ein Kasten er hatte böse Augen und rote Haare, ein unsympathischer Kerl, wenn Du es schon wissen willst. Er hat mir seine Nummer gegeben und gedroht, ich käme ins Gefängnis, wegen Amtsbehinderung und Beihilfe zum Mord, wenn ich nicht sofort bei ihm anrufe, wenn ich etwas von Dir höre. Hanna, Du hast Deinem Therapeuten doch nicht umgebracht, oder?«

Hannas Mutter weinte.

»Nein Mutter, das habe ich nicht, es tut mir wirklich leid, was ihr durchmacht, aber ich habe nichts mit der Sache zu tun, gib mir die Nummer von dem Mann und ich kläre das, o.k.?«

Die Frau schluchzte immer noch: *»Gut, ich schick Dir die Nummer per SMS an die Nummer von der Du mich angerufen hast. Und kläre das mit Deiner Wohnungstür, da kann doch jetzt jeder ein- und ausgehen wie er will!«*

»Mach ich Mutter, wie geht es Papa kann ich mit ihm vielleicht auch kurz sprechen!«

»Nein tut mir leid mein Kind, aber der passt auf, dass der Techniker vom Kabeldienst keinen Blödsinn macht!«

»Was für ein Techniker?«

»Hörst Du nicht zu! Der Techniker vom Kabelfernse-

hen und Internet, der kam vor einer halben Stunde, er meinte wir bekommen Glasfaserkabeln, statt den alten im Haus!«

»O.k. Mutter ich muss jetzt Schluss machen, ich werde mich in Kürze melden, passt auf Euch auf und vergiss nicht mir die Nummer zu simsen!«

»Hanni, Papa und ich haben Dich lieb, bitte gib acht auf Dich und ruf bald wieder an!«

»Mach ich Mama und lass Papa lieb Grüßen, ich habe Euch auch lieb! Bis bald!«

Hanna legte auf und rannte in die Teeküche zu Felix: »Stell Dir vor, die drohen meinen Eltern und verkabeln ihr Haus!«

»Was? Wurden sie als Geiseln genommen?« fragte Felix erstaunt.

»Nein, so ein Unsinn, sie haben, den Rothaarigen geschickt, der auch bei Lisa war, ich hab Dir davon erzählt und ein Techniker vom Kabelfernsehen verlegt gerade Glasfaserkabeln. Hast Du schon mal etwas davon gehört, dass in Privathaushalten gratis Glasfaserkabel verlegt werden, ich meine Glasfaserkabeln, weißt Du was die kosten?«

»Ich weiß was die kosten und auch, dass die nur für die Hauptverkabelung verwendet werden, aber nicht in Häusern, was willst Du jetzt tun?«

»Ich laufe auf jeden Fall nicht davon, ich bleibe hier, ich habe schon mit Dimi gesprochen, er möchte nur, dass Du ins Hotel gehst, er kann uns nicht beide beschützen. Dann muss ich von irgendwo her Kraviplex bekommen, sonst kann ich nicht mehr mit Juri sprechen. Ich muss das Schloss meiner Wohnungstür tauschen lassen, dann bitte ich Dich mir die Daten Deines Vaters auf meinen neuen Laptop zu speichern und dann werde ich wohl einige Zeit damit beschäftigt sein ‚Antworten zu finden. Ich habe da eine Theorie, die jetzt nicht wirklich viel ändert, aber ich will es trotzdem wissen!«

»Und was kann ich inzwischen machen?«

»Mir helfen, alles erzählen was Du weißt!«

»O.k. setz Dich zu mir, was willst Du wissen?«

»Hm alles, aber das muss warten, erst brauch ich unbedingt Karviplex! Ich hole meinen Laptop, meine Daten und Dein Zeug, hier haben wir Platz zum Arbeiten!«

Während Hanna die Sachen aus dem Zimmer holte räumte Felix sein Geschirr weg und machte Platz am Tisch. Hanna legte ein Handy und ihren Zettel mit den Notizen vor Felix auf den Tisch.

»Kannst Du bitte diese drei Nummern anrufen, das sind alles MC Patienten Deines Vaters und wahrscheinlich von Beck. Finde heraus, ob sie Kraviplex einnehmen und ob sie noch welches haben und wenn ja, sag' Ihnen, dass Du für Beck arbeitest und die letzte Charge Mängel aufweißt und sie rückgeholt werden muss!«

»Hanna, wie soll ich das machen ich bin kein Gedankenleser und wenn einer von denen Gedanken lesen kann und für Beck arbeitet sind wir aufgeschmissen!«

»Das stimmt, aber wenn jemand von denen Gedankenlesen könnte, würde Beck mich und Juri nicht so dringend brauchen, meinst Du nicht und was haben wir denn schon zu verlieren?«

»Ja, klingt logisch, aber wie kommen wir zu dem Zeug?«

»Wenn sie einverstanden sind die Tabletten abzugeben, bitte ich Dimi mir Janosch zu borgen und er soll sie abholen. Während Du die Leute anrufst, werde ich meinen Hausmeister anrufen, wegen meiner Wohnungstür und die Polizei und versuchen denen zu erklären, dass ich seit gestern Abend nicht mehr in Wien war und ich nichts mir dem Tod Deines Vaters zu tun habe...hm.. aber vielleicht mach ich das auch nicht, ... ähm ... die sollen mich ruhig ein Weilchen suchen, ich überleg mir lieber etwas für den Rothaarigen.«

»Was die Polizei sucht Dich?«

»Ja, aber das ist im Moment mein kleinstes Problem! Bitte ruf die Leute an!«

»O.k. ich bin Psychologe und Verhaltensforscher, ich schaffe das schon irgendwie«, murmelte Felix, sichtlich nervös, vor sich hin. Hanna lächelte und ging aus der Küche, um Felix nicht zu stören. Am Gang telefonierte sie mit Müller und bat ihn das Schloss zu ersetzten, sie erzählte ihm, dass sie erst in zwei Wochen aus Deutschland zurück sei und fragte ihn, ob er so nett sein könnte sich inzwischen um die Post und die Wohnung zu kümmern.

Müller half immer gerne, das steigerte sein Selbstwertgefühl und Hanna hatte die Gabe, Menschen das Gefühl zu geben die aller Besten und Wichtigsten zu sein. Dann schaute sie kurz in die Küche und sah wie Felix telefonierte, als er sie sah, nickte er und hielt den Daumen hoch, ›das ist doch mal ein gutes Zeichen‹ dachte Hanna und erwiderte seine Geste. Hanna lief die Stiegen hinunter und klopfte an Dimitris Bürotür.

»Da ... ähm Ja komm' rein!«

Hanna trat ein und lächelte Dimi an, der offensichtlich gerade seine Einnahmen vom Vorabend zählte.

»Störe ich?« fragte Hanna vorsichtig.

»Aber nein, das hier ist nur Kleinvieh, was kann ich machen für schöne Frau?« entgegnete er.

»Dimi, ich brauche schon wieder Deine Hilfe, da ist ein Mann, der bedroht meine Eltern, wahrscheinlich hat er mit dem Tod von Ferdinand zu tun«, erzählte Hanna.

Dimitri schaute Hanna fragend an und wurde ernst:

»Hanna, was will dieser Mann von Deinen Eltern, wozu droht Mann? Du musst erzählen mir alles, ich kann nicht helfen sonst!«

»Ich kann Dir nicht mehr sagen als, dass er meinen Aufenthaltsort wissen will. Ferdinand musste sterben, weil er mir helfen wollte!« schluchzte Hanna.

Dimi zeigte kein Mitleid und erklärte: »Nicht weinen kleine Frau, es hilft nicht, Du und Felix müsst mir sagen was los ist, welches Problem hat Juri und warum und wer will Dich stehlen?«

Nach einer kleinen Pause sprach er weiter:

»Hanna, ich muss nicht wissen alles, aber wenn ich Männer schicke in Kampf, das ist teuer oder ich mache, wenn glaube ich, es ist richtig, zu tun das. Aber wenn ich nicht wissen warum, ich schicke meine Männer nicht in Krieg!«

Als Hanna die Worte Krieg und Kampf hörte rann ihr ein kalter Schauer über ihren Rücken.

»Dimitri, ich will keinen Krieg und ich kann Dir auch nicht mehr sagen, zumindest jetzt noch nicht, aber bitte ich gebe Dir nochmal 4000,- Euro mehr, wenn Du jemanden schickst, der auf meine Eltern aufpasst, 4000,- Euro pro Tag das sind insgesamt 7000 und ich zahle eine Woche im voraus.«

Hanna griff in ihre Tasche und legte Dimi 46.000,- Euro auf den Tisch.

Dimitri schüttelte seinen Kopf und sagte: »Hanna! Eine Woche maximale, dann Du erzählst mir Wahrheit, alles! O.k.? Keine Tag länger!«

»Ja Dimi, ich erzähle Dir alles, sobald ich alles weiß und einen Plan habe!« versicherte Hanna. Dimitri lachte: »Woher hat kleine Frau soviel Geld, komm' trinke Wodka mit mir auf gute Geschäft, ich brauche auch Adresse von Eltern, schicke gute Mann!« Hanna streckte Dimi ihre Hand entgegen:

»Gut, schlag ein!«

Nach zwei Gläsern Wodka fragte Hanna Dimi, ob sie sich eventuell Janosch für zwei Stunden ausleihen könnte, für den Fall, dass das mit den MC Patienten funktionieren würde.

»Zwei Stunden! Janosch ist Mengenrabatt«, gab Dimitri ihr lachend zur Antwort.

Der Russe war gerade dabei das dritte Glas Wodka zu füllen, als es an der Tür klopfte.

»Da ...komm rein!«

Es war Felix, der Hanna die Neuigkeiten erzählen wollte.

»Sagt betrinkt Ihr Euch hier, während ich arbeite?« fragte er leicht sauer.

»Ah Freund, komm nimm Platz und trinke mit schöne Frau und Deine Bruder!« entgegnete Dimitri. Felix seufzte und setzte sich zu den Beiden. Als Hanna das Wort Bruder hörte, dachte sie sofort wieder an Juri und Ludmilla und das Kraviplex. Fragend schaute sie Felix an.

»Heute um 19 Uhr, 20 Stück aus der Alserstraße und 19 Uhr 30, 34 Stück aus dem 21. Bezirk«, informierte Felix Hanna über seinen Erfolg. Hanna sprang auf und küsste Felix auf die Wange, vor lauter Freude, über die gute Nachricht und weil sie etwas angetrunken war.

»Und was ist mit mir, bekomme ich nicht Kuss?« scherzte Dimitri.

»Dimi, ich brauche um 18 Uhr 30 Janosch für zwei Stunden«, sagte Hanna.

»Kannst Du haben, halte ich Wort!« während Dimitri sich nach vor beugte, auf die Fernsprechanlage drückte und sagte: »Janosch Büro!« beugte sich Hanna zu ihm und küsste ihn ebenfalls auf seine Wange. Dimitri erschrak, aber lachte. Felix schaute nur erstaunt und schüttelte seinen Kopf, dabei grinste er und dachte: ›*Diese Frau ist ein Wahnsinn und überhaupt nicht manipulativ, die hätte Anwältin oder Psychiaterin werden sollen*‹.

Trotz dem Stress der letzten Tage, fühlte sich Hanna so lebendig, wie lange nicht mehr.

Janosch klopfte an die Tür und trat gleichzeitig ein. »Bitte Boss, was gibt es?« fragte er Dimitri. Der schaute auf seine falsche Rollex und sagte:

»Janosch, in einer halben Stunde bringst Du meine Freunde hin, wo sie wollen.«

»Chef, seit ca. vier Stunden beobachtet ein Mann, in einem alten Auto das Bordell, soll ich ihn vertreiben?.«

»Hm, vier Stunden, dem Mann ist fad sicher, bevor ihr fahrt weg, schickst Du Yvonne, sie soll ihn lenken ab, die müssen nicht wissen, dass wir wissen!« entgegnete Dimi, »und bevor ich vergesse, schicke mir Karl, habe Auftrag.«

Janosch verließ das Büro und Dimi beugte sich zu Hanna und flüsterte: »Brauche Adresse, Du weißt schon.«

Hanna nahm einen Stift und ihr neuerworbenes Notizbuch aus ihrer Tasche, riss ein Blatt heraus und schrieb die Namen und die Adresse ihrer Eltern darauf! Dann schob sie den Zettel Dimi zu, der nickte nur andächtig. Felix hingegen stupste Hanna und sah sie fragend an, Hanna signalisierte mit ihrer Mimik und Gestik, „jetzt nicht!'.

»Noch eine Wodka, bevor ihr müsst fahren?« fragte Dimitri.

»Ich glaube es wäre besser keinen mehr zu trinken, wir müssen noch arbeiten und ich brauch noch ein Zimmer in einem Hotel!« erwähnte Felix demonstrativ.

»Ach, mein Freund, meine Bruder ich bin nicht Arschloch immer, kannst Du bleiben eine Woche, aber keine Tag länger und jetzt trinken wir auf Leben und schöne Frauen und auf Kinder!«
Felix murmelte nur: »Danke Dimi!« eigentlich hätte er am Liebsten gesagt: ›*Geh' zu Teufel ich brauche Deine Almosen nicht!*‹, aber er wollte Hanna nicht alleine hier lassen.
Wieder klopfte es und Dimitri rief leicht angetrunken: »wer stört?.«

»Ähm Karl, Du wolltest mich sprechen Boss«, antwortete der Mann vor der Tür verunsichert.

»... Da... komm' rein!« erwiderte Dimitri.
Hanna sprang auf und nutzte die Chance: »Dimitri, Felix und ich müssen jetzt gehen, danke für alles!«

»Gut, wir sehen später uns!« entgegnete Dimi, während Felix und Hanna sich an Karl vorbei durch die Tür schlängelten.

»Ich habe die Daten auf Deinen Laptop gespielt und die Sachen ins Zimmer gebracht, während Du bei

Dimitri warst! Was habt ihr eigentlich solange da unten getrieben?« fragte Felix, während die Beiden die Stiegen hinauf gingen.

»Bist Du etwa eifersüchtig? Ich habe ihn bezahlt, dass er meine Eltern beschützt! Was denkst Du denn?«

Felix fühlte sich ertappt und schämte sich fast für seine indiskrete Frage.

»Ich glaube wir müssen dann eh bald los, es ist schon 18 Uhr 15, willst Du Dich wieder als Marie verkleiden?« fragte er Hanna.

»Nein, ich glaube Yvonne wird den Herrn vor der Tür gut ablenken, da kommen wir sicher unbemerkt hinaus und wenn sie uns hier nie sehen, werden sie irgendwann aufgeben«, meinte Hanna.

»Na, hoffentlich, das ist echt mühsam!«

»Wie haben die MC Patienten eigentlich reagiert, als Du sie angerufen hast?« fragte Hanna.

»Die Zwei zu denen wir dann fahren, waren sehr freundlich und verständnisvoll, total entsetzt, dass mein Vater tot ist und etwas schockiert bzgl. der Mängel im Kraviplex, aber ich habe ihnen gesagt, dass es harmlos sei. Ja und der Dritte schimpfte fürchterlich über Beck und das Mittel und beteuerte ich zitiere: ,Sie glauben doch nicht, dass ich diesen Scheißdreck noch nehme, das Zeug treibt einen in den Wahnsinn!'.«

»Echt? Das hat er gesagt? Hat er auch gesagt wo er wohnt?«

»Nein Hanna, er hat aufgelegt, warum interessiert Dich das?«

»Überleg einmal, ,das Zeug treibt einen in den Wahnsinn', vielleicht hat er auch Stimmen gehört,

genauso wie ich, vielleicht kann uns der Typ weiterhelfen!«

»Kann sein, wenn Du meinst, aber ich ruf den Typen
sicher nicht mehr an!«

»Egal, ich mach mich jetzt fertig für unsere kleine
Rückholaktion!«
Kaum war Hanna fertig, klopfte es auch schon an
der Tür. »Janosch hier, es ist Zeit! Yvonne lenkt den
Typen schon ab!«
Die Drei nahmen, ein unauffälliges Auto vom Hof und
fuhren los. Als sie beim Vordereingang des Bordells
vorbei kamen, sahen sie, wie Yvonne sich in das Auto
des Spitzels beugte, sodass er keine freie Sicht mehr
hatte.
Im Auto diskutierten Hanna und Felix noch ihre
Taktik, jeder hatte eine zugewiesene Aufgabe: Hanna
beobachtete, Janosch fuhr und Felix war unvorstell-
bar glücklich die eigentliche Arbeit alleine machen
zu dürfen. »Was soll ich nicht noch alles machen!«
beschwerte er sich.

»Felix Du bist Therapeut, Du wirst doch unauffällig
die zwei Personen einwenig ausfragen können? Wie
es ihnen mit Kraviplex geht, woher sie Beck kennen
usw. und bitte frage sie wann sie den nächsten Termin
bei ihm haben. Du bist ein guter, sympathischer Typ,
das kann doch nicht so schwer sein!« lächelte Hanna
Felix an.

»Deine Masche funktioniert nicht, bei mir! Ich hasse
es um den heißen Brei herum zu reden, aber ich tue es
Dir und meinem Vater zu liebe.«
Felix hatte seine Arbeit gut gemacht, doch erhielt er
nur wenig Informationen von den zwei MC Patienten. Das Mittel half ihnen sich besser zu konzentrie-

ren, aber sonst war alles unauffällig und zu Dr. Beck gingen sie erst dann wieder, wenn ihre Packung leer wurde. An diesem Punkt musste Felix improvisieren, er gab beiden Patienten jeweils 50,- Euro, um sich ein anderes Medikament aus der Apotheke zu holen, er nannte ihnen ein harmloses Vitamin-Johannis-krautpräparat, welches die Stimmung der Zwei leicht aufhellen sollte, aber keine Nebenwirkungen hatte, als Psychotherapeut hatte er schon gute Erfahrungen damit gemacht. Er erzählte ihnen auch, dass Beck tot-krank sei und in kürze seine Arbeit aufgeben müsse, dann gab er ihnen den Namen eines Studienkollegen, der in Wien eine Ordination eröffnet hatte. Am Ende waren alle zufrieden und Felix konnte über 50 Kravi-plex-Tabletten für Hanna sichern.

Am Rückweg zum Bordell bat Felix Janosch bei einer U-Bahnstation kurz stehen zu bleiben, er wollte ein paar Zeitungen holen und die Trafiken, hatten bereits geschlossen.

Kurz bevor sie bei Dimitris Lokal ankamen, rief Ja-nosch Yvonne an und erkundigte sich, ob das Bordell noch beobachtet wurde, Yvonne verneinte und so fuhr Janosch zur Rückseite, öffnete das alte Tor und stellte das Auto wieder im Hof ab.

»Danke Janosch für Deine Hilfe, ich hoffe, wir ha-ben Dich nicht zu lange von Deiner Arbeit hier abge-halten?« sagte Hanna zu ihrem Bodyguard und Fahrer. Janosch erwiderte: »Das ist kein Problem Frau Hanna, es ist zwar Samstag, aber die betrunkenen, schwierigen Freier kommen meist erst nach Mitter-nacht und jene, die früher kommen, sind meist erst zu Mitternacht betrunken oder ganz harmlos! Es ist eine nette Abwechslung ich bin froh, wenn ich nicht immer nur der Aufpasser und Rausschmeißer sein muss, das ist meist ziemlich langweilig.«

Hanna lächelte: »Trotzdem danke Janosch!«

Am Weg nach oben in ihr Zimmer trafen sie Yvonne, sie packte Hanna am Arm und zog sie zu sich: »Hanna, der Mann draußen hat nach Dir gefragt, ich sagte ihm, dass ich keine Hanna kenne, dann meinte er, wenn ich Dich doch noch sehen sollte, soll ich Dir diesen Zettel geben!« sie steckte das Stück Papier Hanna zu: »Übrigens er hieß Erwin!«

»Danke Yvonne, das hast Du gut gemacht!« stammelte Hanna überrascht.

Im Zimmer öffnete Hanna das gefaltete Stück Papier, darauf stand nichts Neues:

Das ist kein Spiel. Du hast noch Zeit bis Montag 11 Uhr, oder Juri ist für immer tot. Dr. B
Ps.: Dann hast auch Du keinen Wert mehr für uns! Tel.: 0671 11002251

»Felix, das ist eine Morddrohung gegen mich und wie gehabt gegen Juri, ich brauche echt einen Plan, sonst ist alles vorbei und ich will Juri nicht verlieren und mich mein Leben lang verstecken müssen. Lass uns die Dateien Deines Vaters durchforsten, wir müssen einen Weg finden!« flehte Hanna.

»Wir brauchen einen Tisch an dem wir arbeiten können, wir sollten die Teeküche nicht blockieren, sie ist für die Mädchen gedacht. Weißt Du was, ich frage Dimi, ob er eine Idee hat, wo wir in Ruhe arbeiten können«, entgegnete Felix.

Während Felix zu Dimitri ging, duschte Hanna, zog

sich bequeme Kleidung an und nahm 2 Kraviplex, sie hoffte die Wirkung dadurch verstärken zu können, um bald wieder was von Juri zu hören. Als sie ins Zimmer kam, wartete Felix bereits mit guten Nachrichten: »Hanna, Dimi sagte im Dachgeschoss gibt es noch ein kleines, privates Büro zu dem niemand Zutritt hat. Ich habe die Laptops hinauf getragen, dort gibt es auch Drucker und anderes Bürozeug, die wir nutzen dürfen, aber Dimi hat sehr, ernst und fast drohend bemerkt: ›Finger, weg von meinem PC oder Finger weg bei Dir!‹. Hanna grinste: »Mit dieser Regel kann ich leben, wir haben ja unsere eigenen PC's und manche Dinge, die Dimi betreffen, will ich gar nicht wissen!« Felix schloss die Tür ins Dachgeschoß auf und bevor Hanna und er die Treppe hinauf stiegen, schloss er hinter ihnen wieder ab.

Oben waren einige Räumlichkeiten ein kleines Bad, zwei Räume die nur mit anderen Schlüsseln zu öffnen waren und Dimis Büro. Der Raum war klein, aber gut ausgestattet und geschmackvoll eingerichtet, neben Dimitris pompösen Schreibtisch und einem schönen Chefsessel aus Leder, waren da noch drei Stühle ein mittelgroßer Tisch, mehrere Büroschränke und Komoden, sogar ein kleiner Kühlschrank, eine Kaffeemaschine und mit Sicherheit einige versteckte Kameras und ein Safe.

Am meisten begeisterte Hanna die Stille: »Hier können wir sicher gut arbeiten!«

»Das denke ich auch, aber womit beginnen wir?« fragte Felix.

»Ich glaube Du solltest mir mal alles erzählen, was Du weißt und meine paar Fragen beantworten!« meinte Hanna.

»Gut, dann zeige mal Deine Notizen mit den Fragen!« erwiderte Felix.

Hanna reichte ihm den Zettel mit den Fragen und Felix begann zu lesen und zu erklären: »O.k., Medpad ist ein kleines Silikonkissen, dass unter die Haut implantiert wird und wenn man regelmäßig Medikamente injiziert gibt es in kleinen Dosen die Substanz an den Organismus ab!«

Hanna hielt mit ihrer Hand ihre Strinfransen nach hinten und zeigte Felix ihre Beule: »Kann, das ein Medpad sein?« fragte sie.

»Hm, die Beule ist fast rechteckig und scharf begrenzt an den Kanten, darf ich sie anfassen?«

»Natürlich!« erlaubte ihm Hanna.

»Fühlt sich schwammig an, ja ich denke das ist ein Medpad, hat Dir Beck etwas hinein gespritzt?« fragte Felix, während er die Beule abtastete.

»Ja, zwei Mal, er sagte, dass mit dem Mittel die Beule kleiner werden würde. Das letzte Mal war ungefähr vor einem Monat!« antwortete Hanna.

»Ich weiß nicht, was er injiziert hat, aber ich denke, wenn es schon so lange her ist, wird es keine großartige Wirkung mehr haben!« meinte Felix.

Hanna blieb ganz ruhig, sie konnte nicht mehr viel erschüttern: »Das ist nicht gut, vielleicht unterstützt dieses Mittel das Kraviplex, was soll ich tun, wenn ich Juri, trotz dem Kraviplex nicht hören kann?« dann seufzte sie und ergänzte: »Ganz, gleich ich habe keine Zeit darüber nachzudenken, lass uns weiterarbeiten!«

»O.k., Ludmilla Bogdanova, über sie weiß ich nicht mehr als Du, es tut mir leid Hanna!« entschuldigte sich Felix.

»Kein Problem Felix, was weißt Du über Elias Doe?« fragte sie.

»Elias, das ist eine lange, traurige Geschichte, die ich Dir besser später einmal erzähle. Aber die Kurzfassung ist, mein Vater hat Elias geholfen aus der Liga zu flüchten, hat ihn mit meiner Hilfe versteckt und Dimitri hat geholfen ihm mehrere neue Identitäten zu besorgen. Seither versteckt er sich, aber er ist für sein Alter echt grandios, er hat die Liga gehakt und seither gibt es kaum digitale Daten, er hat ihr gesamtes Netzwerk und ihre Server lahm gelegt. Ich versuche ihn seit gestern zu erreichen, aber das ist nicht einfach, wir kommunizieren über Internetforen und Zeitungen verschlüsselt miteinander, deshalb habe ich auch die Zeitungen gekauft!« klärte Felix Hanna auf.

»Wow, das klingt strange, glaubst Du er kann uns helfen?« fragte sie.

»Ich denke schon, wenn ich es schaffe ihn zu erreichen!« entgegnete Felix.

»O.k., dann Schluss mit den Fragen oder fällt Dir noch etwas Relevantes ein, sonst wäre es besser Du kümmerst Dich darum, während ich in den Daten stöbere!« sagte Hanna bestimmend.

»Yes Sir ..äh.. Mam!« antwortete Felix grinsend. Hanna rollte die Augen und erwiderte: »Bitte!..Besser?«

»Ja, ist schon o.k.!« zwinkerte Felix Hanna zu. Hanna durchsuchte sicher schon zwei Stunden, die Berge an Dateien und notierte sich immer wieder Informationen, die ihr wichtig zu sein schienen, in ihrem Notizbuch.

»Hanna ich habe etwas in einem Literaturforum gefunden, der Eintrag ist vom Freitag:

frei einer romantischen denkweise,
ich nehme anderen,
niemals dir,
immer suchend,
täglich, treulos ohne träume,
ewig leide ich,
aber still.

Das ist von Elias!« freute sich Felix.

»Und was soll das heißen, dieses Gedicht ist ..ähm.. entschuldige, nichtssagend, was soll das bedeuten?« entgegnete Hanna fragend.

»Es geht nicht um den Inhalt, Du musst die Anfangsbuchstaben aneinander reihen. Probiere es doch einfach Mal!«

Hanna versuchte es: ‚FERDINAND IST TOT ELIAS‘, ja das ergibt Sinn und ist ziemlich traurig, wie hilft Dir diese Nachricht ihn zu finden?«

»Im Nicknamen ist die Telefonnummer von einem Prepaid-Handy versteckt A steht für den Handyanbieter in diesem Fall A4, und die restlichen Buchstaben stehen jeweils für eine Zahl und die zwei Ziffern am Ende reiht man einfach daran. Der Nickname Abeegh13 heißt 0644 255 7813, er ändert seine Handynummern aber regelmäßig und deshalb verpasse ich ihn oft. Ich probiere es einmal!« meinte Felix, während er aus dem Büro ging, um in Ruhe telefonieren zu können. Hanna stöberte inzwischen weiter.

Aber es dauerte nur wenige Minuten bis Felix enttäuscht zurück kam: »Leider kein Anschluss unter dieser Nummer. Ich habe ihm heute, als du Unterwegs warst eine Nachricht im Eltern-Kindforum geschickt: Frage euch liebe Eltern,

Mein Vater ging gestern in Pension und macht nun eine Reise nach Wien. Ich suche daher eine Nanni für meine 11jährige Tochter Beate.
Das heißt:
Fele, das ist mein Spitzname, so weiß Elias, dass die Nachricht von mir ist. Der Rest heißt mein Vater ist tot ich komme nach Wien und brauche Hilfe um 11B zu beschützen. 11B das bist Du!« erklärte Felix.

»Und Dein Nikname ist die Wertkarten Nummer, richtig? Dass ich 11B bin habe ich gelesen, es gibt hier eine Liste aller Probanten seit 1967, das sind fast 120 Menschen?« erklärte Hanna stolz.

»Ich und Elias kennen die Liste, er ist 8A! Hanna ich mache mir Sorgen, die Leute von der Liga sind so lange schon extrem gut organisiert und total skrupellos! Und Elias hat nicht auf meine Nachricht reagiert«, sagte Felix traurig.

»Was glaubst Du, wie es mir geht? Aber ich darf darüber nicht nachdenken, ich brauche eine Lösung und die finde ich nur hier. Ich habe einen passwortgeschützten Ordner gefunden, hast Du eine Ahnung was Pro6 bedeuten könnte?« fragte Hanna.
Felix schüttelte den Kopf, doch Hanna sah wie er überlegte. »Hanna, ich weiß nicht, aber während ich weiter nach einer Nachricht von Elias suche, denke ich darüber nach!«
10 Minuten später sprang er auf, ich habe eine gefunden im ÖKM in der Neuausgabe für Morgen:
Einsamer, liebenswerter, italienischer Adonis sucht herzliche, attraktive, nette, natürliche Aphrodite.
TREBIDA44
Ich übersetzte Dir das schnell, ich habe schon Übung darin: Elias sucht Hanna Telering 518 3044!« Felix

lachte, »dabei hat er Dich hervorragend beschrieben herzliche, attraktive, nette etc., das trifft es ziemlich, es fehlt nur noch zielstrebig, stur, mit Durchsetzungs-vermögen!«

Hanna sah Felix misstrauisch an und scherzte: »Ich weiß nicht, ob ich das als Kompliment werten soll. Geh lieber und ruf Elias an, und zwar flott!«

Hanna suchte weiter über eine Stunde lang, bis Felix zurück kam.

»Wo warst Du solange?« fragte sie.

»Ich habe mit Elias gesprochen und dann mit Dimit-ri. Elias kommt Morgen um 20 Uhr 30 hier her und Dimi schleust ihn unauffällig herein. Er ist zwar nicht begeistert und meinte wir sind ganz schön aufwendig für ihn, aber er hat Elias schon zwei Jahre nicht mehr gesehen und freut sich auf ihn, die zwei verstehen sich auffallend gut!« antwortete Felix. »Ach ja, bevor ich es vergesse ich habe Elias gefragt was Pro6 heißen könnte, er dachte kurz nach und meinte vielleicht Pro-bant Nummer 6. Kannst Du nachsehen wer das ist?.«

»Da steht 6A Reinhard Fellner und 6B Sylvia Fell-ner, aber bei Beiden ist angeführt, bei Effektivität gleich 0 und Beide sind bei einem Autounfall voriges Jahr gestorben, ich weiß nicht, ob uns das weiter-hilft!« entgegnete Hanna.

10. Kapitel

Ferdinands Erbe!

»Hanna es ist kurz vor Mitternacht ich brauche eine Dusche und ein Bett!« flehte Felix.

»Ich sperre Dir auf und hinter Dir wieder zu, dann mach ich weiter, o.k.?« fragte sie.

Als Hanna ins Büro zurück kam, schaute sie die Liste der Versuchspersonen noch einmal durch und dann fiel ihr auf, dass sie nur bei den neuen MC Patienten geschaut hatte. Das waren 14 Personen, diese Liste begann 2011 bei Patient 1, zuvor waren aber 103 Versuchspersonen gelistet seit dem Jahr 1966, die damals bei Probant 1 begannen, also gab es einen Probant 6 vor dem Jahr 2011 und einen Patient 6 nach 2011.

Wer war der Probant 6? Hanna schaute nach und es war Ludmilla Bogdanowa. Hanna wurde klar, dass es sich bei dem Dateiordner Pro6 um Informationen über Juris Mutter handeln musste.

Aber wie lautete das Passwort zum Öffnen des Ordners? Hanna war sich bewusst, dass sie nur drei Versuche hatte, dann müsste sie auf Elias warten, der sicher in der Lage sein würde, das Passwort zu haken, aber dann wäre wieder ein Tag verloren. ›Hm?‹, dachte Hanna, ›die meisten Passwörter bestehen aus Namen und Zahlen und sind maximal 8stellig. Bogdanowa ist zu lange und ohne Zahl, Ludmilla würde passen, ist allerdings auch ohne Zahl, aber Milla und eine Zahl würde gehen. Welche Zahl sollte sie neh-

men, Ludmillas Geburtsdatum stand in der Proban-
tenliste und wann sie zur Liga kam. Aber es ist doch
egal entweder ich schaffe es oder nicht.‹
Etwas zögernd gab sie dann ein Milla_54, 1954 war
Millas Geburtsjahr. Sofort kam die Meldung falsches
Passwort. Sie überlegte weiter, *›vielleicht passt ja*
Liga1954‹, aber auch da bekam sie eine Fehlermel-
dung. *›Gut ich habe noch eine Chance, vielleicht*
schrieb Ferdinand Milla nur mit einem L, die Wahr-
scheinlichkeit, dass ich jetzt richtig liege ist sowieso
gleich null, aber sonst fällt mir nichts mehr ein, mit
den wenigen Informationen, die ich habe!‹. Umso
überraschter war Hanna, als der Ordner aufging, nachdem sie Mila1954 eingab.
›Wow, bin ich gut oder bin ich gut?‹, lobte sie sich
selbst.
In dem Ordner waren 3 Textdateien, die zum Glück
nicht verschlüsselt waren. Sie hießen 1_Mila, 2_Juri
und 3_Dimitri. Hanna freute sich über ihren Erfolg
und begann sofort zu Lesen, wie es sich gehörte begann sie bei 1:

Milla Bogdanowa wurde 1954 am 12. März in ei-
nem kleinen Dorf, in der Nähe von Wladiwostok, am
südöstlichsten Ende der Sowjetunion geboren. Auf
der Suche nach weiteren Versuchssubjekten, für den
Forschungsbereich Parapsychologische Phänome-
ne, hörten Spitzel des KGBs 1968 von einem jungen
Mädchen, welches ein ganzes Dorf in Aufruhr brach-
te, weil es angeblich Gedanken lesen und kontrollie-
ren konnte. Vom Großteil der Bevölkerung wurde sie
gehasst und gefürchtet, nur von einem sehr kleinen
Teil, wurde sie bewundert. Der KGB nahm sie ihrer

Familie weg, um für Milla zu sorgen und ihr eine anständige Berufsausbildung zu ermöglichen. Im Juni 1968 holten sie Milla in ihr geheimes Forschungslabor nach Moskau, dort wurde sie jahrelang getestet und von der Außenwelt abgeschottet.

Während dieser Zeit war Michail Andrejew Sicherheitsbeauftragter des Forschungsinstitutes, er überwachte alle Probanten über Kameras und Abhörgeräte. Mila war ein ausgesprochen hübsches und sinnliches Mädchen, alle Wärter waren verliebt in sie und irgendwann auch Michail. Immer wieder schaltete er die Überwachungsapparate aus und besuchte Milla in ihrer Kammer, stundenlang redete er mit dem Mädchen und sie wurden Freunde und später ein geheimes Liebespaar.

1986 war ich eingeladen zu einem Psychotherapeuten-Kongress in Westberlin, wo renommierte Therapeuten über ihre Erfolge, vor über hundert Kollegen aus aller Welt, sprachen. Der Kongress dauerte vier Tage. In dem 4 Sternehotel, in dem ich untergebracht war, war zu diesem Zeitpunkt auch eine Ostdeutsche außenpolitische Deligation zu Gast. Michail wechselte nach dem Tod von Mila zur Stasi und hatte zur Aufgabe, Mitglieder des Außenministeriums aus der DDR zu be- und zu überwachen.

Als ich eines Nachts nicht schlafen konnte, ging ich in die Hotelbar, wo ich ihn traf. Anfangs war er nur leicht und später sturzbetrunken. Gegen zwei Uhr Morgens erzählte er mir fast weinend seine und Milas Geschichte und ich musste ihm hoch und heilig versprechen es niemanden zu erzählen. Diese Geschichte war so ergreifend, dass sie mich lange Zeit verfolgte. Unmittelbar nach dem Fall der Berliner Mauer, kam

Michail nach Wien und besuchte mich in meiner, nach dem Tod meiner Frau Anna, neueröffneten winzigen Praxis im 3. Bezirk. Damals war Michail 57 Jahre alt, er bedankte sich, dass ich sein Geheimnis bewahrt habe und erzählte mir, dass er in die Karibik auswandern werde und die wenigen Monate, die er Aufgrund einer Krebserkrankung noch leben würde, genießen wollte. Dann sprach er über die Liga, gab mir Becks Adresse und erzählte, dass hier in Wien ein neues Neuropsychologisches Institut, als Zweigstelle von dem in Moskau, geplant sei. Es würde im Mai 1990 eröffnet werden und ich solle mit Beck sprechen und sagen, dass ich seine Adresse von Dr. T hätte. Dr. T war Leiter des Moskauer Instituts bis er 1987 starb und ein guter Freund von Michail. Beck würde mich mit dieser Info sofort in sein Team aufnehmen und nicht weiter nachfragen. Ich fragte Michail, warum ich das tun sollte? Da legte er mir 250.000,- Deutsche Mark vor die Nase und flehte mich an: ›Beschütze meine Söhne!‹

Er gab mir alle Informationen, die ich brauchte und seinen Wiener Kontakt zu einem russischen Unterwelt-Boss. Damals hatte ich nichts zu verlieren und stimmte dem Deal zu.

Mila bekam zwei Söhne von Michail, den ersten brachte er unmittelbar nach dessen Geburt in Sicherheit. Der Zweite kam leider in ein Kinderheim. Doch Milla konnte mit dem Verlust ihrer beiden Söhne nicht leben und so tötete sie sich, zwei Tage nach der Geburt ihres Zweitgeborenen am 26. Mai 1974. Später erfuhr ich, dass Michail in Costa rica im März 1990 seinem Krebsleiden erlag.

Ich hielt mein Versprechen, begann für die Liga zu ar-

beiten und brachte 1990 Juri und Dimitri nach Wien, die Beiden waren vom Wesen, wie Tag und Nacht. Dimitri geriet seinem Vater nach und Juri ähnelte offensichtlich eher Milla.

›*Wow*‹, dachte Hanna, ›*das ist doch Mal eine Geschichte, ich muss Juris und Dimitris Datei unbedingt auch noch lesen! Ich würde so gerne mit Juri sprechen. Juri bist Du da?*‹, aber Hanna bekam keine Antwort. ›*Das wird eine lange Nacht, ich brauche unbedingt noch einen Kaffee!*‹
Den machte sie sich auch und dann öffnete sie Datei 2_Juri.

Juri Worobjow, geboren am 19. August 1972, im Institut zur Erforschung parapsychologischer Phänomene in Moskau.
Mutter Ludmilla Bogdanowa, Vater Michail Andrejew. Juris Mutter war eine sehr zierliche Person und hatte kein Problem ihre Schwangerschaft geheim zu halten. Gleich zu Beginn ihrer Schwangerschaft, erzählte sie Michail davon, der ihr half diese zu verheimlichen, indem er Blutproben tauschte und sie jederzeit unterstützte. Michail wollte keinen Schwangerschaftsabbruch riskieren, sonst wäre ihre Liebe aufgeflogen. Er baute darauf in den 9 Monaten, die er Zeit hatte, eine Lösung zu finden.
Letztendlich zahlte er einer Ärztin im Institut, für russische Verhältnisse, sehr viel Geld, um Mila bei der Geburt zu unterstützen und das Kind in gute Hände zu geben. Als es so weit war und die Wehen einsetzten meldete die Ärztin, dass Mila einen Darmvirus hätte und einige Tage nicht an Tests teilnehmen

könne. Nach der Geburt übergab sie das Kind ihrer
Cousine, die drei Tage zuvor eine Tochter entbunden
hatte. Michail änderte die Geburtsunterlagen so, dass
klar war, dass die Frau Zwillinge bekommen hatte.
Der Name der Ziehmutter war Tatjana Worobjowa.
Michail besuchte Juri ein einziges Mal, als dieser
zwei Jahre alt war, er gab Tatjana ein goldenes Kett-
chen mit dem Auftrag es Juri zu geben, wenn die Zeit
dafür reif war. Außerdem zahlte er auch ihr viel Geld,
um den "Zwillingen" eine gute Ausbildung und eine
angenehme Kindheit bieten zu können.
Gleich nach Michails Besuch besorgte ich ein Studen-
tenvisum für Juri, mit dem Vorwand, dass seine schu-
lischen Leistungen so überzeugend waren, dass er ein
Stipendium einer sozialen Stiftung erhielt. Ich ließ
Juri monatlich Geld überweisen und sorgte somit für
seinen Unterhalt, bis er mit dem Studium fertig war.
Durch meinen Gehirntumor, traute mir Beck nicht
mehr so wie früher, weshalb ich erst nach Juris Unfall
erfuhr, dass er auf der Liste der MC Patienten stand.
Es war ein Schock für mich, als Beck seine Frau in
meine Praxis schickte.
Wer auch immer diese Zeilen liest, es tut mir leid,
dass ich weder Juri noch seiner Frau wirklich hel-
fen konnte, denn nachdem ich diese Informationen
monatlich aktualisiere, gehe ich davon aus, dass ich
vor kurzem ziemlich unerwartet, verstorben bin. Es
tut mir leid, dass ich Mitschuld an unglaublich viel
Schmerz und Tod trage.
Wenn, das irgendwie möglich ist, bitte ich alle Betrof-
fenen inständig mir zu verzeihen.

Hanna hatte Tränen in den Augen und murmelte:

»Magister Rossmann, ich verzeihe Ihnen und danke, denn Sie helfen, indem Sie die Wahrheit hier aufgeschrieben haben!«

Dann seufzte sie tief: ›*Dimitris Datei noch und dann brauch ich ein Bett!*‹. Sie machte sich noch einen Kaffee, obwohl es schon 2 Uhr Morgens war und öffnete die letzte Datei.

Dimitri Orlow geboren am 24. Mai 1974 im Institut zur Erforschung parapsychologischer Phänomene in Moskau.

Mutter Ludmilla Bogdanowa, Vater Michail Andrejew. Mila wurde ein zweites Mal schwanger von Michail und nachdem alles so gut funktionierte, mit der Geheimhaltung der ersten Schwangerschaft, dachte Michail, er mache alles genauso wie beim ersten Mal. Wieder bat er die Ärztin um Hilfe, und sie war einverstanden, schon alleine deshalb, weil sie selbst im 4. Monat schwanger war. Gleichzeitig sagte sie Michail, dass sie nicht sicher sei, ob sie bei der Geburt dabei sein könne, da sie ja selbst zwei Monate davor ihr Kind gebären würde. Aber Michail glaubte fest daran, dass alles klappen würde. Er ließ sich dennoch von der Ärztin, sicherheitshalber, den ganzen Vorgang der Geburt bis ins kleinste Detail erklären. Ein Monat vor dem Geburtstermin ihres Kindes starb die Ärztin, samt dem ungeborenen Kind, an einer Lungenentzündung. Michail war verzweifelt. Er hatte keine anderen Verbündeten in der Forschungsanlage. Gleich nach dem Tod der Ärztin, schaffte er Milla aus dem Institut und fingierte eine Flucht ihrerseits. Dann organisierte er die Suche nach ihr, natürlich so, dass man sie nicht fand. Er brachte Milla zu Tatjana Worobjowa,

die darüber gar nicht erfreut war. Dennoch versteck-
te sie Milla drei Monate lang und half ihr Dimitri zu
gebären. Als das Kind auf der Welt war, stand Michail
unter Beobachtung des KGBs, weil er in deren Augen
Schuld daran war, dass man Milla noch nicht gefun-
den hatte.

Das Kind war auf der Welt, und Milla hatte Michail
seit der Flucht aus dem Forschungsinstitut nicht mehr
gesehen, sie war völlig ratlos und verzweifelt. Tatja-
na überredete Mila, das Kind bei einem Waisenhaus
abzulegen, da sie selbst es nicht großziehen konnte
und sie ihre Familie nicht noch mehr in Gefahr brin-
gen wollte. Milla war damit einverstanden, doch zwei
Tage später fand Tatjana sie erhängt am Dachboden.
Tatjana war geschockt! Bei einer Nacht- und Nebel-
aktion luden sie und ihr Mann Millas Leichnam in ihr
Auto und warfen sie in einen Stausee der Moskwa. Im
Herbst fanden Fischer ihren Leichnam. Als Michail
im Juni Mila und das Kind besuchen wollte, war sein
Sohn im Heim und Milla tot. Tatjana erzählte Michail
alles, doch es half nichts, er war am Boden zerstört
und zerfressen von Schuldgefühlen. Er hatte keine
Möglichkeit seinen Sohn aus dem Kinderheim zu
holen, da ihm der KGB im Nacken saß. Ein Freund in
der Regierung verschaffte Michail dann einen Job bei
der Stasi in der DDR.

Auch für Dimitri besorgte ich ein Visum für Öster-
reich, dabei gab ich an, dass er hier Verwandte hätte.
Er kam gleichzeitig mit Juri ins Land. Dimitri war da-
mals 16 und ein schwieriger, wütender, junger Mann,
der kein Wort Deutsch verstand, anders als Juri, der
in Moskau schon ein Semester Deutsch studierte und
es zuvor schon 2 Jahre in der Schule hatte. Mir blieb

*nichts anderes übrig, als mich an den zwielichtigen
Kontakt von Michail in Wien zu wenden, der Dimitri
dann unter seine Fittiche nahm. Zu Dimi hatte ich
immer wieder mal Kontakt und bin sogar der Taufpate
seiner Tochter Nadja.*
*Da ich vermutlich tot bin, wenn ihr diese Zeilen lest,
bitte informiert Dimi über seine Herkunft und sagt
ihm es tue mir leid, dass ich ihn nicht schon früher
aufgeklärt habe, aber es ging unter diesen Umständen
nicht.*

Hanna wollte eigentlich nach dieser Datei schlafen
gehen, doch sie hatte eindeutig zu viel Kaffee getrunken und war total überdreht. Deshalb druckte sie die
drei Dateien aus, schloss ihren Laptop und ging mit
den Informationen in ihrer Tasche hinunter an die Bar.
Dort trank sie sich bei zwei Scotch Mut an und klopfte an Dimitris Büro. »Wer ist da?« rief Dimitri sauer.
»Ich bin es Hanna!« erwiderte sie.

   »Komm rein ich muss sowieso reden mit Dir!« rief
Dimi. Hanna mochte Dimi, er war irgendwie ein mürrischer, aber liebenswerter Grizzlybär.
Als Hanna ins Büro kam, sah Dimitri sie fragend an:
»Warum bist Du um halb vier in Früh noch wach?«
Hanna lächelte: »Das könnte ich Dich auch fragen!«

   »Ich bin Boss von Puff, Puff hat offen bis 6 Uhr in
Früh, aber nicht immer ich bin noch da um diese Zeit.
Doch es ist Samstag und da schaue ich fern, Boxen
oft. Egal ich muss reden mit Dir, bitte rufe zeitig in
früh Deine Mutter an. Ja?.«
Hanna war erstaunt: »Warum ist etwas passiert?«

   »Nein, nichts passiert, Mutter fährt morgen in Ferien
18 Tage mit Schiff?«

»Was?« erwiderte Hanna verwundert.

»Bitte Hanna rufst Du 6 Uhr Mutter an, sie wird erzählen Dir, gut und jetzt geh schlafen, siehst Du müde aus!« befahl Dimitri.

»Ich kann nicht schlafen gehen, ich muss mit Dir reden«, widersprach Hanna.

»Bist Du wirklich anstrengende, kleine Frau, was ist so wichtig, kann nicht warten bis Morgen?«

»Du wolltest doch wirklich alles erfahren. Ich habe einen Teil von Ferdinands Daten von seinem USB-Stick nach Antworten durchforstet und einiges gefunden, auch über Dich!«

»Über mich? Lass hören bin ich Ohr ganz!« entgegnete Dimitri neugierig.

Zuerst erzählte Hanna alles, was ihr in den letzten Wochen widerfahren war, von Juris Unfall, seinem Tod, seinen Fähigkeiten mit ihr zu kommunizieren, von Beck und ihrem Kontakt zu Ferdinand, vom Überwachungsherz, vom Einbruch in Ihre Wohnung, von Milla und Michail und dann las sie ihm die Dateien in der vorgegebenen Reihenfolge vor.

Dimitri hörte interessiert zu und schwieg, während Hanna über eine Stunde lang, wie aufgezogen redete. Als sie am Ende war, hatte Dimi Tränen in den Augen, doch sagte er immer noch kein Wort.

Hanna kramte in ihrer Tasche und sagte zu ihm:

»Dimi ich muss Dir etwas geben, es gehört Deiner Tochter! Bitte gib es ihr!« dann reichte sie ihm das goldene Kettchen mit dem, mit einem Diamant und vier Rubinen besetzten Kleeblattanhänger.

Dimitri nahm es und starrte es an und Tränen liefen über seine Wangen, »ich immer dachte, keine Mutter, keine Vater niemand da, der Dimitri hat lieb!«

»Nein Dimi, Deine Eltern hatten Dich lieb ihr ganzes Leben lang, Deine Mama konnte nicht ohne Dich weiterleben und Dein Vater hat bis zum Schluss dafür gesorgt, dass Du in Sicherheit bist. Sie konnten nicht anders und ich glaube sie hätten gerne zusammen eine glückliche Familie gehabt, mit Dir und Juri. Glaubst Du mir?« fragte Hanna.

»Ja, ich glaube Dir, aber warum sie mussten uns bringen in Sicherheit, dass verstehe ich nicht?«

»Deine Mutter hatte von Geburt an diese unglaubliche Gabe Gedanken lesen zu können und ihr und Deinem Vater war klar, dass sie vielleicht diese Gabe an Euch weiter vererbt hat!«

»Aber ich nicht kann lesen Gedanken von Menschen...«, dann machte er eine kleine Pause, »ich nicht muss können lesen Gedanken von Menschen, Menschen müssen machen was Dimitri sagt, egal was sie denken!« dabei grinste er.

»Hanna danke Dir für Kette von meine Mama für Nadja und danke für Wahrheit, ich muss denken nach und... ich muss essen Frühstück, mit vollen Magen ich kann denken besser!« schmunzelte Dimi. Hanna sah ihn lächelnd und fragend an.

»Kleine Frau hat sicher auch Hunger, in halbe Stunde ist 6 Uhr und Brotgeschäft auf andere Straße hat gute Frühstück ab 6 Uhr, kommst Du mit, dann wir essen und Du erzählst mir von meine Bruder! Und jetzt rufst Du Mutter an, sie ist sicher schon am Flughafen, hier hast Du meine Telefon!« sagte Dimitri. Hanna folgte nur ungern seiner Anweisung, da sie nicht so gerne mit ihrer Mutter sprach, aber wenn sie wirklich weg flöge, musste sie vorher noch mit ihr sprechen. Sie tippte die Nummer in Dimis Telefon und es dauerte nicht lange, und sie hörte die Stimme ihrer Mutter: »*Ja bitte?*«

»Hallo Mutter hier ist Hanna, wie geht es Euch?« fragte sie.

»*Johanna Kind, stell Dir vor, Dein Vater und ich haben eine Kreuzfahrt gewonnen. Gestern am späten Nachmittag läutete es an der Haustüre und da standen Karl mit einem Mikrofon und Simon sein Kameramann. Ich und Dein Vater wussten gar nicht, was das sollte. Aber Karl hat dann gesagt, wir haben bei einem Preisausschreiben gewonnen und im Herbst kommt eine neue Show ins Fernsehen "Hurra, Überraschung!" und, dass sie jetzt schon dafür drehen. Karl hat mit uns die halbe Nacht gesprochen, alles erklärt, uns interviewt und Simon hat alles gefilmt. Die Beiden haben sogar in Deinem Zimmer übernachtet und jetzt geht es zum Flughafen. Die Zwei kommen nicht mit, aber sie holen uns in 18 Tagen wieder ab und haben uns sogar 2000,- Euro Reisegeld gegeben. Wir wissen aber nicht wo es hingehen wird, die Tickets für den Flug und das Schiff bekommen wir erst am Flughafen. Ich bin so aufgeregt, willst Du mit Deinem Vater reden, warte ich gebe ihn Dir! Bussi bis bald!*« eine Sekunde später hörte Hanna die Stimme ihres Vaters: »*Hallo Hanni meine Kleine, wie geht es Dir denn, bist Du immer noch in Berlin?*«

»Ja Papa, das bin ich, nächste Woche komme ich zurück, den Job habe ich nicht bekommen, aber ich schau mir Berlin noch ein wenig an!«

»*Hast Du alles in Wien geregelt oder wirst Du immer noch gesucht?*«

»Nein, es hat sich alles geklärt, freust Du Dich auf die Reise?« fragte Hanna ihren Vater, um ihn nicht weiter belügen zu müssen.

»Oh ja, das ist einmal eine Abwechslung, aber weißt Du was komisch ist, Deine Mutter und ich können uns nicht daran erinnern bei einem Preisausschreiben mitgemacht zu haben. Aber der Zahn der Zeit nagt halt auch schon und das Gedächtnis lässt nach. Du Schatz ich muss jetzt aufhören, wir sind am Flughafen, Deine Mutter und ich haben Dich sehr lieb, gib acht auf Dich!«

»Ja Papa, das mach ich, gebt auch acht und habt viel Spaß und ich habe Euch auch sehr lieb!« Dann legte sie auf und diesmal hatte sie Tränen in den Augen und sah Dimitri verwundert an.

»Was Dimitri macht, er macht ordentlich. Ich kann nicht Karl die ganze Zeit in Auto vor Haus Deiner Eltern lassen stehen, ich brauche ihn hier und wäre gefallen auf, Auto und Karl. Das war beste Lösung! Ja und in zwei Monate, Deine Eltern bekommen Video und Nachricht, dass die neue Show wurde gekanzelt und nicht wird ausgestrahlt!« erklärte Dimitri. »Aber jetzt Hanna, wir gehen frühstücken!« Hanna erwiderte: »Du bist ein Wahnsinn Dimi, aber was kostete denn der Spaß!«

»Geht gut mit Geld, was Du hast gegeben, ist billiger, als viele Stunden ich verliere Karl für Arbeit, weil er in Pampa in Auto sitzt!« grinste Dimi und Hanna musste lachen. Die Sonne war noch nicht aufgegangen und der Mond leuchtete immer noch vom sternenklaren Himmel.

»Schaust Du Hanna, wie schön der Mond in Nacht, das ist Lauf der Zeit, mal scheint Sonne, mal scheint Mond. Die Welt braucht Tag und Nacht, so funktioniert, muss nur sein ausgeglichen, dann ist alles gut!«

sagte Dimi am Weg zur Bäckerei.

»Du bist ja ein richtiger Philosoph!«

»Ach nein, meine Deutsch ist nicht gut, es ist schwer lernen sprechen gut, wenn andere immer sowieso verstehen, was Dimitri sagt. Als ich war noch ganz jung in Wien, ich sprach fast immer nur mit russische Boss in Muttersprache und Männer, die nicht konnten russisch, haben mich auch verstanden, weil Dimitri war Liebling von große Boss und war groß und stark mit viele Muskel. Und später ich war Boss und alle, wirklich alle haben verstanden mich, egal wie schlecht ich habe gesprochen!« Dimi lachte stolz.

In der Bäckerei bestellte Hanna nur einen Kakao, denn sie war nicht hungrig, nur inzwischen ziemlich müde. Dimitri aß ein großes Frühstück mit Ham and Eggs, Schinken, Käse und frischen Semmeln. Während Hanna an ihrem Kakao nippte erzählte sie von Juri, wie er aus sah, was er gerne machte und wie er die Welt sah und von der Gefahr, die von der Liga ausging.

Als Dimitri fertig gegessen hatte sagte er: »Hanna, ich muss meine Bruder helfen und zerstören Liga, ich mache großes Feuer in Institut und mache alle böse Wissenschafter tot!«

Hanna widersprach sofort aufgeregt: »Nein Dimitri, dass darfst Du nicht! Juris Gehirn ist im Institut und nur die Wissenschafter können es am Leben erhalten!«

»Das ist nicht gut, aber bringst Du mir gute Plan, dann werde ich helfen, bringst Du nicht, ich werde machen alle tot, auch Hirn von Juri, ich glaube nicht, dass mein Bruder leben will so!« versprach er. Hanna begann zu weinen.

»Nicht weinen kleine Frau, Dimitri ist jetzt Dein Schwager und Hanna ist Familie, wir machen gemeinsam gut.« Hanna nickte und wischte sich die Tränen aus ihrem Gesicht.

»Dimi, sei bitte nicht böse, aber ich brauche dringend ein Bett!«

»Lass mich zahlen und wir gehen zurück, musst Du schlafen und ich auch!« lächelte Dimi.

Als Hanna ins Zimmer kam lag Felix quer über das Bett und schlief selig. Sie ging ins Bad, wusch ihr Gesicht, putzte ihre Zähne, kämmte ihr Haar, zog sich Schlafsachen an und nahm noch zwei Kraviplex. Dann stellte sie ihren Wecker am Handy auf 12 Uhr, vier Stunden Schlaf mussten reichen. Sie schob Felix vorsichtig zur Seite, um ihn nicht zu wecken, legte sich neben ihn und schlief innerhalb weniger Minuten ein.

Kurz vor 12 Uhr Mittags wurde Hanna wach, immer noch war sie müde, aber sie musste unbedingt Felix berichten, was sie in der Nacht erarbeitet hatte.

Felix war nicht im Zimmer, Hanna ‚schälte' sich aus dem Bett, schaltete den Wecker aus und entschloss, dass ihr eine Dusche jetzt gut tun würde, um wach zu werden. Als das heiße Wasser über ihren Körper lief, überlegte sie, wie lange es inzwischen her war, dass sie sexuelle Befriedigung erfuhr. Sie dachte an Juri, an ihren letzten gemeinsamen Liebesakt. Hanna wurde so traurig, dass sie weinen musste und jeden Gedanken an sexuelle Aktionen verwarf.

Als sie fertig geduscht hatte, föhnte sie ihr langes Haar nackt vor dem Spiegel. Sie war fast fertig, als sie Juris Stimme hörte.

»*Hanna, hörst Du mich, bitte Gott lass sie mich*

hören, bitte!«

»Juri, bist Du da?« antwortete Hanna erschrocken, nahm ein großes Handtuch und umhüllte ihren nackten Körper.

»Hanna, was für ein Glück, Du hast es geschafft, Du hast Kraviplex, wie hast Du das gemacht!«

»Das war nicht einfach, aber ich habe es geschafft mit Hilfe Deines Bruders und Felix!«

»Mit Hilfe von wem? Ich habe doch gar keinen Bruder!«

»Oh doch, er heißt Dimitri Orlow, ich habe total viel herausbekommen, ich weiß wer Deine Mutter und Dein Vater waren und ich werde Dir Deinen Bruder vorstellen, ich bin so froh Dich zu hören, bleibst Du länger oder wirst Du wieder sediert!«

»Nein, ich kann bleiben, aber ich habe einen Bruder?«

»Ja, ich ziehe mich an und erzähle Dir dann alles.«

»O.k., ich habe auch viel erfahren! Mach Dich fertig und dann sprechen wir!«

Als Hanna angezogen war, erzählte sie Juri, alles was sie wusste und Juri staunte, aber auch was er Hanna zu erzählen hatte, war unglaublich. Hanna schrieb alle Informationen von Juri am Laptop mit und danach lief sie die Stiegen hinunter und suchte Dimitri. Yvonne erzählte ihr dann, dass Dimi und Felix im Dachgeschoss seien, die Tür hinauf sei nicht abgesperrt. Hanna, lief mit ihrem Laptop unter ihrem Arm so schnell sie konnte ins oberste Stockwerk. Alle Türen waren weit geöffnet, zuerst sah sie in Dimis geheimen Büro nach, aber da waren sie nicht. Hanna ging vorsichtig in eines der Zimmer die am Vorabend noch verschlossen waren: »Felix, Dimi seid ihr hier!«

aber niemand war in diesem Raum. Es handelte sich anscheinend um ein top eingerichtetes Besprechungs-zimmer, mit einem großen Tisch umringt von 12 Stüh-len, an der Decke hing ein Beamer und an der Wand war eine mit Fernsteuerung zu bedienende Leinwand, in einer Ecke des Raumes war eine toll ausgestattete Bar eingebaut und auf einem mindestens 3 Meter Lan-gem Schreibtisch standen mehrere Stand-PCs mit rie-sigen Bildschirmen. ›*Wow, der Mann ist nicht schlecht ausgerüstet*‹, dachte Hanna. Eine weitere Tür aus dem Zimmer in einen anderen Raum war abgesperrt. Als Hanna den Besprechungsraum verließ, fand sie Dimi und Felix die eine Matratze in das andere Zimmer, welches am Vortag ebenfalls verschlossen war, scho-ben. »Was macht ihr da?« fragte sie erstaunt.

»Oh guten Morgen Schwägerin!« grüßte Dimi sie und Felix antwortete lächelnd: »Wir arbeiten währen die Dame bis Mittags schläft!«

»Ha ha, dafür habe ich die ganze Nacht gearbeitet und heute auch schon. Juri ist wieder da und er hat nicht irrelevante Neuigkeiten mitgebracht, und was tut ihr hier?« fragte Hanna noch einmal.

»Wir richten Zimmer für Elias her, ich lasse ihn nicht gehen, besser ist, wenn alle Leute, die brauchen Schutz sind gemeinsam an sichere Ort!« meinte Dimi.

»*Das ist mein Bruder?*« fragte Juri und dann bat er Hanna etwas zu sagen, es war russisch und Hanna verstand kein Wort, Juri meinte sie solle es ihm ein-fach nachsprechen.

»Juri, ich werde nichts sagen, wenn ich nicht weiß was es bedeutet!« dachte Hanna mit Nachdruck!

»*Ist ja gut, es heißt ,Hallo, ich bin Dein Bruder Juri und kann mit Hanna kommunizieren, ich freue mich*

Dich kennenzulernen und Danke Dir für Deine Hilfe!'«

»Gut ich mache es!« antwortete Hanna. Dann sprach sie mühsam jedes einzelne Wort, welches Juri ihr sagte, laut nach!

Plötzlich begann Dimi zu lachen und Felix grinste.

»Was ist los mit Euch?« fragte Hanna wütend.

Dann sagte Dimi: »Hanna, sage Juri das ist Ehrensache unter Brüdern, ich mich freue, dass er hier ist!«

Hanna kniff ihre Augen zusammen: »Er kann Dich hören Dimi und jetzt will ich wissen, was so lustig war!«

»Deine Aussprache ist fürchterlich Schwägerin!« dann sagte er etwas auf russisch und lachte dabei.

Felix lachte dieses mal auch laut auf und Hanna schnaubte wütend.

»Felix, ich wusste nicht, dass Du russisch sprichst, egal, aber wenn Du mir nicht sofort sagst was los ist, schläfst Du heute Nacht auf dem Boden!«

»Kannst Du schlafen hier bei Elias!« meinte Dimitri zu Felix. Felix räusperte sich und sagte:

»Ähm, Hanna ich glaube es ist besser Du fragst Deinen Mann.«

»Das werde ich, da kannst Du drauf wetten und wenn hier irgendjemand in meiner Anwesenheit russisch spricht, packe ich meine Sachen und bin fort, das schwöre ich Euch und niemand erzählt Euch die Neuigkeiten von Juri!«

»Oje, ich glaube kleine Frau meint ernst, wir sollten sprechen Deutsch, nicht böse sein Hanna ich habe erste Mal in meinem Leben gescherzt mit meine Bruder!« entschuldigte sich Dimitri.

»Ist schon gut, kann ich Euch helfen beim Einrichten?« fragte Hanna etwas besänftigt und dachte, »wir sprechen uns noch Juri und ich verspreche Dir, wenn Du mir nicht die Wahrheit sagst, lass ich Dein Gehirn im Institut versauern!«

»Ich erzähle es Dir dann, aber mein Gehirn wird sowieso dort versauern!«

»Nein, wird es nicht, ich überleg mir einen Plan o.k.?.«

»Nein, Hanna wir sind doch schon fertig und ich glaube Elias verzichtet auf Schnickschnack, wie Dekor oder so, alles was er braucht findet er hier oder im Besprechungszimmer!« beantwortete Felix Hannas Frage, ob sie helfen könne.

Hanna sah sich in der kleinen Kammer um und fand sie ziemlich minimalistisch eingerichtet.

»Wie ihr wollt Jungs, wenn ihr fertig seid, kann ich Euch ja meine Neuigkeiten in Kurzform erzählen!« schlug Hanna vor.

»Gut in einer halben Stunde, wir treffen uns im Besprechungsraum, ich muss noch reden mit meine Leute und muss bestellen Pizza für uns, ich habe Hunger!« Felix nickte und Hanna entgegnete:

»Gut, dann sehen wir uns um 15.00 Uhr nebenan!« Hanna und Felix gingen vor, sie machten sich einen Kaffee an der Bar und Hanna erkundigte sich, wieviel Felix wusste bezüglich Ferdinands Dateien.

»Dimitri hat mir einwenig erzählt, aber darf ich die Dateien selber lesen?« fragte er.

»Natürlich!« sagte sie und gab ihm die Ausdrucke. Während Felix zu lesen begann unterhielt sich Hanna mit Juri.

»Du hast mir so gefehlt, ich bin so froh, dass Grace auf unserer Seite ist, hast Du eine Idee, wie wir mit ihr Kontakt aufnehmen können?«

»Seit dem Tod und dem Video von Rossmann ist sie zu allem bereit, sie kommt nur fast nie aus dem Institut und wenn sie zweimal im Monat raus geht, wird die Professorin von mindestens zwei Typen begleitet und peinlich genau beobachtet. Aber am Montag, spätestens um 13.00 Uhr wird Li Cheng Lu im Institut ankommen und immer, wenn er nach längerer Zeit, wieder nach Wien kommt, geht Grace vorher zum Friseur, zur Maniküre und Massage. Das heißt sie hat einen Termin, Morgen um 9 Uhr im ersten Bezirk, in einem Beauty- und Wellnesssalon. Ich glaube, die einzige Möglichkeit an sie heran zu kommen ist über ihre Masseurin. Ich habe mitgehört, als sie den Termin bestätigte.«

»Da etwas zu organisieren wird schwierig, das Zeitfenster ist einfach zu klein, Wie hat Ferdinand es geschafft der Professorin die Speicherkarte mit dem Video zukommen zu lassen und vorallem so kurzfristig?«

»Ferdinand hat das Video zu Hause in der Nacht von Donnerstag auf Freitag aufgenommen, am Freitag Morgen brachte er Deinen Akt ins Institut und klebte vorher die Speicherkarte innen auf den Boden eines Coffee to go Bechers. Jeder im Institut weiß, dass die Professorin Latte Macchiato liebt und so hat sich keiner gewundert, als Rossmann ihr einen mitbrachte. Beim Eingang ins Institut muss jeder alles, was er in den Taschen hat, in einen Korb geben und dann durch den Ganzkörperscan gehen. Ferdinand stellte den vollen Becher auch in den Korb und gab ihn anschließend beim Protier ab, der ihn der Professorin zukommen lassen sollte, solange er noch heiß war, was

er auch tat. Grace erhielt den Kaffee von einem der Sicherheitsleute, niemand ahnte, dass sich etwas darin verbarg. Als Grace den Kaffee ausgetrunken hatte, bemerkte sie das kleine, festgeklebte Plastiktütchen mit der Speicherkarte am Boden des Bechers. Ferdinand wusste, dass sie, wenn sie fertig war, immer die Angewohnheit hatte den Deckel des Bechers abzunehmen, um noch den hängengebliebenen Milchschaum heraus zu löffeln. Ferdinand brachte fast immer, wenn er ins Institut ging, Kaffee für Grace mit, obwohl er ihre Affäre vergessen hatte, mochte er sie immer noch.«

»Die ganze Geschichte ist so traurig, es ist unglaublich, dass ein einziger Mann soviel Macht haben und soviel Schaden anrichten kann. Apropos, wir müssen uns dringend überlegen, wie wir Li Cheng Lu's Ankunft verzögern können, wir brauchen mehr Informationen und die Zusammenarbeit mit Elias und der Professorin, das wird interessant heute Abend, wenn Elias hier ankommt!«

»Hanna, erzähle Dimi und Felix alles, ich schau wieder, ins Institut zu Grace, ich komme am Abend wieder, wenn Elias hier ist, o.k.?«

»Ja ist in Ordnung, aber bevor Du wieder weg bist, muss ich Dir noch etwas sagen... ‚Ich liebe Dich!‘«

»Hanna, ich liebe Dich auch, mehr als Du erahnen kannst!«

11. Kapitel

Der Plan!

Felix hatte inzwischen auch alles durchgelesen und schüttelte den Kopf: »Wahnsinn, mir war gar nicht bewusst, wie wenig ich von meinem Vater wusste, aber weißt Du was ich nicht verstehe, warum hat er mir nichts von seinem Gehirntumor erzählt?« sah er Hanna verwirrt an.

»Ich kann Dir das erklären, aber ich würde es lieber tun, wenn Dimi auch da ist, sonst muss ich alles dreimal erzählen. Aber ich habe eine Bitte an Dich, wenn Elias kommt, kannst Du ihm dann alles erzählen, denn ich glaube Du kennst ihn besser und hast einen besseren Zugang zu ihm als ich!«

»Ich kenne Elias auch nicht so gut, glaubst Du nicht, dass Dimi das besser kann, als ich?«

»Nein, Du bist der Richtige dafür, spätestens nachdem Du hörst, was ich Euch gleich erzählen werde, wirst Du meiner Meinung sein, vertraue mir!« bat Hanna.

Felix nickte und zuckte mit den Schultern, als Dimitri mit drei Pizzaschachteln in den Raum kam.

»So hier bin ich und glaube ich pünktlich! Erst Essen, dann reden oder Essen und reden gleichzeitig?« fragte Dimi in die Runde. Felix antwortete sofort: »Ich glaube Hanna hat uns viel zu erzählen, ich bin dafür, dass Hanna redet und wir zwei inzwischen gemütlich essen!«

»Na super, glaubst Du nicht, dass ich auch ab und zu Hunger habe?« widersprach Hanna.

»Also ich habe Dich noch nie essen gesehen, trinken ja und gar nicht mal wenig, aber essen?« lachte Felix.

»Lasst mich wenigstens eine Pizzaecke essen und dann erzähle ich, was ich weiß!«

Während die drei Pizza aßen sagte Dimitri plötzlich: »Es gibt schlechte Nachrichten von meinen Leuten, mindestens 4 Schnüffler, glaube von Liga, bewachen abwechselnd mein Puff und nicht nur hier auch auf Bahnhofe und U-Bahnstationen, sind überall, glaube ich die haben Probleme massiv. Eine Kontakt von Straße hat erzählt mir, sie suchen eine Frau, sieht aus wie Hanna und eine junge Mann, sieht aus wie Elias. Wir müssen aufpassen gut, wenn Elias heute Abend kommt, denn er ist ‚Staatsfeind Numero Uno‘. Aber ich habe eine sehr gute Idee!« dabei lachte Dimi und schob sich das dritte Stück Pizza in den Mund.

Hanna hatte gerade mal ein Stück und war schon satt, sie war viel zu aufgeregt, um zu essen.

»Schon fertig kleine Frau?« fragte Dimi mit vollem Mund. Hanna hob ihr Kaffeehäferl und sagte:

»Das bisschen was ich esse, kann ich trinken auch! Aber jetzt will ich Euch erzählen, was ich weiß!«

Hanna öffnete ihren Laptop und die Datei, in der sie alles mitschrieb, was Juri ihr erzählt hatte.

»Wo soll ich Anfangen?« seufzte Hanna und Felix murmelte mit vollem Mund: »Am Besten am Anfang!«

Hanna schüttelte den Kopf: »Echt jetzt? Na, gut. Als ich am Freitag im Krankenhaus Beck erzählte, dass Juri Gedanken lesen kann und ich mit ihm kommuniziere, rief Beck sofort im Institut an und beauftragte die Professorin Juri Sedativa zu verabreichen. Beck hatte Angst, dass Juri auch seine Gedanken lesen würde, was ja, wie wir wissen, nicht unbegründet war. Die Professorin ist verantwortlich Juris Gehirn am Leben zu erhalten. Jeder im Institut nennt sie nur Professorin, aber ihr richtiger Name ist Grace Jameson, sie ist Texanerin und war eine vielversprechende Neurochirurgin in einem Forschungslabor in Houston. Sie arbeitete auch als Dozentin an der Uni, bis die Liga sie entführte. Grace ist in der Hierarchie des Institutes auf dem 3. Platz vor ihr ist Beck und der inoffizielle Chef der Liga, ein Mann namens Li Cheng Lu. Er ist ein äußerst gefährlicher Mann, außerdem war er 1978 Probant 43. Er war so talentiert, dass er durch Manipulation von Menschen 1981 die komplette Leitung der Moskauer Forschungsanstalt und 2003 die Leitung der Liga an sich riss. Sein Talent liegt darin Menschen zu manipulieren durch Hypnose und zwar innerhalb kürzester Zeit. Er schafft es mit wenigen Worten und einem unglaublich intensiven Blick Menschen von sich zu überzeugen und problemlos zu hypnotisieren und dazu kommt, dass er kein Gewissen hat. Er hat 1991 Grace davon überzeugt, dass sie wegen Mordes an mehreren schwerkranken Menschen, im Laufe ihrer Erforschung des menschlichen Gehirns, in Texas zum Tode verurteilt wurde, was aber natürlich nicht stimmte. In Wahrheit war sie eine sehr zielstrebige, hoch intelligente Neurochirurgin und Forscherin. Die Liga wollten sie unbedingt für das Wiener Institut. Regelmäßig hypnotisierte Cheng Lu fast die gesamte Belegschaft inbegriffen Beck und Ferdinand, nichts was im Institut geschah blieb ihm verborgen, er musste während der Hypnose nur die richtigen Fragen stellen.

Diese Methode hat nur einen Haken, die Menschen fangen an sich nach ca. 20 Jahren wieder zu erinnern und zwar in Form von Flashbacks.

Felix, so ging es auch Deinem Vater, als Li das bei einer Hypnose bemerkte, redete er Ferdinand ein, einen inoperablen Gehirntumor zu haben. Doch die Hypnosen wirkten nicht mehr so gut, Ferdinand begann sich zu erinnern und zwar völlig, ausgelöst durch ein Schockerlebnis und das war die Tatsache, dass die Liga Juri fand, den er beschützen sollte..«, erzählte Hanna, als Felix sie unterbrach:

»Und woher weißt Du das alles?«

»Dein Vater ließ, am Freitag kurz vor seinem Tod, Grace eine Videobotschaft auf einer Speicherkarte zukommen, in der er alles erzählte. In der Nacht zum Samstag schaute Grace sich die Nachricht an und beschloss Juri nicht mehr zu sedieren, sondern ihm Nachrichten zukommen zu lassen. Sie erzählte ihm alles, was ihr einfiel immer und immer wieder in der Hoffnung, dass er irgendwann ihre Gedanken lesen und sie an mich weitergeben würde. Kurz nachdem Grace zur Liga kam, verliebte sich Ferdinand in sie und sie wurden ein Paar. Und jetzt wird es wirklich krank: Li wusste von der Affäre und überredete Grace die Pille abzusetzen. Als sie dann schwanger wurde, manipulierte er Grace mittels Hypnose so, dass sie ihre Schwangerschaft nicht bemerkte und auch die Geburt ihres Sohnes vergaß, auch alle anderen im Institut wurden so beeinflusst, dass sie Grace Schwangerschaft nicht merkten. Ihr Junge wurde zuerst zu einer Ziehmutter gebracht und dann mit vier Jahren ins

Institut, um kognitiv geschult zu werden. Sie testeten ihn, gaben ihn Medikamente und hypnotisierten ihn immer und immer wieder, bis er 2012 ausbrach. Sein Name ist Markus Stein alias Elias Doe...«
Wieder unterbrach Felix, »was Elias ist mein Halbbruder?«

»Ja Felix, wahrscheinlich fühlte sich Dein Vater deshalb so stark zu ihm hingezogen, dass er ihm bei seinem Ausbruch aus dem Institut half. Er wusste damals noch nicht das Elias sein Sohn war und Elias weiß bis jetzt nichts davon! Was ich noch erwähnen sollte, aber das wird uns Elias sicher heute Abend genauer erzählen, er hatte es geschafft, durch das jahrelange Gehirntraining immun gegen jede Art der Beeinflussung zu werden. Er ist wahrscheinlich der einzige Mensch auf der Welt, den Li Cheng Lu nicht hypnotisieren kann und wahrscheinlich wird Juri auch seine Gedanken nicht lesen können. Das ist der Grund warum Li ihn unbedingt finden und vermutlich liquidieren will!« antwortete Hanna und dann meldete sich Dimi zu Wort: »Das alles sehr interessant ist, aber wie hilft es zu retten Juri und zu schützen Elias?«

»Das ist eine berechtigte Frage, unser Hauptproblem ist, am Montag kommt Li Cheng Lu nach Wien und dann wird er Grace Erinnerung wieder löschen und unsere Kontaktperson im Institut ist wieder futsch! Ich glaube zwar nicht, dass Beck Juris Gehirn sterben lässt, wenn ich nicht bis spätestens 11 Uhr Kontakt zu ihm aufnehme, aber ich befürchte, dass Li mit seinen Kontakten und mit Hilfe seiner Gabe, zumindest Elias und mir, Gott und die Welt auf den Hals hetzen wird.«

»Das mit Elias ich verstehe, aber warum bist Du so wichtig für ihn?« fragte Dimi.

»Juri ist Li's bestes Pferd im Stall: ein Mann, der die Gedanken jedes beliebigen Menschen mit dem ich Kontakt habe lesen kann, in Kombination mit mir, die als einzige mit Juri kommunizieren kann, diese Tatsachen machen uns wertvoll für Li. Vermutlich will er mich so beeinflussen, dass ich mit der Liga zusammenarbeite und gemeinsam mit Juri geheime Informationen aus Politik und Wirtschaft für ihn mehr oder weniger stehle!«

»Ja, aber wenn diese Li ist so gut in Manipulation, warum er macht nicht selbst, mit Hypnose, er sicher kann Geheimnisse alle erfahren!« entgegnete Dimi.

»Das macht er ja, seit fast 30 Jahren, er stiehlt Informationen und verkauft sie teuer weiter. Ich glaube, dass die Menschen, die er vor Jahren ein oder zwei Mal hypnotisiert hat, sich inzwischen erinnern und Li unter Druck steht und wahrscheinlich mittlerweile einige Feinde hat, nur haben wir keine Ahnung, wer die sind!« spekulierte Hanna.

»Gut, ich werde schauen, ob ich bekomme Informationen, über diese Li Cheng Lu, was kann sonst ich machen, Frau Boss?« dabei grinste Dimi Hanna an und zwinkerte ihr mit einem Auge zu.

»Bitte sorge dafür, dass Elias hier sicher ankommt. Ich warte auf Juri und überlege inzwischen, was wir tun könnten, wenn Elias uns nicht helfen kann. Ich versuche einen Schlachtplan auszuarbeiten, ich weiß aber nicht, ob mir eine brauchbare Idee kommt!«

»Hanna, kann ich Dir vielleicht dabei helfen?« fragte Felix.

»Probieren wir es einfach gemeinsam!«

»Ich werde schauen bei meine Kontakte, ob jemand kennt diese Li Cheng Lu oder diese Dr. Beck!« während Dimitri das sagte,stand er auf, nahm das letzte Stück Pizza und sprach mit vollem Mund: »Ach ja, bevor ich vergesse, heute Abend ist eine Transvestieshow unten, habe eingeladen einige Damen oder soll ich sagen Herren, Ihr schon wissen: Dragqueens. Zur Ablenkung für unsere Stalker!« dann verließ er lachend das Dachgeschoß.

»Ach Felix, ich bin so froh, dass Dimitri auf unserer Seite ist, ich mag ihn!« lächelte Hanna.

»Ja er ist schon ein Original! Lass uns mal zusammenfassen was wir brauchen und was wir haben, hast Du Papier und einen Stift?« fragte Felix.

»Ich habe etwas viel Besseres, kannst Du meinen Laptop mit dem Beamer verbinden? Dann haben wir unsere Ideen ganz groß auf der Leinwand!«

»Typisch Frau, gibt sich natürlich nicht mit simplen Dingen, wie ein Stück Papier und Stift zufrieden, aber ja ich kann die Beiden verbinden!« Hanna schnitt eine Grimasse nickte und sagte:

»Dann bitte ich darum, Herr Rossmann Junior!« Wenige Minuten später tippte Hanna, die ersten Zeilen in ihren Laptop:

Wir brauchen mehr Zeit!
Wir brauchen einen persönlichen Kontakt zu Grace!
Felix warf ein: »Wie sollen wir uns mehr Zeit verschaffen, Li kommt schon Morgen!«

»Wir müssen spätestens Morgen agieren, Juri hat mir gesagt, dass Grace Morgen um 9 Uhr einen Termin in einem Beautysalon im 1. Bezirk hat, das ist die einzige Chance, dass ich persönlich mit ihr Kontakt aufnehmen kann. Ich habe mir gedacht, dass ich mich wieder als Marie verkleide und als Kundin in den Salon gehe und vielleicht habe ich ja die Möglichkeit mich zu ihr in den Massageraum zu schummeln, oder ihr auf die Toilette zu folgen oder in die Umkleidekabine, dort wird sie ja hoffentlich nicht bewacht!«

»Zuerst brauchst Du so kurzfristig einen Termin!« zweifelte Felix.

»Hm?! Vielleicht kann mir ja Dimi helfen?«

»Aber dann frage ich ihn gleich, sonst ist es Zeitverschwendung, was wir hier tun!« ohne auf eine Antwort zu warten stand Felix auf und verließ das Besprechungszimmer.

›Gut!‹, dachte Hanna, ›wie verschaffen wir uns Zeit, vielleicht sollten wir Li Cheng Lu am Weg vom Flughafen entführen?! Aber das zu Organisieren wird in der kurzen Zeit nicht möglich sein. Ich könnte mich aber auch bei Beck melden und vom Institut aus agieren. Nein, das ist eine ganz schlechte Idee, Li würde mich sofort hypnotisieren und dann ist vermutlich alles vorbei! So ein Dreck ich habe keine Idee, was ich tun soll!‹

Plötzlich standen Felix und Dimitri wieder in der Tür: »So meine Liebe, ich konnte erfahren, dass Beck für Morgen eine Limousine hat bestellt, ich kenne Mann, der kennt Besitzer von Limousinenservice, für Geld der alles macht. Dimitri hat Plan zu beschaffen Zeit, ich tauschen werde Fahrer mit Janosch, dann ich mache kleine Stau auf Gürtel und Janosch muss fahren andere Strecke und dann wir schnappen Li Cheng Lu! Dimi ist gut, nicht?«

»Ja das bist Du, aber was ist, wenn Li Janosch auf seine Seite zieht, ich traue diesem Mann alles zu!« erwiderte Hanna besorgt.

»Ahh, Dimitri denken an alles, Janosch wird nicht steigen aus, aus Limo und Glas und Sprechanlage zwischen Fahrerkabine und hintere Gastraum wird sein kaputt, so Li kann nicht sprechen mit Janosch und Scheibe wird nicht gehen weg. Meine Freund wird manipulieren Morgen früh Limo. Wenn stehen Limo bei Stoppschild, in kleine Gasse, Janosch wird öffnen Zentralverriegelung und Männer von Dimitri werden warten und schnell mit gute, verbotene Elektroschock machen bewusstlos alle, außer natürlich Janosch. Dann wir bringen Li in Lagerhalle von Dimitri!« erklärte er lachend.

»Wow Dimi, guter Plan, aber das klingt zu einfach, verstehe mich nicht falsch, aber da sind viele Risikofaktoren, wir brauchen auf jeden Fall einen Plan B!« entgegnete Hanna.

Dimitri antwortete böse: »Schwägerin kennt mich nicht, Plan von Boss Dimitri immer funktioniert, Du wirst sehen das!!« er holte kurz Luft und sprach etwas entspannter weiter: »Felix hat erzählt Deine Plan für Salon, Plan nicht schlecht, ich habe gesprochen mit Chefin von Salon, war leicht nicht sie zu erreichen an Sonntag, aber Dimi hat geschafft, morgen um 9 Uhr 15 Du hast Termin. Felix wird sein Manager und Karl Deine Bodyguard, Du bist berühmte Pornodarstellerin und brauchst dringend Massage und Pediküre vor nächste Dreh. Chefin von Salon hat gesagt sie keine Termin frei hat, aber ich habe so viele Geld geboten, dass sie nicht konnte sagen nein!«

»Ich bin was? Und ich habe einen Manager und einen Bodyguard?« fragte Hanna entsetzt.

Dimitri lachte schadenfroh: »Yvonne wird machen aus Dir bildhubsche Pornostar mit mächtige Titten, niemand wird erkennen Dich und Felix wird verkleidet auch. Yvonne wird machen Haare bissi grau und

Oberlippenbart, und dicke Goldkette um Hals und Schmuck wie Pornostar aus 80er Jahre! Yvonne macht super Tarnung Euch zwei. Ich schicke Dich nicht alleine in Salon. Hanna Du bist Familie ich muss sorgen für Sicherheit Deine!«

Felix wurde auf Grund der Beschreibung seines Outfits ganz blass und Hanna seufzte: »..Ich vertraue Dir, Dimi!« dann drehte sie sich zu Felix und flüsterte: »Haben wir denn eine andere Wahl!«

»Dimitri, die Entführung von Li muss unbedingt funktionieren, wenn etwas schief läuft im Salon, kann ich immer noch Beck anrufen und der bringt mich sicher ins Institut. Dort kann ich versuchen, Kontakt zur Professorin aufzunehmen, nur Li darf mir auf keinen Fall in die Quere kommen!« sagte Hanna aufgeregt.

»Mach Dir nicht Sorgen, ich weiß was ich tue, wenn alles klappt, wie willst Du Juri befreien?« fragte Dimi.

»Ich muss von Grace wissen, was wir alles für den Transport von Juris Gehirn brauchen und welche Geräte notwendig sind, um ihn wo anders am Leben zu erhalten?« antwortete Hanna.

»Du musst fragen, wielange wir können tranportieren Gehirn, denn wenn ich weiß, das 2 Stunden sind o.k., ich kann richten lassen Haus in Waldviertel, das ist große, gut geschützte Haus!« entgegnete Dimi.

»Das wäre natürlich optimal, dann müssen wir nur noch überlegen, wie wir Juri befreien und ich muss Grace überzeugen, dass sie mitkommt!« freute sich Hanna über Dimis Angebot.

»Befreiung keine Problem, ist teuer, aber keine Problem, brauche Pläne von Institut und dann ich mache große Feuerwerk in Mitte von Nacht, brauche ich Zeit zu organisieren mindest 3 Tage!«

Felix fragte etwas enttäuscht: »Und wie kann ich helfen?«

Dimitri antwortete schnell: »Felix, mach dir Sorgen keine, ich kann brauchen jede gute Mann!«

Hanna zog Dimitri zu sich und sagte leise: »Ich kann 150.000,- Euro beisteuern.«

»Du wirst brauchen Geld später in Waldviertel, wir werden sprechen, wenn alles hat geklappt«, dabei zwinkerte er wieder mit seinem linken Auge Hanna zu.

»So! Ist Plan gut oder? Ich gehe organisieren alles für Morgen und ihr richtet Informationen für Juri und Elias, er wird kommen um halb neun Abend! Und wenn ihr noch habt Zeit macht Pause hilft bei denken«, riet Dimitri.

Hanna umarmte Dimi: »Danke, vielen Dank, egal, ob der Plan funktionieren wird oder nicht, ich werde das nie vergessen, was Du für mich und Juri tust!«

»Keine Sorge, Plan wird funktionieren, ich sicher bin Wir werden machen gemeinsam Liga kaputt, nicht heute, nicht morgen, aber irgendwann, ich verspreche Dir!« erwiderte Dimi.

Hanna küsste ihn noch auf die Wange und dann verließ er wieder das Dachgeschoß.

»So und was machen wir zwei jetzt?« fragte Hanna lächelnd.

»Naja, Dimi würde sagen ‚rasten aus!‘, ich denke auch, es wäre nicht schlecht mal zwei Stunden zu entspannen und um halb acht, fassen wir alles zusammen, um Juri und Elias zu informieren.«

»Ja das ist eine gute Idee, was hältst Du davon, uns von Yvonne einwenig verkleiden zu lassen und wir gehen mal raus, mir fällt hier langsam die Decke auf den Kopf!«

»Frag sie mal, ob sie überhaupt Zeit dafür hat, oder wir verkleiden uns selbst mit den Sachen, die wir haben vom letzten mal und Yvonne könnte es dann perfektionieren, das dauert nicht solange!«
Hanna und Felix gingen in ihr Zimmer und verkleideten sich. Hanna wurde wieder zu Marie mit blonder Perrücke viel Make-up, Minirock, Push up BH und Heels. Felix zog Jeans und das Sakko vom Nadelstreifanzug an, kämmte seine Haare mit viel Gel nach hinten, rasierte seinen 3 Tage Bart, den er immer hatte, komplett weg und setzte sich die Sonnenbrille auf.
Sie gaben ein sehr spezielles aber nicht unattraktives Paar ab. Hanna betrachtete sich im Spiegel, dann nahm sie Felix die Krawatte ab und öffnete die oberen zwei Knöpfe seines Hemdes.

»Ich glaube wir sehen gut aus und müssen Yvonne nicht stören! Aber ich werde ihr sagen, dass wir in eineinhalb Stunden wieder hier sind!« sagte Hanna und ging zum Gemeinschaftsraum der Mädchen.
Danach gingen Felix und Hanna die Treppen hinunter und liefen dabei Dimitri über den Weg.

»Wow, ich hätte Euch nicht erkannt fast, wo wollt Ihr hin!« fragte er überrascht.

»Nur ein bisschen raus in einen Park oder so, wir brauchen Frischluft!« antwortete Felix.

»Das ist eine gute Idee, aber wartet kurz!« dann schrie Dimi: »Janosch komme zu mir!« Janosch bog sofort um die Ecke: »Was gibt's, Boss?«

»Bringe mit kleine Auto meine Freunde in nette Lokal in Wienerwald und gib acht auf sie, aber nicht stören, Du weißt rein schauen ob in Ordnung alles und dann in Auto passen auf!« wies Dimitri Janosch an. Der schaute verwundert und sagte:

»Natürlich, ich hatte nichts anderes vor!« und schüttelte etwas verärgert seinen Kopf.

»Danke Dimitri und danke Janosch!« sagte Hanna und wie aus einem Mund entgegneten die Beiden: »Gerne kein Problem!«
Als sie merkten, dass sie das Gleiche im selben Moment sagten, schaute Dimitri Janosch böse an und Janosch sagte schnell:

»Kommt lasst uns gehen!« und drängte Hanna und Felix in Richtung Tür zum Hinterhof.
Janosch fuhr ca. 10 Minuten den Wilhelminenberg hinauf und hielt am Waldrand. Felix meinte: »Das ist das Schöne an Wien, gerade waren wir noch fast im Zentrum und eine viertel Stunde später sind wir in der Natur!«

»Das ist wirklich schön!« bestätigte Hanna Felix. Wenige Meter von ihrem Parkplatz entfernt war der Eingang zu einem kleinen Heurigenlokal. Janosch ging hinein und kam wenige Minuten später wieder zum Auto. »Die Luft ist rein, ihr könnt hinein gehen!« berichtete er.

»Janosch, setzte Dich doch irgendwo am Ausgang hin und kauf Dir auch etwas zu Essen und Trinken!« Hanna drückte Janosch 20,- € in die Hand, und Janosch erwiderte: »Gut, aber bitte erzählt nichts Dimitri davon!« Hanna nickte und stieg aus.
Das Lokal hatte eine wunderschöne Terrasse mit einem traumhaften Ausblick auf Wien. Janosch setzte sich nahe der Tür, er hatte sowohl den Eingang, als auch Hanna und Felix im Auge. Hanna bestellte in ihrer Marie-Piepsstimme eine Melange und einen Apfelstrudel, dann sagte sie zu Felix:

»Dieter was willst Du bestellen?«

Felix schaute überrascht: »Ich bekomme bitte ein Speckbrot mit Kren und einen weißen Wintergespritzten!«

Während sie aßen sprachen sie über Gott und die Welt, über ihre Kindheit, ihre Eltern und ihre Studienzeit. Sie vermieden es über ihre momentane Situation zu spreche. Irgendwann sagte Hanna:

»Bitte Felix, erzähle mir doch, was Juri heute zu Dimi gesagt hat, bitte ich verrate auch niemand, dass ich es weiß!?« dabei hatte sie wieder ihren Dackelblick. Felix sah sie an und nach kurzem Überlegen antwortete er: »Na gut, Dir kann man auch wirklich nichts abschlagen, mein russisch ist nicht so perfekt, aber in etwa hast Du gesagt: ›Ich bin es Juri, freut mich Dich kennenzulernen Dimitri, aber ich muss Dich warnen, lass die Finger von
meiner geilen, scharfen Schnecke oder ..!‹ Es war nur so witzig das ausgerechnet aus Deinem Mund zu hören und nach dem Dimitri sagte, das sei Ehrensache unter Brüdern, sagte er auf russisch: ›Deine Schnecke ist heiß, aber ich habe hier schon 9 zickige Mädels, ich habe ausgesorgt!‹. Hanna machte eine Faust, schlug halbherzig auf Felix Handrücken und scherzte: »Das ist eine Frechheit, ihr könnt doch nicht einfach die Autorität der Frau Boss untergraben!«

Felix lächelte: »Ich glaube Juri hat das mit Absicht gesagt, um zu beweisen, dass er wirklich mit Dir sprechen kann und mit dem was er sagte und dem dass es in russisch war, wollte er in Dimitris Sprache sprechen und das Eis brechen mit einem Scherz und es hat doch funktioniert!«

Hanna schüttelte ihren Kopf: »Männer und Russen

sind schon grundsätzlich schwierig, aber russische Männer sind eine Herausforderung!«

Nach gut einer Stunde kamen die Drei zurück ins Bordell. Hanna und Felix gingen sofort in den Besprechungsraum und richteten alles für das Treffen mit Elias her. Felix war sichtlich nervös und irgendwann fragte Hanna: »Ist alles in Ordnung mit Dir?«

Felix antwortete zögerlich: »Ich weiß nicht, aber wie soll ich Elias erklären, dass ich sein Halbbruder bin, ich konnte das ja selbst noch gar nicht richtig verarbeiten!«

Hanna versuchte ihn so gut sie konnte zu beruhigen: »Felix Du bist ein fantastischer Psychotherapeut, mach Dir nicht zu viele Gedanken, beginne einfach damit und Du wirst sehen alles weitere wird sich ergeben. Ich bin auch gespannt, was Juri zu unserem Plan sagen wird und ob es Neuigkeiten von Grace gibt. Außerdem kann uns Elias sicher auch helfen.«

Felix wischte sich Schweißtropfen von der Stirn:

»Das ist meine größte Angst, Du kennst Elias nicht, aber er ist genial nur nicht unbedingt einfach. Er ist stur und hat irgendwann beschlossen Menschen prinzipiell aus dem Weg zu gehen. Er hat ein paar wenige Freunde, doch kommuniziert er maximal über Foren, Zeitungen und Telefon mit ihnen. Durch seine Kindheit im Institut, wurde er dezent paranoid und extrem menschenscheu und misstrauisch!«

»Versuche sein Herz zu berühren, ich bin sicher Du schaffst das und wenn nicht, helfe ich Dir, versprochen!« sagte Hanna und lächelte sanft.

»Danke, aber sei vorsichtig, Elias ist nicht so leicht zu manipulieren, wie ich oder Dimi«, entgegnete Felix.

»Frechheit, ich manipuliere Euch doch nicht!« sagte Hanna empört.

»Nein, überhaupt nicht, ein Küsschen hier, ein Küsschen da und Dein Augenaufschlag und dann erst dieser Blick, wie der von einem Hundewelpen, Du bist überhaupt nicht manipulativ!« widersprach Felix zynisch und unterstrich das Gesagte noch, indem er heftig seinen Kopf schüttelte.

»Du hast mich durchschaut, aber ich muss doch die Waffen einer Frau einsetzen, um zu bekommen, was ich brauche!« verteidigte Hanna ihre Maßnahmen lächelnd. »Ja natürlich!« erwiderte Felix.

12. Kapitel

Der Sturm vor dem Hurrikan!

Laute Musik drang durch die geöffnete Tür von unten in den Besprechungsraum, als Dimi wieder in das Zimmer trat. An seiner Seite war eine große rothaarige, stark geschminkte und aufreizend gekleidete Dame.

»Darf ich vorstellen meine gute Freundin und Transvestiekünstlerin Elisa«, lächelte Dimi.
Felix stand mit offenem Mund neben Hanna, dann stammelte er: »Elias?«
Elisa antwortete trocken und nicht sehr amüsiert:
»Du kannst den Mund wieder zumachen Felix!«
dann wendete er, oder besser gesagt sie, sich mit einem bösen Blick Dimi zu: »Das werde ich Dir nie verzeihen!«

»Hallo, mein Name ist Hanna, es freut mich Sie kennenzulernen, ich habe schon viel von Ihnen gehört!« sagte Hanna freundlich lächelnd und streckte Elias ihre Hand entgegen. Elias zog seine Perrücke vom Kopf, schmiss sie auf den Tisch und murmelte:
»Können wir bitte diesen unnötigen Smalltalk lassen, ich weiß wer sie sind!«
Dann drehte er sich um und ging zur Bar, um sich ein Wasser aus dem Kühlschrank zu nehmen. Hanna zog erstaunt ihre Hand wieder ein, seufzte, zog ihre Augenbrauen hoch und murmelte in sich hinein: »Sehr charmant, das kann ja lustig werden!«

»*Da stimme ich Dir zu Hanna, der Typ ist nicht sehr umgänglich!*« hörte sie Juris Stimme.

»Ah, Juri Du bist wieder da! Hast Du Neuigkeiten?« fragte sie Juri.

»Elias ich muss mit Dir in aller Ruhe sprechen können wir ins Büro gehen?« getraute sich Felix, seinen Halbbruder anzusprechen.

»Wenn Du es unbedingt für notwendig erachtest, von mir aus«, antwortete Elias gelangweilt und ging mit der Flasche Wasser zur Tür und Felix folgte ihm.

»Dimi, Juri ist auch hier!« wandte sich Hanna Dimitri zu.

»Ach, wie schön ist, dass Du da bist mein Bruder!« sagte Dimi, holte mit seinen Armen weit aus und umarmte Hanna und küsste sie links und dann rechts. Hanna, stand da und bewegte sich keinen Millimeter, sondern schaute nur verwundert und misstrauisch. »Juri freut sich auch Dich zu sehen«, sagte sie nach einiger Zeit.

»Juri Du musst erzählen, was gibt Neues in Institut?« sagte Dimi.

Und Hanna gab weiter, was Juri sagte:

»*Die Professorin ist eine fantastische Frau, total rational denkend und vorallem denkt sie ohne Pause und sehr klar! Sie hat einen Plan und zwar wird sie einen von Euch Morgen eine Speicherkarte hinterlassen im Salon. Die Karte wird sie verstecken in ihrer Haarspange, das Teil ist eine dunkelblaue Masche, die an einer metallenen Spange befestigt ist. Grace wird die Speicherkarte in eine Schlaufe der Masche kleben. Sie trägt diese Spange sehr oft, und deshalb wird sie niemand genauer überprüfen, wenn Grace sie in den Korb legt, bevor sie durch den Scan geht. Sie*

wird um 9 Uhr im Salon sein und die Spange abneh-
men, bevor sie frisiert wird, und dann das Haarding
auf die Ablage, wo auch ein Kaffee stehen wird, legen.
Grace wird dann auf die Toilette gehen und zuvor
mit einer Zeitschrift die Haarspange verdecken. Eure
Aufgabe wird sein die Spange an Euch zu nehmen,
wenn Grace den Salon verlassen hat. Habt ihr mich
verstanden?« fragte Juri und Dimi antwortete: »Ich
bin nicht blöd, aber was ist auf Speicherkarte?«

»*Oh entschuldige, auf der Speicherkarte ist die*
Videonachricht von Ferdinand und eine Nachricht
von Grace mit vielen Informationen über die Räum-
lichkeiten des Institutes und die Geräte, die mein
Gehirn braucht, um zu überleben, weiters wird sie bis
Morgen versuchen herauszufinden wo, welche Wachen
sind und welche sonstigen Sicherheitsmaßnahmen
stören könnten. Grace glaubt ganz fest daran, dass
ihr mein Gehirn in Sicherheit bringen werdet und hat
sogar eine Tasche gepackt, weil sie gerne mitkommen
möchte.«

»Juri bitte sei mir nicht böse, aber das klingt zu
schön, um wahr zu sein, bist Du Dir sicher, dass das
nicht eine Falle ist?« fragte Hanna vorsichtig und
Dimitri unterstützte sie: »Hanna hat Recht, was ist,
wenn ist das alles geplant, um Hanna und Elias zu
locken in Institut?«

»*Ich verstehe Eure Zweifel, aber ich war die ganze*
Zeit im Gehirn der Professorin und habe nicht den
geringsten Zweifel daran, dass sie es ernst meint und
das keine Falle ist. Aber natürlich kann ich mich auch
irren. Doch frage ich Euch jetzt, gibt es eine andere
Möglichkeit mich zu retten ohne Grace Hilfe?«
Hanna zuckte mit den Schultern, es war total still im

Raum bis Dimitri sagte: »Gut, am Besten wir weiter-
überlegen, wenn alle hier sind!«

 Dann ging er zur Bar und schenkte sich einen Whis-
key ein: »Wollt ihr auch eine kleine Drink?«

 »Ähm, Juri trinkt generell nicht und ich halte mich
lieber an meinen Kaffee!« lächelte Hanna.

Plötzlich hörten sie Felix und Elias lautstark streiten,
sie brüllten sich regelrecht gegenseitig an.

Dimitri und Hanna eilten ins Büro und sahen wie
Elias wutentbrannt Felix anschrie:

 »...wer glaubst Du, dass Du bist Herr Psychotherapeut, Du kannst mich nicht einwickeln mit Deinem
pathetischen Gewäsch. Ich bin mit Sicherheit nicht
der Sohn dieser falschen Schlange und Dein Vater,
dieser alte Narr und Weltverbesserer, ist auch nicht
mein Vater: Denn ob Du es glaubst oder nicht...«,
Elias wurde noch lauter und vehementer,

 »Ich kenne meinen Vater nicht und meine Mutter
war nichts anderes als eine Crackhure, die mich an die
Liga verkauft hat, um Geld für den nächsten Trip zu
bekommen.«

Felix sah Hanna hilfesuchend an: »Rede Du mit ihm,
ich gebe es auf, ich habe es nicht notwendig mich von
diesem Hosenscheißer beleidigen zu lassen!«

 »Lieber ein Hosenscheißer, als ein selbstgefälliger,
naiver Idiot und Gutmensch und die da..«, dabei deutete er mit seinem Kinn in Richtung Hanna,

 »mit dieser Verrückten, die vorgibt Stimmen von
Toten zu hören, rede ich schon überhaupt nicht, egal
ob Ferdinand ihr geglaubt hat oder nicht! Schaut Euch
mal in den Spiegel, ihr versucht alle etwas darzustellen, was ihr nicht seid: Felix als Zuhälter, die da als
Schlampe und Dimitri spielt einen Unternehmer im

Anzug und ist in Wirklichkeit das, was Felix versucht darzustellen!« brüllte Elias weiter um sich.

Hanna sah die Wut in Dimitri hochsteigen, ging auf Elias zu, nahm ihn fest am Unterarm und sagte ganz ruhig, aber bestimmt: »Komm mit, ich muss Dir etwas zeigen!« dabei zog sie ihn aus dem Zimmer. Elias war so überrascht, dass er sich wortlos zur Tür hinaus ziehen ließ.

Hanna zog ihn bis ans Ende des Ganges, bis zu einer Wand, an der ein Ganzkörperpiegel hing.

»Da Markus, schau Dich an, ein Drittel Kind, ein Drittel Mann, ein Drittel hilfloses Elend, allerdings was ich gehört habe, bist Du angeblich ein Genie, doch wenn man das nicht weiß, sieht man nur eine Dragqueen ohne Perrücke.

Was hast Du vor? Willst Du Dich Dein Leben lang verstecken? Was für einen Wert hat Dein Leben, wenn Du es nicht lebst?..!«

Elias versuchte Hanna zu unterbrechen, doch Hanna ließ das nicht zu: »Pscht, ich rede jetzt, Du hast genug herum gebrüllt und ob Du es willst oder nicht, Deinen Halbbruder und Deinen wahrscheinlich größten Fan und Freund Dimi verletzt. Aber mich kannst Du nicht verletzen, weil Du mir egal bist. Jammere ruhig weiter: ‚Ich habe keine Mutter, ich habe keinen Vater, niemals hat mich jemand geliebt, alle haben mich nur ausgenutzt, verraten und verletzt!‘. Was glaubst Du damit zu erreichen, Mitleid? O.k. meines hast Du, aber Mitleid kann Liebe nicht ersetzen. Und glaube mir ich kenne Liebe, ich wurde mehr geliebt in meinem Leben, als ich es wahrscheinlich verdient habe und ich liebe seit ich geboren wurde, erst meine Eltern über alles und jetzt meinen Mann Juri. Schau nicht so, ich liebe ihn, obwohl sein Körper tot ist, aber ich verspreche Dir, solange sein Gehirn lebt, werde ich alles tun, um ihn zu retten. Mit Deiner Hilfe oder ohne, denn Du versteckst Dich ja offensichtlich lieber und bist das arme Opfer, als dass Du Deine Genialität, wie eine Waffe gegen die Liga verwendest. Aber wenn Du die Liga zerstörst, Deine Mutter und Deinen Bruder in den Arm nimmst, hast Du ja keinen Grund mehr Dich zu bedauern und ...egal!...Mach das Richtige!«

Hanna drehte sich um und ging zurück ins Besprechungszimmer.

Felix und Dimitri standen immer noch an der selben Stelle wie zuvor, als Hanna Elias aus dem Zimmer zog. Hanna beugte sich nach unten und zog ihre Schuhe aus mit den Worten: »Ich hasse Highheels, lasst uns weiterarbeiten, egal wofür sich Elias entscheidet, er ist jung, er wird seinen Weg finden!«

Sie drehte sich um und machte die Tür einwenig zu, einen Spalt von 20 cm ließ sie offen, sie wollte Elias signalisieren, dass die Tür ins Team noch nicht geschlossen war.

»Ich hätte gerne ihn geschlagen mitten in Fresse!« meinte Dimitri und Hanna erwiderte: »Ich weiß, deshalb bin ich raus mit ihm!«

Felix wirkte sehr geknickt und verletzt und Dimitri sagte grinsend: »Mach Dir nichts daraus, Du kannst wenigstens Dich streiten mit Bruder und hören seine Stimme, aber ich ....?« dann zuckte er mit den Schultern.

»Kommt, reißt Euch zusammen Männer, wir haben keine Zeit uns zu bemitleiden, glaubt mir ich würde mich auch lieber mit Euch betrinken, aber wir dürfen nicht aufgeben!« meinte Hanna.

Dann erzählte sie Felix von den Neuigkeiten aus dem Institut.

Felix atmete tief durch und sagte: »Wir werden uns wohl ohne Plan B darauf einlassen müssen. No risk no fun!« dabei versuchte er zu lächeln.

»Aber vielleicht wäre es nicht schlecht, wenn wir Grace auch eine Nachricht zukommen lassen würden! Vielleicht mit einem verschlüsselten Plan, von dem, was wir vorhaben, wenn sie ein Verhältnis mit meinem Vater hatte, versteht sie die Nachricht vielleicht?«

»Das ist prinzipiell eine gute Idee, aber ich glaube, wenn wir sie nur über das Notwendigste informieren und ganz wenig verschlüsseln würden, wäre es besser. Auf keinen Fall sollten wir ihr Zeitpunkt und den genauen Plan zukommen lassen, nur dass wir kommen werden und sie Geduld haben soll und alle wichtigen Geräte für den Transport von Juris Gehirn bereithalten soll!« erwiderte Hanna.

»Und wie sieht Euer Plan jetzt genau aus und wo kann ich mein Zeug hinräumen?« fragte plötzlich Elias in der Tür stehend.

Er hatte sich umgezogen und um seine Schulter hing ein Seesack.

»Willkommen im Team!« nickte Hanna ihm freundlich zu.

»Als Frau Du hast Dimi besser gefallen, komm her Junge, setz Dich!« sagte Dimitri und er freute sich sichtlich, dass Elias zurückkam.

»Gleich Dimitri mein Freund, ich muss nur vorher noch mit meinem Bruder reden, traust Du Dich noch einmal mit mir ins Büro zu gehen, Fele?« fragte Elias fast kleinlaut.

»Aber klar doch!« erwiderte Felix.

»Das ist große Durcheinander heute, jetzt ist wieder Hälfte Leute weg, Hanna stört es Dich, wenn ich schaue unten zur Show, ob alles ist in Ordnung, ich bin in 15 Minuten wieder da, ihr könnt ja ohne mich weitermachen inzwischen?«

Hanna lächelte: »Geh' nur, das ist kein Problem!« Dann lehnte sie sich zurück und atmete tief ein und aus: »Juri, ich hab mir das alles einfacher vorgestellt, ich bin müde und irgendwie geht nichts weiter!«

»Ich weiß es ist mühsam, aber mach Dir nicht zuviel Druck, egal was mit mir passiert, bringt Euch in Sicherheit und bitte holt Grace da raus!«

»Dir liegt anscheinend viel an ihr?«

»Ja, das stimmt ich habe in den letzten Tagen viel Zeit in ihrem Kopf verbracht, sie fasziniert mich und ja ich mag sie!«

»Ich verstehe das, sie kümmert sich um Dich, sorgt dafür, dass Du überlebst, da ist es normal, dass Du ihr dankbar bist und möchtest, dass es ihr gut geht!«

»Nein Hanna, es ist nicht nur Dankbarkeit, die ich empfinde, es ist mehr und ich will ehrlich sein, nie zuvor war ein Mensch so offen mir gegenüber, verletzlich und trotzdem so stark und rational denkend!«

»Was willst Du mir damit sagen, hast Du Dich in sie verliebt?«

»Hanna ich weiß es nicht, Liebe ist ein chemischer Prozess, der sowohl den Körper als auch das Gehirn betrifft, aber ich habe keinen Körper, vielleicht bin ich deshalb verwirrt. Ich kann es Dir nicht sagen, aber ich wünschte Grace könnte mich hören, so wie Du!«

Hannas Herzschlag erhöhte sich extrem und ihr Magen verkrampfte sich.

»Was soll ich sagen! Willst Du andeuten, dass Dein Gehirn und ihr Gehirn kompatibler sind als unsere? Du bist mein Mann seit ewigen Zeiten und jetzt wünscht Du Dir, einer anderen Frau näher zu sein, als mir? Ich weiß nicht was ich damit anfangen soll?«

»Hanna, ich weiß es ja auch nicht, aber schau uns zwei an, Du bist eine Frau, die fantastisch aussieht, unglaubliche Lebensfreude ausstrahlt und ich weiß, dass eine rein platonische Beziehung Dich nie glücklich machen kann und ich bin nur ein Gehirn. Außerdem merke ich doch, wie Dich Felix ansieht und ich war in seinem Kopf, er mag Dich. Und ich merke auch, wie Du versuchst nicht zu ihm zu sehen und nicht an ihn zu denken, wenn ich in Deinem Kopf bin, gib es doch zu, Du magst ihn auch!?«

»Ich weiß es nicht Juri, ich liebe Dich, da bin ich mir ganz sicher und ich will Dich nicht verlieren!«

»Hanna Du liebst den Mann, der ich an Deiner Seite war, doch jetzt ist unsere Beziehung, wie eine Fernbeziehung auf ewig. Das hältst Du nicht aus auf Dauer und es wäre auch nicht fair Dir gegenüber, ich habe keine andere Wahl, aber Du hast sie und ich will Dir die Chance auf Glück nicht verwehren!«

»Und Grace kann in einer Fernbeziehung leben, ohne Dich zu sehen oder berühren zu können?« -

»Kann ich Dir nicht sagen, aber sie ist seit Jahrzehnten in der Forschung tätig, das ist ihr Leben. Sie ist einsam, kann aber niemanden mehr vertrauen, nach den vielen Jahren der Manipulation durch Beck und Li. Was ich in ihrem Kopf gesehen und gehört habe, hat mich berührt und sie behandelt mein Gehirn wie einen großen Schatz!«

»So! Ich halte dieses Gespräch gerade überhaupt nicht aus, ganz ehrlich es bricht mir mein Herz, aber ich habe keine Zeit zum Leiden, deshalb konzentrieren wir uns jetzt auf das Wesentliche, nämlich, wie wir der Liga, Li und Konsorten richtig bös weh tun können!«

»Wir sind wieder da Frau Boss!« rief Felix scheinbar bester Laune, als er mit Elias zurück kam. Hanna nickte nur.

»Ist alles in Ordnung Du siehst so blass aus, als ob Du ein Gespenst gesehen hättest?« fragte Felix.

»Ganz ehrlich, ich habe ein Gespenst gesehen, eines aus meinen schlimmsten Alpträumen aus der Zeit, als Juri noch da war, heute ist mein schlimmster Alptraum, dass wir Li nicht stoppen können, also lasst uns arbeiten!« erwiderte Hanna.

»Was meinst Du ich verstehe das nicht?« fragte Felix sichtlich verwirrt.

»Hm, Du musst nicht alles verstehen! Kommt setzt Euch lasst uns reden, Dimi kommt auch gleich wieder. Vertragt ihr Zwei Euch jetzt?«

»Ja, mein Bruder hat sich bei mir entschuldigt und hat mir erzählt, was Du ihm gesagt hast am Gang, Du willst Dich sicher auch bei ihm entschuldigen!« sagte Felix.

»Ach so, will ich das? Eigentlich nicht wirklich, ich habe alles so gemeint, wie ich es gesagt habe, bis auf eines: Elias Du bist mir nicht völlig egal und manche Deiner Worte haben mich sehr wohl verletzt, aber ich habe sie nicht ernst genommen und sei froh, dass ich Dich rausgeschleift habe, sonst hätte Dir Dimitri weh tun müssen!« wandte sich Hanna Elias zu. Der grinste: »Das denk ich mir, dass Dimi mir gerne eine gewischt hätte, danke Hanna es tut mir Leid, Du hast Recht, lass uns arbeiten!«

»Was hat Dir Felix erzählt, kennst Du unseren Plan?« fragte Hanna.

»Ja, aber vielleicht sollten wir ihn nochmal genauer durchgehen, wenn Dimi wieder da ist!« schlug Elias vor.

»Gut, ich habe da noch eine Frage?« Hanna schluckte, »hast Du eine Idee, ob es eine Möglichkeit gibt, dass Juri auch mit anderen, nicht nur mit mir, kommunizieren kann?« dann seufzte Hanna.

»Das ist allerdings eine gute Frage, ich kann nur Vermutungen anstellen. Ich glaube, Juri kann deshalb mit Dir kommunizieren, weil Du das Kraviplex einnimmst und weil ihr so eine intensive Bindung zu einander habt!« Hanna und Felix schluckten gleichzeitig und Felix Gesichtfarbe glich sich der von Hanna an.

»Was heißt das jetzt?« fragte sie ungeduldig.

»Ich denke, wenn ein Mensch Kraviplex einnimmt und Juri eine halbwegs intensive Beziehung zu diesem Menschen aufbauen kann, wird diese Person ihn früher oder später hören können. Aber wie gesagt, dass ist nur Spekulation!« antwortete Elias.

»O.k. muss diese Person Juri kennen und mögen oder reicht es, wenn Juri so empfindet oder denkt?« fragte Hanna weiter.

»Ich glaube, dass es rein an Juri liegt und natürlich dem Kraviplex!« antwortete Elias, »weißt Du ich kenne mich einwenig mit Pharmazeutik aus, ich habe, als ich mehr oder weniger im Institut gefangen war, gemeinsam mit der Professorin eine Substanzmischung entdeckt, die mir geholfen hat mich gegen die Einflüsse von Li zu schützen. Es war extrem schwierig mit der Professorin daran zu arbeiten, da ich nach jeden Besuch von Li von vorne beginnen musste!« erzählte Elias.

Felix fragte ihn dann: »Hat Li Dich nicht auch hypnotisiert, wenn er zu Besuch kam?«

»Ja, aber das letzte Jahr im Institut, waren meine kognitiven Fähigkeiten schon so gut trainiert, dass ich Li nur vorspielte hypnotisiert zu sein. Das war extrem anstrengend, aber die Substanz hat geholfen. Das könnte ein guter Plan B sein, ich habe die Mixtur einwenig verändert, aber wir könnten die Wirksamkeit testen!« erklärte Elias und sah fragend zu Hanna.

»Was hast Du vor Elias, Du willst doch nicht das Hanna Versuchskaninchen spielt?« fragte Felix aufgewühlt.

»Felix und wenn, dann ist das immer noch meine Entscheidung, aber lieb, dass Du Dich um mich sorgst. Elias, wie willst Du es an mir testen?« fragte Hanna.

»Tut mir leid Fele, aber es wäre toll, wenn wir mit dem Mittel Menschen helfen könnten sich gegen Li zu wehren. Hanna, Dein Gehirn wird beeinflusst von Juri, nicht falsch verstehen, aber er kommt und geht wann er will und Du kannst Dich eigentlich nicht dagegen wehren, es wäre einen Versuch Wert, zu sehen, ob Du ihn nach Einnahme des Mix immer noch hören kannst, bzw. er immer noch Deine Gedanken lesen kann und wie lange es wirkt, wenn es denn wirkt!« antwortete Elias auf die Frage.

»Ich muss erst mit Juri darüber sprechen, wartet einen Moment!« sagte Hanna und schloss die Augen.

»Mach es Hanna, das kann zur Lösung unseres Problems beitragen und gib Grace etwas davon, wenn es

funktioniert!«

»Wirklich jetzt! Deine einzige Sorge gilt Grace?«

»Nein, natürlich nicht Du bist mir auch wichtig!«

»Auch? Hörst Du Dir eigentlich zu, ich reiße mir hier den Arsch auf, um Dich zu retten und ich bin Dir natürlich AUCH wichtig? ...Ich werde das Medikament testen, aber nicht für Dich oder Grace, sondern für mich selbst, dann habe ich Ruhe von Dir. Zumindest kann ich dann auch entscheiden, wann ich Dich hören will und wann nicht!« Hanna war sauer und verletzt.

»O.k., Elias testen wir es, aber erst nehmen wir den Plan durch... Hm oder eigentlich kann Juri ja auch durch Dimitri oder Dich Felix mithören und wir wissen gleich, ob wir einen Plan B schmieden können! Wenn ich Juri nicht mehr hören kann, ist der Schaden nicht so groß, wenigstens kennt er dann den Plan! Sollte ich ihn bis Morgen wieder hören, kann ich Euch Bescheid geben«, sagte Hanna bestimmt und ohne ihre Mimik zu verziehen.

»Was sagst Du dazu Fele?« fragte Elias.

»Hat das Zeug Nebenwirkungen?«

»Ich glaube nicht, vielleicht bei einer Überdosierung ist man möglicherweise einwenig high und benommen«, antwortete Elias.

»Na dann, Augen zu und durch, wir haben nicht wirklich eine Wahl und müssen alles nutzen, was wir haben!« zeigte sich Felix einverstanden.

»Was wir müssen nutzen?« fragte Dimitri als er ins Besprechungszimmer kam.

»Gib ihr das Mittel, ich erkläre Dimi alles!« meinte Felix.

»Komm, mit Hanna das Zeug ist in meinem Rucksack!« sagte Elias und führte sie in sein Zimmer.

Als sie wenige Minuten später zurück kamen, notierte Hanna in ihr Notizbuch: Einnahme 22.05

»Juri rede immer wieder mit mir, damit wir wissen, ab wann und ob es wirkt, o.k.? Und natürlich wielange es wirkt, wenn es wirkt!«

»*Klar, mache ich, aber bitte sei mir nicht böse!*«

»Darüber sprechen wir später!«

Alle Blicke waren auf Hanna gerichtet.

»Keine Sorge ich sage Euch, wenn das Pulver wirkt! Lasst uns Plan A durchgehen!« sagte sie und sah Dimitri fragend an.

»Also gut, Morgen hat Hanna eine Termin in Salon um 9 Uhr 15 ..!«

»*Grace hat den Termin um 9, der dauert meist eine Stunde, also das passt!*« hörte Hanna Juri in ihrem Kopf.

»Alles in Ordnung Hanna, Du siehst nicht aus glücklich?« fragte Dimi.

Hanna schüttelte den Kopf: »Nein, alles in Ordnung, sprich weiter Dimitri!«

»Gut, Hanna als Pornostar Tiffany mit ihrem Zuhä... äh mit ihrem Manager Felix alias Dieter, um 9 Uhr 15 in Salon kommen. Karl wird passen auf. Wenn Möglichkeit kommt, auf Toilette oder Umkleidekabine, Hanna wird treffen Professorin und sprechen mit ihr. Wenn nicht möglich, Juri hat gesagt, dass Frau eine Speicherkarte mit viele Informationen in Haarspange versteckt in Salon lässt. Wenn möglich ist, Hanna wird auch Speicherkarte zu Professorin geben. Ihr müsst machen schnell und unauffällig, o.k.?« erklärte Dimi, als Felix ihn unterbrach: »Kannst Du Juri noch hören?.«

»Ja, kann ich, er ist einverstanden mit dem Plan! Dimi wie wird es weiter gehen?« fragte Hanna missmutig.

»Ach ja, bevor ich vergesse, ich gebe Euch mit, Geld in Kuvert für Besitzerin von Laden, Deal ist Deal, sie wird sehr freundlich und hilfsbereit sein!
Meine Männer haben geklärt alles mit Limousine und Tausch von Fahrer, auch wird heute in Nacht Funktion von Scheibe und Sprechanlage manipuliert. Um 11 Uhr wird landen Li und Janosch wird holen ihn ab mit Limo. Männer machen Unfall bei Abfahrt von Autobahn, wenn wissen sie, dass Janosch ist gefahren los von Flughafen. Es wird sein Stau und Umleitung. Janosch wird ändern Route und nächste Abfahrt nehmen, bei Kreuzung bestimmte, meine Männer werden ohnmächtig machen Männer von Li und Li selbst, mit gute verbotene Elektroschock. Er wird gebracht mit Sack über Kopf und Klebeband um Mund in Halle von Dimi. Elias Du musst kümmern Dich um Li, Du bist immun.«
Elias nickte und Hanna rief erfreut:

»Ich kann ihn nicht mehr hören, warte ich schreibe auf: Wirkungsbeginn 22 Uhr 21, wartet mal! Elias komm ich muss Dir etwas sagen, unter vier Augen, sorry Jungs nichts gegen Euch!«
Als Elias und Hanna am Gang waren, sagte Hanna:

»Ich traue Juri nicht, vielleicht kann er trotzdem meine Gedanken lesen und tut nur so, als könnte er es nicht, ich glaube er hasst mich, es könnte sein, dass er sich gegen uns wendet und mit Deiner Mutter und der Liga zusammen arbeitet! Er liebt mich nicht mehr!« dabei zwinkerte sie Elias zu und tat als würde sie weinen, was ihr nicht schwer viel. Elias schnallte sofort, was Hanna vor hatte und als Hanna mit ihren Armen andeutete, dass Elias sie umarmen sollte, spielte er ihr Spiel mit, umarmte Hanna und sagte: »Mach Dir keine Sorgen mein Herz es wird alles gut! Ich weiß was Du durch machst, auch wenn Du denkst er liebt Dich nicht mehr, ich liebe Dich dafür um so mehr!«

»Danke Elias, ich liebe Dich auch!« dann küsste sie ihn, richtig intensiv. Elias war etwas verstört, aber irgendwie genoss er es. Hanna kannte Juri so gut, dass er, sollte er das in ihrem Kopf miterlebt haben, auszucken und auf jeden Fall reagieren würde, wenn nicht sofort, dann spätestens dann, wenn er wieder mit ihr kommunizieren würde. Es gibt nichts über russischen Stolz. Hanna hatte sich während dieser Aktion sehr bemüht nur zu denken, wenn sie sprach, aber Juri wäre sicher so verunsichert gewesen, dass es ihm nicht aufgefallen wäre, dass das ein Test war. Hanna und Elias gingen zurück zu den anderen und Elias wischte am Weg mit seinem Handrücken Hannas Lippenstift aus dem Gesicht. Dimitri und Felix sahen die Beiden fragend an und Elias sagte:

»Hanna wollte Euch nicht beunruhigen, aber sie wollte noch Infos zu Nebenerscheinungen des Mixes, aber es ist alles normal!«

»Ja ich habe nur so einen eigenartigen Geschmack im Mund!« bestätigte sie Elias Lüge. Dann griff Hanna in ihre Tasche und nahm eine Keramikdose für Bonbons heraus, »will sonst noch jemand Eines?« fragte sie lächelnd. Alle schüttelten den Kopf.

»So, wo war ich, ja Elias muss befragen Li und holen alle Informationen aus ihn heraus. Elias Du darfst Dich rächen für was Li gemacht mit Dir!« dabei grinste Dimi schadenfroh.

»O.k., ich werde mein Bestes geben!« antwortete Elias verunsichert.

»Gut, wenn alles so funktioniert, wie wir es geplant haben, haben wir Infos von der Professorin und Li ist zumindest vorübergehend aus dem Weg geschafft. Dann können wir weiter überlegen, wie wir ins Institut kommen und Juri befreien, habt ihr den Plan verstanden? Wir treffen uns Morgen zum Frühstück, um 7 Uhr hier und dann wird es los gehen! Dimitri danke! Du hattest bis jetzt die meiste Arbeit, noch einmal danke für alles.«

»Bitte gerne, aber was ist mit Plan B, ich dachte gibt es?« fragte Dimitri.

»Ja, Plan B ist einfach, sollten wir von Grace die Informationen nicht bekommen, aber Li ist keine Gefahr, melde ich mich bei Beck. Sollte Li's Entführung nicht funktionieren, können wir nur weiter agieren, wenn die Mixture funktioniert! Wenn sie funktioniert, kann ich mich auch bei Beck melden und Li vorspielen, dass ich hypnotisiert bin.« erklärte Hanna.

»Ich finde Du solltest, egal ob das Zeug funktioniert oder nicht, auf keinen Fall in die Höhle des Löwen, uns fällt sicher etwas Besseres ein!« widersprach Felix.

»Und vielleicht sollten wir noch einmal überlegen, was alles schief gehen kann und wie wir diesen Situationen entgegenwirken könnten?« warf Felix noch ein.

»Gut, was kann schief gehen?« Hanna begann am Laptop, sodass alle es am Beamer sehen konnten, zu schreiben.

1. Die Professorin kommt nicht!

Maßnahme Plan B
2. Li kommt nicht.
Maßnahme Plan B.
3. Entführung funktioniert nicht.
Kompletter Abbruch.
Eventuell Plan B.

»Wir müssen dafür sorgen, dass wir alle immer am neuesten Stand sind, oder zumindest sofort informiert werden, wenn etwas schief gelaufen ist. Juri soll zwischen den Gehirnen switchen und mich regelmäßig informieren, ich gebe das dann weiter!« meinte Hanna.

»Am Besten an mich, ich muss ja weiterleiten an meine Männer, ich habe da geheime Codes, für Männer!« sagte Dimitri.

»*O.k. Hanna ich werde switchen so gut ich kann, hörst Du mich?*«

»Ja, es funktioniert, ich muss die Zeit eintragen! Leute ich höre Juri wieder, es ist jetzt 23 Uhr 14, das heißt die Mixture hält ca. 40 Minuten!« jubelte Hanna.

»Ja und das Tolle ist, ich habe Dir wirklich nur eine kleine Dosis verabreicht, mehr von dem Zeug hält vielleicht länger, merkst Du irgendwelche Nebenwirkungen?« sagte Elias stolz und schaute fragend zu Hanna.

»Ich bin einwenig müde, aber das kann an der Uhrzeit liegen und natürlich der komische Geschmack im Mund!« dabei zwinkerte sie Elias zu.

»Gut, dann wir haben auch Plan B, wenn gibt es Probleme! Darf ich jetzt wieder gehen zu Show?« fragte Dimi.

Alle nickten und Hanna sagte: »Danke Dimi für Deine Hilfe, sehen wir uns Morgen um 7 Uhr hier?«

»Ja natürlich, wenn ihr jetzt noch braucht Dimi, ich bin unten!« entgegnete er gut gelaunt.

»Wenn es die anderen nicht stört, würde ich gerne noch Informationen für Grace auf eine Minispeicherkarte laden, helft ihr mir dabei?« fragte Hanna. »Aber natürlich!« kam die Antwort auch von Juri in Hannas Kopf.

»Elias, kannst Du vielleicht Dimitri davon überzeugen Kraviplex zu nehmen, ich denke Juri könnte dann mit ihm sprechen, immerhin sind sie Brüder und wir werden Grace auch bitten das Mittel zu nehmen, vielleicht funktioniert es ja auch bei ihr?!« fragte Hanna. Elias widersprach fast entsetzt: »Warum soll gerade ich mit ihm sprechen, Fele ist der Therapeut, ich bin nicht besonders gut in so etwas?«

»Am Besten wäre es natürlich Ihr Beide würdet mit ihm reden, aber dann würde er sich bedrängt fühlen und auf stur schalten. Ich weiß, dass Dimi eine hohe Meinung von Dir hat Elias, auf Dich wird er hören! Felix kann Dir ja noch Tipps geben, wie Du im Notfall auf sein Herz und seine Bruderliebe appellieren kannst. Aber ich glaube ein fachlicher, rationaler Rat von wegen besseren Informationsaustausch und höhere Erfolgschancen, wirkt besser! Immerhin ist Dimitri Geschäftsmann!« erklärte Hanna.

»Weißt Du was, ich rede vor dem Schlafengehen noch mit ihm, vielleicht nimmt er ja heute noch zwei, das erhöht die Wahrscheinlichkeit, dass er zumindest so bald, als möglich Juri hören kann!« erwiderte Elias.

»Danke Dir, aber sei vorsichtig, wenn Du unverkleidet nach Unten gehst!« lächelte Hanna Elias an.

»Ich gehe hinunter und bitte Dimitri sich noch 10 Minuten für Dich Zeit zu nehmen und checke die Lage ab! Ich muss ja acht geben auf meinen kleinen Bruder!« meinte Felix.

Hanna gab Elias 12 Tabletten für Dimitri, dann begann sie die Nachricht an Grace zu schreiben.

13. Kapitel

Kriminelle Energien

»*Ich muss mit Dir sprechen Hanna, bitte!*«

»Wenn es nicht für die Aktion relevant ist, verschieben wir das auf Übermorgen oder wenn alles vorbei ist, o.k.?«

»*Es tut mir leid Hanna, ich wollte Dich nicht verletzen, wirklich nicht und was ich von Dir und Felix gesagt habe, sollte nur mein schlechtes Gewissen beruhigen!*«

»Danke, wenn das eine Entschuldigung sein sollte, aber jetzt nicht!«

»*Was hast Du wirklich mit Elias besprochen, als Du draußen am Gang warst? Sicher nicht über den Geschmack in Deinem Mund, dafür kenne ich Dich zu gut!*«

»Du musst nicht immer alles wissen Juri, können wir uns jetzt wieder auf die Sache konzentrieren?«

»*Du hast ihn geküsst? Hanna Deine Gedanken können nichts vor mir verheimlichen! Warum zum Geier hast Du das gemacht?*«

»Weil ich testen wollte, ob Du wirklich nicht meine Gedanken liest! Ich vertraue inzwischen hier jeden mehr, als Dir! Und jetzt störe mich nicht, ich muss mich auf die Nachricht für Grace konzentrieren, hilf mir lieber oder hast Du schon vergessen, dass ich das für Dich tu?!«

»*Ich glaube es ist besser ich lass Dich allein und*

schau, ob sich was im Institut tut!«

»Ja schwirr ab zu Deiner Professorin!«

»Was erwartest Du eigentlich von mir, ich soll Dich nicht stören, aber gehen soll ich auch nicht?«

»Doch das sollst Du, verschwinde einfach!«
Nach wenigen Minuten fragte Hanna: »Juri, bist Du noch da?!«
Als keine Antwort kam, lehnte sie sich in den Stuhl zurück und begann zu weinen.

»Was ist los, kann ich Dir helfen?« fragte Elias.
Hanna schüttelte nur ihren Kopf.

»Geht es um Juri?« lies er nicht locker.

»Es geht doch immer nur um ihn!« schluchzte Hanna.
Felix kam mit Dimitri im Schlepptau zurück, beide sahen sofort Hannas Tränen.

»Was ist los! Elias hast Du wieder beleidigt meine Schwägerin!« fragte Dimi energisch.

»Nein, nein Dimtitri, Elias hat nichts falsch gemacht, ich mache mir nur Sorgen, geht eh gleich wieder!« entgegnete Hanna und Elias schaute Dimi böse an, dem seine Beschuldigung ziemlich peinlich zu sein schien.

»Na gut, Du willst reden, Elias?« fragte er besänftigt.

»Ja, lass uns in Dein Geheimbüro gehen, es dauert auch nicht lange!« antwortete Elias. Als die Beiden raus gingen, zwinkerte Elias Hanna noch zu, als wollte er sagen: ‚mach Dir keine Sorgen, alles wird gut!'.
Felix setzte sich zu Hanna, er nahm ihre Hand und sagte: »Was ist los? Du kannst mit mir über alles reden, was Dich bedrückt!«
Hanna atmete tief durch, dann zog sie ihre Hand lang-

sam zurück, wischte sich ihre Tränen aus dem Gesicht und meinte lächelnd: »Felix, das ist wirklich lieb von Dir, aber mach Dir keine Gedanken, mit manchen Dingen muss ich alleine fertig werden. Trotzdem ist es schön Dich als Freund zu haben, ich wüsste nicht, was ich ohne Dich täte!«

Felix neigte seinen Kopf zur Seite und versuchte Hanna in die Augen zu sehen, dann sagte er zu ihr:

»Hanna, Du bist eine unglaubliche Frau - stark, klug und schön, ich habe Dich lieber, als es gut für mich ist. Ich will Dir versprechen, dass ich immer ein guter Freund sein werde und für Dich da bin, wenn Du mich brauchst!«

»Ich weiß das zu schätzen und würde Dir gerne das Gleiche versprechen, aber nach all diesen Dingen, die so passieren in meiner Welt, weiß ich nicht, ob ich dieses Versprechen halten kann. Aber ich kann Dir sagen, dass ich immer versuchen werde, Dir nicht weh zu tun!« dann umarmte sie Felix und er drückte sie fest an sich.

»Lass uns weiter arbeiten, es ist schon nach Mitternacht!« stoppte Hanna die kleine Kuschelpause.

»Felix, ich habe ein ungutes Gefühl, ich glaube es wäre besser wir schreiben eine Postkarte und schieben sie in die Zeitschrift oder geben sie Grace unauffällig, dann kann sie die Karte lesen und entsorgen und die Gefahr, dass sie mit der Speicherkarte erwischt wird, ist geringer! Ich schreibe mal eine Nachricht, die sie verstehen könnte und Du sagst mir was Du davon hältst?«

Lieber Ycarg,
Wir werden Dich bald besuchen, aber wissen noch

nicht wann! Wir freuen uns auch schon auf die Oper von Paul Burkhard aus den 50er Jahren. Und natürlich auf unsere kleine Reise.

Wir hoffen, Du bereitest alles für den Städtetrip vor! Bitte probiere WilLi's Bonbons die, die er ständig verteilt, sie heben die Laune und bei guter Laune spricht es sich leichter!

Wielange hält es denn Dein kleiner Hund im Auto aus, bis zur ersten Rast?

Sollen wir noch etwas mitnehmen für die Reise? Vielleicht kommt Jo ja auch noch vorher bei Dir vorbei!

Liebe Grüße

Elisa, Jo und Felicitas

»Was hältst Du davon Felix und bitte sei ehrlich!« bat Hanna.

»Hm, ich würde die Nachricht verstehen, außer den Teil mit der Oper, ich kenne weder, diesen Burkhard noch eine Oper aus den 50ern, was meinst Du damit?« fragte Felix.

Hanna wollte gerade antworten, als Elias zur Tür rein kam und grinsend meinte: »Alles erledigt Frau Boss! Dimi, konnte es nicht erwarten, die Tabletten zu nehmen und freut sich riesig, wenn er dadurch mit seinem Bruder reden könnte!«

Hanna strahlte vor Freude: »Schön, wenn wenigsten etwas auf Anhieb funktioniert. Elias, ist Grace ein Opernfan?«

»Oh ja, ich habe es gehasst, den ganzen Tag nur klassische Musik im Labor zu hören, warum fragst Du?« antwortete Elias erstaunt.

Hanna erzählte ihm von ihrem Zweifel am Plan mit

der Speicherkarte und von ihrer Idee mit der Ansichtskarte. »Glaubst Du, Grace würde diese Nachricht
verstehen?« fragte Hanna während sie Elias die Zeilen
an der Leinwand zeigte.

»Hm, sie wäre entrüstet, weil Du Juris Gehirn, als
Hund bezeichnest, aber alles andere sicher!«
Felix mischte sich erstaunt ein: »Was? Du weißt, wer
'Ycarg' ist und welche Oper gemeint ist?«

»Natürlich, Ycarg ist Gracy verkehrt gelesen und das
'Feuerwerk' ist ein tolles musikalisches Meisterwerk,
Grace mag dieses Musikstück total gerne!« erwiderte
Elias.

»Na klar, ihr verarscht mich doch, jeder kennt Verdi
oder Haydn, aber niemand kennt Paul Burkhard!«
murmelte Felix fassungslos.

»Tut mir leid Fele, aber man kann nicht alles wissen,
ich weiß auch nicht alles. Allerdings bin ich ja ständig
nur im Netz, da lernt man einiges, aber das Feuerwerk
kenne ich tatsächlich aus dem Labor. Die Idee mit
der Ansichtskarte finde ich gut, obwohl ich eher der
‚Digitale-Medien Mensch‘ bin. Aber wenn Ihr der
Professorin nicht mehr, als das mitteilen wollt, reicht
eine Ansichtskarte! Wobei mir lieber wäre, Ihr würdet
mit Elias oder von mir aus mit Markus unterschrei-
ben!« kritisierte Elias.

»Nein, das finde ich nicht, ich wurde auch zur Frau,
das wäre total unfair!« jammerte Felix.

»Hm, wir sind hier zwar nicht im Kindergarten,
Felix, aber in diesem Fall gebe ich Dir recht!« half
Hanna Fele und grinste dabei Elias schadenfroh an!

»Macht doch was ihr wollt!« meckerte Elias und
zwinkerte Hanna zu, dann ging er in sein Zimmer.

»Glaubst Du er ist jetzt böse auf uns?« fragte Felix

verunsichert.

»Ja, ganz sicher! Ich glaube Du solltest noch einwenig an Deiner Menschenkenntniss feilen, Herr Psychotherapeut!« Hanna lachte still in sich hinein und schüttelte den Kopf.

Elias kam wenige Minuten später zurück und wedelte mit einer Ansichtskarte in der Hand:

»Spätestens, wenn meine Mutter das Bild auf der Karte sieht, weiß sie, dass sie von uns ist!« Auf der Karte war ein Raketenstart der NASA zu sehen. Hanna bestätigte Elias sofort: »Ja, dann weiß sie zumindest, dass die Karte für sie ist!«

Felix schaute die Beiden fragend an: »Habe ich etwas verpasst oder bin ich wirklich so blöd. Warum genau, sollte sie daran erkennen, dass die Karte für sie ist?.« Wie aus einem Mund sagten Hanna und Elias gleichzeitig: »Weil sie aus Houston Texas ist!« Felix schüttelte den Kopf und ging Richtung Bar: »O.k. ich bin anscheinend wirklich grenzdebil. Ich brauche jetzt was Starkes und rede erst wieder mit Euch, wenn Dimitri da ist, den verstehe ich wenigstens!«

Hanna schrieb die Karte und überlegte welche Adresse sie angeben soll. Elias merkte das und begann etwas auf einem Zettel zu kritzeln, als er fertig war gab er ihn Hanna: »Schreib das!«

Ycarg CHAB
Dackendorferstraße 3-14/8/2
007747 Jena

»Und was bedeutet das?« fragte Hanna.
Elias antwortete: »Kombiniere die Buchstaben CHAB mit der Hausnummer: C3,H14,A8,B2 das sind

die Abkürzungen für einige Substanzen im Labor, Grace wird merken, dass es die Mischung ist, an der wir gemeinsam gearbeitet haben, Du hast sie heute getestet. Eine Komponente ist anders, sie wird erkennen, dass die Mixture nun perfekt ist. Die Adresse ist von der Pharmazeutischen Uni Jena, dort hatte sie ein Auslandsemester, während ihrer Studienzeit!«

»Wow Elias, das ist genial, ich hoffe es klappt! Felix komm wieder her zu uns und höre auf zu schmollen, jeder hat andere Stärken. Wir lieben Dich auch oder gerade, weil Du nicht alles weißt oder glaubst zu wissen, aber auch dazu stehst! Das wäre ja frustrierend, wenn man nichts mehr dazulernen kann, weil man allwissend ist!«

»Klar, Ihr seht ja sooo frustriert aus!« bemerkte Felix zynisch, setzte sich aber trotzdem wieder zu den Beiden, allerdings mit einem großen Glas Wodka in der Hand.

»Ich hole mir auch noch einen Drink, aber danach gehe ich schlafen es ist schon nach eins, wir müssen um 7 fit sein!« sagte Hanna, als sie zur Bar ging.

»Nimm mir auch einen mit!« bat Elias.

»Was willst Du denn, das Gleiche wie Felix und ich?« fragte Hanna.

»Ja, aber in einem kleineren Glas!« scherzte Elias.

»Darf ich Dich etwas fragen Elias?« wollte Hanna wissen.

»Ja, natürlich!« entgegnete er.

»Was hat Dich wirklich veranlasst zurück zu kommen, heute Abend?«

»Hm, ich habe mich ziemlich über Dich geärgert, aber als ich mich umgezogen habe, dachte ich, Du bist nicht mit allem im Recht, aber es hat ja wirklich keinen Sinn, sich sein ganzes Leben lang zu verstecken, da hätte ich gleich im Institut bleiben können und was habe ich denn schon zu verlieren, es kann nur besser werden!« beantwortete er bereitwillig Hannas Frage und sie nickte.

»Na, dann hoffen wir mal, dass alles besser wird! Hanna ich habe auch eine Frage. Warum willst Du wirklich, dass Dimitri und Grace, Juri hören können?« fragte Felix.

Hanna empfand diese Frage unangenehm und dachte nach, wie sie das am Besten formulieren könnte ohne zu Lügen. Sie seufzte:

»Es ist schön und besonders Juri als Einzige hören zu können, aber es ist auch mühsam und nicht wirklich effektiv. Es ist einfach wichtig, dass mehrere Menschen dieses Privileg haben und gleichzeitig diese Bürde tragen. Wenn ich ihn auf Dauer nur für mich beanspruche, schränke ich seine, ohnehin schon stark begrenzte Freiheit noch mehr ein. Er wäre dann wie mein Hamster in einem Käfig, das kann ich nicht verantworten!«

»Das klingt ein bisschen zu selbstlos, was hast Du davon?« fragte Felix herausfordernd.

»Das kann ich Dir sagen, ich habe dadurch auch mehr Freiheit, glaube mir es ist echt anstrengend, die einzige Ansprechperson für jemanden zu sein, die immer bereit sein muss ihre Gedanken zu teilen. Es ist mir egal, ob jemand meine Gedanken liest oder nicht, aber ich möchte erstens mich nicht für jeden Gedanken rechtfertigen müssen und zweitens auch mal sagen können 'jetzt nicht', ohne das Gefühl zu haben, ihn im Stich zu lassen. Und wenn Du es noch genauer wissen willst, Juri will mit Grace sprechen, weil er sie mag und sie faszinierend findet!« entgegnete Hanna genervt und Elias schaute Felix böse an.

»Es tut mir leid war wahrscheinlich etwas indiskret die Frage!« entschuldigte sich Felix.

»Hör, auf Dich ständig zu entschuldigen, das hast Du nicht notwendig und überhaupt hör' auf damit, jeden gefallen zu wollen, Du bist einfach zu lieb! Wer bist DU, was willst DU, sag es einfach, wir sind doch alle Freunde, da darf jeder wütend, traurig oder was auch immer sein, niemand sollte sich ständig zurückhalten müssen oder sich verstecken, oder?« Hanna war leicht angetrunken, war wohl, doch ein wenig zuviel Wodka im Glas.

»Und was willst Du jetzt von mir hören!« entgegnete Felix aufgebracht und ebenfalls etwas beschwipst.

»Siehst Du jetzt bist Du sauer, das ist echt. Und ich werde mich nicht entschuldigen, denn ich habe das so gemeint, wie ich es gesagt habe. Ich will, dass Du aufhörst immer nur lieb zu sein, sondern sagst was Du denkst und was Du willst!« lallte Hanna leicht.

»Du willst wissen, was ich will? Eine ehrliche oder dieser Situ.. äh Situaaation angebrachte Antwort?« fragte Felix leicht zornig und fühlte sich in die Enge getrieben. »Ich, ich ....ähm...Erstens, will ich, dass Du aufhörst auf alles eine Antwort zu kennen und so eine Klugscheißerin zu sein, aber damit kann ich ja ganz gut leben. Ähm.. Du willst wissen, was ich wirklich will? Ich ...äh... ich will ...ähm.... ICH will DICH, so jetzt weißt Du es, zufrieden Madam?« platzte es aus ihn heraus. Hanna blieb die Luft weg und für einen Moment hätte man eine Stecknadel fallen hören können.

»Also gut meine Lieben, ich glaube ich verabschiede

mich für heute, wir sehen uns um sieben, viel äh Spaß noch!« sagte Elias schnell und verschwand in sein Zimmer, dieses Gespräch war zwar einerseits amüsant, auf Grund der Alkoholeinwirkung, andererseits doch auch ein wenig unangenehm für ihn.

»O.k.?« Hanna riss sich zusammen und versuchte klar und deutlich zu sprechen, »Danke, für Deine Offenheit, ich glaube, wir sollten jetzt auch zu Bett gehen, es ist wirklich schon spät!« dann stand sie auf und wankte zur Tür.

»Hanna warte, es tut mir lei..., nein es tut mir nicht leid, ich mag Dich wirklich und das mit der Klugscheißerin, war nicht ganz so ernst gemeint!« versuchte Felix die Situation zu entschärfen.

»Felix, es ist in Ordnung, ich habe es provoziert und es tut mir nicht leid, ich weiß jetzt, wie es Dir geht, aber ich muss es erst einmal verarbeiten!« entgegnete Hanna.

»Wenn Du erst darüber nachdenken musst, ob Du mich eventuell auch magst, ist es wohl besser Du vergisst, was ich gesagt habe und schiebst es dem Alkohol zu!« klang Felix enttäuscht.

»Bitte Felix das überfordert mich im Moment, lass mir einfach Zeit, ich habe Dich gern das ist keine Frage, aber ich muss mir erst über meine Gefühle klar werden und auch, wenn Du Dich jetzt zurückgestoßen fühlst, ich liebe Juri, aber ob ich nur ihn liebe, weiß ich nicht! - Komm jetzt mit hinunter, morgen wird ein harter Tag!« sagte Hanna und schlang ihren Arm freundschaftlich um Felix Schulter.
Beide torkelten leicht die Stiegen hinunter und fielen ohne sich auszuziehen ins Bett und schliefen.
Am Morgen wachte Hanna mit leichten Kopfschmer-

zen auf, schaute verschlafen auf die Uhr und erschrak. Ihr Blutdruck schoss innerhalb kürzester Zeit von ganz Unten bis ganz Oben. Sie rüttelte Felix, der vollbekleidet sogar mit Schuhen neben ihr schnarchte, brutal wach: »Felix, wach auf es ist 10 Minuten vor sieben, komm bitte, steh auf!« Felix murmelte total verschlafen: »Was ist? Ich will noch schlafen.«

»Es ist kurz vor sieben!« drängte Hanna lautstark, als sie im Bad verschwand. Auch sie hatte immer noch ihr Mariekostüm an, nur die Perrücke lag irgendwo zerzaust im Bett. Ihr Gesicht war völlig vom Make-up verschmiert, sie sah wirklich schrecklich aus. Mit kalten Wasser wusch sie ihr Gesicht halbwegs sauber und putzte ihre Zähne, dann kämmte sie sich ihre Haare nach hinten und band sie zu einem Zopf, für eine Dusche war keine Zeit. Als sie ins Zimmer zurück kam, saß Felix auf der Bettkante, seine Arme auf seine Knie gestützt und sein Gesicht in seinen Händen vergraben.

»Gott, was haben wir gestern getrunken?« fragte er in den Raum.

»Auf jeden Fall zu viel, komm in die Gänge, wir müssen rauf!« sagte Hanna während sie frische Wäsche aus ihrer Reisetasche nahm: »Ich zieh mich schnell um, dann kannst Du ins Bad!« sagte sie hektisch. Als sie wenige Minuten später aus dem Bad kam, sagte Felix: »Bitte, geh schon mal rauf ich komme in 15 Minuten nach, ich brauche eine Dusche!«

»Ist o.k. ich schau, ob jemand eine Kopfwehtablette für uns hat!« meinte sie noch, als sie aus dem Zimmer ging.

Als Hanna in den Besprechungsraum kam, warteten Dimitri und Elias schon auf sie. Beide grinsten:

»Guten Morgen!« sagte Elias schadenfroh. Und Dimitri meinte: »Du hast auch schon ausgesehen besser! Gute Rat von Dimi, immer viel Wasser trinken zu Wodka!« dann lachte er.

Hanna flehte nur: »Bitte Kaffee und eine Kopfwehtablette!« Dimitri schüttelte den Kopf und reichte ihr eine rot-orange Flüssigkeit in einem 0,5-Liter Glas und befahl: »Trink das!« Hanna schaute misstrauisch: »Was ist das?«

»Bloody Mary mit geheime Zutat von Dimi, wirst sehen - wirkt Wunder!«

Hanna machte einen kleinen Schluck und jammerte: »Iiih, biiitte Kaffee?!«

»Trink alles, flott, dann in Stunde Kaffee!« befahl Dimitri.

Hanna versuchte sich zu sammeln, inzwischen war es schon halb acht.

»Gut, ich trink das jetzt, dann gehe ich mich Duschen und zu Yvonne, dass sie mir hilft einen Pornostar aus mir zu machen!« bei dem Wort Pornostar lief ihr ein Schauer über den Rücken und sie schüttelte sich kurz. »Ist bei Euch alles klar?«

Dimitri antwortete: »Jawohl, Frau Boss, ich habe genommen schon Zaubermittel, um zu sprechen mit Juri, aber noch nichts passiert!«

»Das kann ein paar Tage dauern! Vielleicht sogar Wochen!« erklärte Hanna.

»Ach Schade, ich nicht gerne warte lange!« sagte Dimitri enttäuscht.

Hanna dachte: »Juri bist Du da?«

»Ja, ich bin da!« klang Juris Stimme unterkühlt.

»Gibt es was Neues im Institut?«

»Nein es läuft alles nach Plan!«

»Auch wenn Du sauer auf mich bist, bitte informiere mich so oft wie möglich, was vorgeht!«

»Klar, mache ich Hanna, es tut mir wirklich leid, dass wir momentan einwenig auseinandertrifften..«

»Kein Problem Juri, vielleicht ist es notwendig. Wir haben eine Ansichtskarte für Grace geschrieben, ist sicherer, als die Speicherkarte!«-
Hanna klärte Juri kurz gedanklich auf und las für ihn die Karte.

»Du schreibst, sie soll das Kraviplex nehmen?«

»Ich bin ja kein Unmensch und Dimitri nimmt es auch seit gestern, ich glaube mit ihm wirst Du bald sprechen können, immerhin ist er Dein leiblicher Bruder! Sprich Dimi einfach öfter an, er kann es kaum erwarten Deine Stimme zu hören.«

»Hanna, danke Du bist die Beste und das meine ich auch so!«

»Nicht zuviel Lob, sonst werde ich noch rot, wir sind alle zusammen ein spitzen Team!«
Dimitri fragte Elias: »Du weißt wie aussieht Li? Kannst Du machen Steckbrief für Janosch?«

»Ja, mache ich. Li hat ein paar Ticks, an denen man ihn gut erkennt: Er hasst Spiegel, trägt immer Lederhandschuhe und ist total paranoid, weshalb er sich nie mehr als drei Meter von seinen Bodyguards wegbewegt, ich werde Janosch noch sagen, wie er aussieht, o.k.?« meinte Elias.

»Ja, mach das nach Frühstück!« erwiderte Dimi.

»Guten Morgen, alle zusammen!« rief Felix, dem es nach der Dusche sichtlich besser zu gehen schien. Dimitri sah ihn strafend an und drückte ihm sein Geheimrezept in die Hand: »Ich dachte, ihr arbeitet in Nacht, nicht trinkt leer fast ganze Flasche Wodka!«

Felix zuckte nur mit den Schultern und trank das Gesöff in einem Zug fast gänzlich aus.

Hanna war gerade mal bei der Hälfte ihres Glases, als sie meinte: »Ich trink das nicht mehr aus, ich gehe jetzt duschen und dann zu Yvonne in 40 Minuten bin ich wieder da, ich werde mich beeilen!« dann sprang sie auf und lief die Treppen hinunter.

Hanna brauchte nicht einmal 10 Minuten zum duschen. Es war kurz vor 8, als sie an Yvonnes Tür klopfte. »Komm rein!« rief Yvonne, »ich habe schon alles vorbereitet!« Während Hanna sich bis auf die Unterhose auszog fragte Yvonne:

»Welche Körbchengröße willst Du D oder E!«

»Keine Ahnung, was meinst Du?« Yvonne musterte Hanna: »Hm, ich würde sagen, wir nehmen einen 70 E, da habe ich auch die entsprechenden Brustattrappen!« erklärte die junge Frau.

»Meinst Du nicht das 70 ein wenig eng ist?« befürchtete Hanna.

»Kann schon sein, aber wer geil sein will muss leiden!« lachte Yvonne.

»Na gut, wenn Du meinst, ich vertraue Dir 'pimp my boobs'!«

Nachdem sie ihre falschen Brüste umgeschnallt hatte, zog sie ein neckisches Schulmädchen-Outfit über. Yvonne holte ihre Freundin Jenny zur Hilfe. Die Beiden schminkten Hanna und klebten falsche Fingernägel auf und das alles in Rekordzeit, man merkte, dass die Beiden Erfahrung darin hatten. Währenddessen unterhielten sie sich über Männer.

»Hanna, ich habe da eine Frage, ist Felix eigentlich Single oder läuft da was zwischen Euch?« fragte Yvonne ungeniert. Hanna erschrak: »Ähm, ja ich weiß nicht, ich glaube er ist Single und nein es läuft nichts zwischen uns, ähm ich bin verheiratet!« Yvonne bohrte weiter: »Ich weiß, doch das ist ein Grund, aber kein Hinderniss. Ich meine der Typ sieht doch echt gut aus und hast Du nicht gemerkt, wie er Dich ansieht?«

»Nein, wie denn? Egal wir sind nur gute Freunde!« antwortete Hanna verunsichert.

»Du ich sage Dir der Mann fährt voll auf Dich ab, den hat es total erwischt und ich weiß wovon ich spreche!«

»Das spielt keine Rolle, denn wie gesagt ich bin verheiratet. Sind wir bald fertig ich muss, dann los!«

»Ein wenig dauert es noch, ach ich wäre so gerne dabei, ich liebe Rollenspiele!« sagte Jenny und Yvonne bemerkte zynisch: »Wenn Du Rollenspiele hassen würdest, wärst Du falsch in dieser Branche!« Hanna dachte nur: ›Oh mein Gott, was sind das für Gespräche!‹ und verkniff sich jeden Kommentar.

»Fertig!« schrie Jenny, nachdem Yvonne die blonde Perrücke mit geflochtenen Zöpfen auf Hannas Kopf befestigte. »Du Hanna ich habe, da noch einen Tipp, wenn Du auf Nummer sicher gehen willst, dass Dich niemand erkennt, kaue auffällig Kaugummi, das passt in Deine Rolle und Dein Gesicht entstellt sich automatisch einwenig, dann wirst Du sicher nicht erkannt!« Hanna betrachtete sich im Spiegel und hätte sich fast selbst nicht erkannt! »Wow, das habt ihr toll gemacht, ich sehe 20 Jahre jünger aus und danke für den Tipp mit dem Kaugummi!«

»Gern geschehen und bitte schicke uns Felix, damit wir einen Klasse Manager aus ihm machen können!« bat Yvonne.

Als Tiffany der Pornostar in den Besprechungsraum kam starrten Dimitri und Felix sie ungläubig an und sogar Elias brachte keinen Ton heraus.

»Na, Jungs wie gefall ich Euch!« fragte sie mit ihrer Marie-Piepsstimme.

»Ähm...was soll ich sagen, Du siehst geil aus!« stammelte Felix.

»Danke, Apropos geil, die Mädels warten auf, Dich!« informierte Hanna ihn. Felix ging mit hochroten Kopf aus dem Besprechungsraum.

»Du siehst aus echt toll, wenn Du Job wechseln willst, Du kannst fangen an, bei Dimi!« lachte er. Hanna grinste und schüttelte den Kopf, »ich bin gleich wieder da!« Sie ging auf den Gang hinaus, bis hinten zu dem Spiegel, dann sagte sie leise:

»Und Juri, wie gefall ich Dir!«

»*Ehrlich? Ohne diesen Schnick-Schnack und der Schminke gefällst Du mir besser, ich mag Dich, weil Du bist, was Du bist und nicht auf Grund Deines Outfits. Aber ich bin überzeugt, dass Dich Männer mit Körper unwiderstehlich finden!*«

»Danke, Du fehlst mir, aber es wird sicher besser irgendwann!«

»*Ganz sicher! Du fehlst mir auch und jetzt ab Du hast einen Job zu erledigen und ich muss Gehirne ausspionieren!*«

Als Hanna zurück kam war es kurz vor neun und Dimitri hielt ihr ein Kuvert entgegen: »Für Chefin von Salon! Gibst Du gleich wenn Du kommst hin!«

»Ja, mache ich!« versprach sie und steckte das Kuvert und die Ansichtskarte in ihre lederne Umhängetasche, passend zum Schulmädchenstyle, dann kamen noch Taschentücher, ihr Notizbuch, Bürste etwas

Schminkzeug, ihre Zuckerldose und ein Kugelschreiber mit in die Tasche.

»Hat jemand von Euch einen Kaugummi?« fragte sie in die Runde.

»Warte ich schau mal nach!« antwortete Elias und verschwand in seiner Kammer.

Dimitri gab Hanna ein neues Wertkartentelefon und sagte: »Du erreichst mich auf Kurzwahl Numero uno! Wenn Notfall und Du nicht sprechen kannst, wähle und ich höre mit, was sprichst Du!«

»Ja, das mach ich aber es wird schon alles passen!« Elias kam zurück und gab Hanna einen einzigen Kaugummistreife im typischen Alupapier.

»Das ist der Letzte, den ich in meinem Seesack finden konnte! Ich weiß er sieht nicht so frisch aus, aber er müsste schon noch kaubar sein!«

»Danke, passt schon Elias!« bedankte sich Hanna. Es dauerte nicht lange und Felix kam sichtlich gestresst von den Mädchen retour!

»Wow, Du siehst cool aus! War es schlimm?« fragte Hanna grinsend.

»Geht schon, das ist vielleicht eine wilde Horde da unten, ich hatte zutun mich aus ihren Fängen zu befreien!« Dimitri und Hanna schmunzelten und Dimi meinte: »Oberlippenbart steht Dir wirklich gut und auch Fransen in Stirn ganz toll!« dann lachte er laut. Und Felix erwiderte leicht aufgebracht: »Hör auf mich auszulachen, sonst trau ich mich nicht auf die Straße!«

Elias sagte nur grinsend: »Du siehst aus wie ein in die Jahre gekommener Pornodarsteller aus den 80er Jahren!«

»Lass Dich nicht ärgern mit den schwarzen Leder-

jeans, dem mintfarbenen Seidenhemd und der Goldkette, irgendwie siehst Du heiß aus. Und dann erst das
graumelierte Haar, das macht Dich auch noch interessant!« scherzte Hanna.

Felix atmete tief durch: »Wenn Frauen aufgemotzt
werden, sagt jeder ,wow geil!', aber ich als schnittiger
Macho werde hier nur verarscht! Frechheit«, lachte
inzwischen auch er.

»Ich glaube wir sollten uns langsam auf den Weg
machen, es ist schon 10 vor 9, könnte ja sein, dass wir
im Stau stehen und ich will nicht zu spät kommen.
Sehen wir uns noch bevor Aktion Li beginnt?« fragte
Hanna und sah zu Dimitri.

»Ich hoffe doch, wenn nicht, gibt Telefon, unbedingt
wichtig ist Information!« antwortete er bestimmend!

»Natürlich ich halte Dich auf dem Laufenden und
Juri wird mich, informieren! Wo ist eigentlich Elias
hin? Egal grüß ihn, wir müssen jetzt los.«
Hanna und Felix trafen unten im Barbereich Karl, der
schon wartete und fragte: »Kann, es los gehen, der
Mercedes ist schon bereit und das Tor ist auch schon
offen!«
Die Drei gingen hinaus auf den Hinterhof, der Mercedes lief schon und Karl war sichtlich aufgeregt.

»Mach, Dir keine Sorgen Karl, Du musst nur Bodyguard und Chauffeur spielen, Du schaffst das, Du bist
ein guter Schauspieler, erinnere Dich an die Aktion
mit meinen Eltern!« versuchte Hanna ihn zu beruhigen.

»Wie Du meinst, lass uns einfach fahren!« Im Stadt-
zentrum durfte man bis 10 Uhr die Fußgängerzone be-
fahren, wegen der vielen Zulieferer und so fuhr Karl
die Beiden bis fast vor den Eingang des Beautysalons.

»Steigt aus, ich schaue, ob ich eine vernünftige Park-
möglichkeit finde! Dann komme ich nach! Wie lange
wird das denn dauern?« fragte Karl nervös.

»Ca. eine halbe Stunde schätzte ich!« antwortete
Felix, während ihm Hanna das Kuvert mit dem Geld
in die Hand drückte.

»Lass uns noch fünf Minuten warten, wir sind viel
zu früh! Karl atme tief durch und mach ein bisschen
Musik, damit wir uns ein wenig entspannen, mit unserer angespannten Energie fallen wir doch sofort auf,
wenn wir da rein gehen!« schlug Felix vor.
Hanna fragte grinsend: »Meinst Du wir strahlen zu
viel kriminelle Energie aus?«

»Ich glaube es ist alles noch im Rahmen des Ge-
setzes, also ich würde uns nicht unbedingt kriminell
bezeichen. Aber irgendwie fühlt es sich schon gut
an, mal einwenig aus der gesellschaftlichen Norm zu
fallen«, antwortete Felix grinsend.
Karl schaute zwar zweifelnd, aber drehte wortlos das
Radio auf.

»Jetzt ist es fünf nach neun, ich glaube wir können
dann!« meinte Felix.
«Ich brauch noch den Kaugummi!« sagte Hanna,
während sie in ihrer Tasche kramte. Dann steckte sie
den Kaugummi in ihren Mund und stieg aus. Karl
schob das Auto ein Stück vor und stellte es ab, dann
kritzelte er etwas auf einen Zettel und legte ihn auf
das Amaturenbrett.

14. Kapitel

«Action und los!»

Pünktlich um 9 Uhr 15 betraten Tiffany und Dieter den Salon. Tiffany zog sofort die Blicke aller Kundinnen auf sich und Dieter ging zum Empfangspult und sagte forsch mit tiefer Stimme zu der Dame, die dort stand: »Sind sie die Chefin? Wir haben einen Termin bei Ihr!«

»Äh ich weiß nicht ich ...äh...«, sofort stürmte eine äußerst gepflegte Dame mittleren Alters zum Pult und sagte: »Sonja, ist schon in Ordnung ich übernehme!« dabei schickte sie die Angestellte mit einem Handdeut weg.

«Ich bin die Besitzerin!« wendete sich die Frau Dieter zu. Er gab ihr so unauffällig wie möglich das Kuvert und sagte: »Passt schon!«

Zwischenzeitlich schaute Hanna sich im Salon um, konnte Grace aber nirgendwo sehen!

»Juri hörst Du mich!« dachte sie fragend, »wo ist sie?«

»*Reg' Dich nicht auf, aber sie ist auf der Toilette mit Elias!*«

»Was?«

»*Keine Sorge es ist alles in Ordnung, bei der Ablage rechts von Dir liegt die Zeitschrift und darunter ist die Haarspange versteckt!*«

Hanna setzte sich direkt auf den Stuhl, der eigentlich zuvor von der Professorin besetzt war. Sie nahm die

Zeitschrift samt Spange und legte sie in ihren Schoss. Hanna saß vielleicht eine Minute, als eine Angestellte zu ihr kam und freundlich sagte:

»Entschuldigung aber dieser Platz ist besetzt!« Tiffany sah die junge Frau herablassend an und rief in ihrer Piepsstimme: »Diiiieeeter, die Frau sagt ich muss da weg, ich will aber hiier bleiben!«

Dieter kam zu ihr und nahm die Angestellte zur Seite: »Entschuldigen Sie, aber Tiffany ist eine bekannte Künstlerin und ab und zu einwenig schwierig, kann sie nicht hier sitzen bleiben?«

»Es tut mir Leid, aber der Kaffee, der hier steht, gehört der Dame, die auf der Toilette ist und außerdem bekommt sie eine Pediküre und das ist ein Frisierstuhl!« klärte die Angestellte Dieter auf. Doch er wusste, dass er Zeit schinden und gleichzeitig ablenken musste, damit Hanna die Speicherkarte aus der Masche lösen konnte, also sagte er:

»Aber bitte, schöne Frau, es ist doch kaum ein Unterschied zwischen den Stühlen!«

Die Angestellte konterte: »Natürlich ist da ein Unterschied...«, als Tiffany sie unterbrach: »Lass gut sein Dieter ich muss sowieso Pipi!« dann sprang sie auf und stolperte auffällig, eklig kaugummi-kauend zur Toilette.

»Hier ist besetzt!« sagte Grace Überwacher streng und furchterregend. Doch Hanna ließ sich nicht einschüchtern und sah den Typen von unten mit ihrem Dackelblick flehend an: »Aber ich muss Pipi, da drinnen gibt es sicher mehr als ein Klo!«

Der Schrank schaute Tiffany genervt an, drehte seinen Kopf nach hinten zur Tür und rief: »Frau Professor, dauert es noch lange?« Aus der Toilette klang eine strenge Frauenstimme bis zu Hanna: »Solange es dauert, solange dauert es, mir ist übel, Walter!« dann hörte man ekelhafte Kotzgeräusche und die Spülung. Tiffany begann ihre Beine zu kreuzen und auf und ab zu wippen, dabei hüpfte ihre Körbchengröße E-Attrappe auf und ab, Hanna hatte schon Angst ihr BH könnte reissen: »Bitte ich muss aber jetzt!« Walter, sah in Hannas Ausschnitt atmete tief durch, drehte sich wieder ein wenig nach hinten und rief: »Da ist so ne Tusse, die muss!«

Grace antwortete aufgebracht: »Um Himmels Willen Walter, lass sie doch herein, bevor sie Deine Schuhe versaut!« Missmutig ging der ‚Bodyguard‘ zur Seite und lies Hanna vorbei.

Als Hanna auf die Toilette kam, stand Grace mit verweinten Augen vor ihr und hielt ihren Finger vor ihren Mund. Hanna legte schweigend die Ansichtskarte auf den Waschtisch und Grace nahm sie, las und lächelte, dann nickte sie und zeigte mit fragendem Gesichtsausdruck auf die Worte 'WilLi's Bonbon'. Hanna tat als stecke sie ihren Finger in den Mund machte Kotzgeräusche und als sie runterließ sagte sie leise: »Kraviplex.« Die Professorin nickte und hielt ihren Daumen hoch. Dann sagte sie laut: »Haben Sie vielleicht ein Bonbon gegen den komischen Geschmack in meinen Mund?« Hanna schaute erstaunt, nahm aus ihrer Keramikdose ein Zuckerl und sagte in Ihrer Piepsstimme:

»Hier bitte schön!«

»Oh danke, das ist ja eine hübsche Dose, ich hatte einmal einen Freund ‚Sukram‘, der liebte Geschäfte, die solche Dosen verkauften!«

Dann reichte sie Hanna die Ansichtskarte, nickte,

deutete an, Hanna solle noch warten und ging hinaus. Eine Minute später folgte Hanna ihr. Grace stand beim Pult und sagte: »Entschuldigen Sie mir ist heute nicht gut, ich möchte den Termin beenden, aber natürlich zahle ich trotzdem!« Hanna ging zu Grace Ablage nahm die Haarspange, ging zu ihr und sagte: »Die gehört Ihnen, glaube ich!« Die Professorin, steckte sich die Haarspange ins Haar, bedankte sich und verließ den Salon.

Tiffany setzte sich auf Grace Stuhl und sagte, wie ein trotziges, schadenfrohes Kind: »Jetzt darf ich hier sitzten, hehe!« Doch die Angestellte kam und meinte genervt, aber freundlich: »Nein Sie können trotzdem nicht hier sitzen, das ist kein passender Stuhl für Pediküre, ich kann sie hier nicht behandeln, nehmen sie die Zeitschrift und kommen sie doch mit, bitte!« Daraufhin schrie Tiffany ganz laut: »Diiiieter, die ist ja sooo gemein, ich mag nicht mehr!« dann sprang sie auf und lief zum Ausgang. Felix alias Dieter zuckte mit den Schultern und folgte ihr, auch Karl, der die ganze Zeit über, wie eine Säule neben dem Ausgang stand und alles beobachtet reihte sich hinter den Beiden ein und stapfte hinaus.

Wieder im Auto, sagte Hanna zu Karl, »Fahr bitte zum Graben, da gibt es eine Passage von einem Keramikgeschäft auf höhe der Pestsäule, halte bitte bei der Passage!« Felix sah, dass Hanna wütend war und fragte sie: »Was ist los?«

»Elias war auf der Toilette, bevor ich rein kam, ich stehe überhaupt nicht auf solche Alleingänge, es hätte alles schief gehen können! Kannst Du Dich, bei der Passage nach vor setzen ich würde gerne mit ihm sprechen und ich glaube nicht, dass er noch einmal im Kofferraum mitfahren will!« bat sie Felix. Kaum nachdem Karl anhielt und Felix auf der Beifahrerseite eingestiegen war, kam Elias aus der Passage, er wollte vorne einsteigen, doch dann sah er Felix und setzte sich neben Hanna nach hinten!

»Hallo Sukram, sagte Hanna zynisch zu ihm, eigentlich hätte ich mich blöd stellen und Dich zu Fuß die 5 Kilometer zurück laufen lassen sollen. Was wolltest Du dort?«

»Ich habe mir Sorgen gemacht und deshalb Dimitris Wanzenscan ausgeborgt und tatsächlich war ein Abhörgerät im linken Schuh meiner Mutter!« rechtfertigte sich Elias.

»Bitte, das nächste mal sag uns das, ich kann solche Überraschungen echt nicht ausstehen, wie bist du da überhaupt rein gekommen? Und wie bist Du in den Kofferraum gelangt?« fragte Hanna energisch.

»Der Kofferraum war nicht abgeschlossen und ins Klo kam ich, in dem ich, nachdem Walter die Toiletten gecheckt hatte, am Fenster gekratzt habe, meine Mutter hat, dann das Fenster geöffnet, ich gab ihr den Scan, sie fand die Wanze und dann haben wir kurz geredet, dazwischen ‚gekotzt‘ und immer wieder gespült. Ich konnte die Wanze ja nicht entfernen, also habe ich meiner Mutter gesagt, sie solle ja nicht mit Dir über die Liga oder Juri sprechen. Hanna es tut mir leid, ich musste sie sehen und mit ihr sprechen, sie ist immerhin meine Mutter. Ich habe sie zuletzt vor 3 Jahren gesehen, sie hat sich entschuldigt und geweint!«

»O.k., ich bin nicht mehr sauer, ich kann Dich ja verstehen, aber es hätte soviel schief gehen können, sie hätten Dich entdecken können, oder was hättest Du gemacht, wenn ich die Dose nicht selbst hier gekauft hätte, sondern sie ein Geschenk gewesen ist oder ich nicht geschnallt hätte das Sukram - Markus verkehrt gesprochen, bedeutet! Warte kurz Felix rufst Du bitte Dimi an und sagst ihm, dass alles gut gelaufen ist und ich die Speicherkarte habe! Wo waren wir Elias, ja egal, aber bitte mach das nicht mehr, wir sind ein Team Du kannst mit uns reden, Du bist nicht mehr ein Einzelkämpfer o.k.?« Elias nickte.

»Du Hanna!« sagte aufgeregt Felix, »Dimitri weiß das schon, er hat mit Juri gesprochen!« Hanna freute sich riesig: »Wow, das hat ja schnell gewirkt, ich find das toll und freue mich total, bin gespannt, was Dimitri sagt!«

»Hanna, Du bist eine tolle Schauspielerin und danke, dass Du Dimitri überredet hast Kraviplex zu nehmen!«

»Das war nicht ich Juri, das war Elias. Aber ich habe da schon eine Frage an Dich wo warst Du?«-

»Was meinst Du?«

»Wo warst Du als ich mit Grace gesprochen habe, Du hättest mir sagen können wo Elias ist!«

»Du hast es doch eh so auch herausgefunden! Ich war im Kopf von Walter, um Dich zu warnen, wäre er zu Euch rein gekommen! Was regst Du Dich auf ich kann ja auch nicht in allen Köpfen gleichzeitig sein!«

»Auf Walter hat Felix und Karl geachtet, aber egal, ist bei der Professorin alles o.k.?«

»Ja, Du hattest Recht, die Sicherheitsmaßnahmen wurden, wegen Li's Besuch verstärkt und sie haben Grace extrem gründlich durchsucht, als sie zurück kam. Die Idee mit der Ansichtskarte war viel besser, das Risiko mit einer Speicherkarte, wäre zu groß

gewesen! Dein Plan war erfolgreich und wurde gut ausgeführt!«

»Erstens war das nicht allein mein Plan und zweitens, hatten wir mehr Glück als Verstand es hätte so viel schief gehen können! Aber, dass Elias seine Mutter vorher auf Wanzen gecheckt hat, war gut! Aber Juri bitte gib wirklich gut acht, bei der Entführung von Li. Ich denke auf sein Gehirn wirst Du keinen Zugriff haben, aber es wäre gut Beck noch einmal zu überprüfen und auf Janosch zu achten, vielleicht telefoniert Li ja nochmal mit Beck, wenn er gelandet ist!«

»Ich werde mein Bestes geben, versprochen!«
Als die Vier ins Bordell zurück kamen, stürmte Dimitri aufgeregt auf Hanna zu, umarmte sie überschwänglich und seine Worte überschlugen sich fast vor Freude: »Meine liebe, liebe Hanna, ich äh ich bin so froh, wirklich ich bin so froh, ich kann sprechen mit meine Bruder, bin ich wirklich, wirklich glücklich. Danke Hanna, vielen, vielen Dank!« Hanna hatte Dimitri noch nie so glücklich gesehen.

»Ich freue mich auch, ich gönne es Euch Beiden, jetzt könnt Ihr Euch endlich richtig kennenlernen! Aber vorher müssen wir uns noch auf Li konzentrieren!« entgegnete sie ihm.

»Jawohl, Frau Boss! Das hat gut geklappt mit der Professorin, hast Du gut gemacht, soll ich bissi schimpfen mit Elias!« fragte er.

»Nein Dimi, ich habe das schon geklärt und im Endeffekt, bin ich froh, dass er sich Deinen Scan ausgeborgt hat, sonst wären wir aufgeflogen und nicht nur Grace sondern auch wir alle, wären in Gefahr gewesen!« erklärte Hanna erleichtert.

»Ja, wir sind gute Team und Elias ist tolle junge

Mann! In halbe Stunde Li landet auf Flughafen, Janosch hat Limo schon und holt ab gerade, eine Bodyguard für Li von Institut, zweite Bodyguard kommt mit Li. Alles läuft nach Plan! Und Limo ist manipuliert gut!« erzählte Dimitri.

»Hanna, ich habe die Gedanken von Beck gelesen er ist sauer, dass Du Dich nicht bei ihm gerührt hast und ist total nervös, weil Li kommt!«

»Ich hoffe es läuft alles, wie besprochen und ich muss mich nicht doch noch bei Beck melden!«

»Jetzt schau ich zu Janosch, aber ich werde Dich immer am Laufenden halten, wird schon schief gehen!«

»Das hoffe ich auch! Ich will unbedingt Dein Gehirn da raus holen, um jeden Preis!«

»So jetzt heißt es warten bis landet Chinese! Magst Du haben Kaffee, Hanna?« fragte Dimitri.

»Ja, gerne ich frage Felix und Elias, ob sie auch einen wollen! Treffen wir uns oben?!« erwiderte Hanna.

»Machen wir so, bis gleich!« nickte Dimi.

Felix war im Zimmer und zog sich um. Er wollte das grässliche Hemd, die viel zu enge Hose und den schrecklichen Oberlippenbart los werden und in etwas Bequemeres schlüpfen. Hanna informierte ihn nur kurz von der Kaffeepause im Besprechungsraum, zog sich flache Schuhe an und lief die Treppen hinauf. Am halben Weg kam ihr Elias entgegen: »Gut, dass ich Dich treffe ich wollte gerade zu Dir!« sagte er und sie antwortete: »Na, dann komm mit rauf, wir können ja reden, während wir auf Dimi und Felix warten!« Elias nahm sich ein Wasser aus dem Kühlschrank und fragte Hanna: »Bist Du noch böse auf mich?«

»Das war ich nie, ich habe mir nur Sorgen gemacht, aber es war gut die Sache mit dem Scan, noch besser wäre gewesen, Du hättest uns davor informiert, aber das ist Schnee von gestern!« beruhigte sie Elias.

»Kann ich die Speicherkarte von Grace haben, ich werde auch nichts ändern, aber ich würde gerne die Videobotschaft meines Vaters sehen!« bat Elias und auch er beherrschte den berühmt-berüchtigten Dackelblick perfekt, obwohl er wahrscheinlich viel zu stolz war, um ihn oft anzuwenden.

»Ich spiel sie Dir auf Deinen PC, aber bitte schau sie Dir gemeinsam mit Felix an, das ist eine Privatsache, die nur Euch Beiden etwas angeht. Die anderen Informationen prüfen wir alle gemeinsam, wenn die Aktion Li durch ist! O.k.?« erklärte Hanna dem jungen Mann.

»Natürlich, danke!« erwiderte er.

Es dauerte nicht lange bis das Vierergespann wieder vereint im Besprechungsraum saß.

»Fele schauen wir uns gemeinsam in meinem Zimmer die Videobotschaft unseres Vaters an oder braucht ihr uns hier?« fragte Elias.

»Von mir aus könnt ihr gehen, sollte sich etwas ergeben holen wir Euch, was meinst Du Dimi?« entgegnete Hanna. »Ja ja, alles ist gut!«

Felix und Elias verließen den Raum und Hanna und Dimitri saßen Beide bei einem großen Häferl Kaffee.

»Hast Du noch Schmerzen in Kopf oder hat Zaubertrank von Dimi geholfen?« fragte Dimitri lächelnd.

»Ehrlich, dieses Gesöff solltest Du Dir patentieren lassen, das hat prima geholfen!« schwärmte Hanna. Die Zwei waren so angespannt, dass sie immer wieder schweigend auf die Uhr schauten.

»*Kurze Info, Janosch sitzt im Auto und wartet, er ist dezent nervös, aber konzentriert. Der Bodyguard wartet in der Ankunftshalle und starrt ständig auf die*

Anzeige, speziell auf den Flug aus Toronto, der pünktlich um 11 Uhr 5 landen sollte. Soll ich Dimitri auch informieren oder machst Du das?«

»Danke nein, mach Du das, er ist so glücklich, wenn Du mit ihm redest!«

Hanna schaute zu Dimi und sah, wie er kurz erschrak und dann angestrengt lauschte. Sie musste lachen, weil sie sich erinnern konnte, wie es ihr anfänglich ging, als sich Juri immer wieder unangemeldet in ihren Kopf schummelte. Dimitri bewegte seine Lippen, doch Hanna konnte ihn nicht verstehen, erstens sprachen die Zwei anscheinend russisch mit einander und zweitens kamen nur ganz leise, einzelne Silben aus Dimitris Mund.

Zehn Minuten später hörte sie Juri sagen: *»Der Adler ist gelandet, sein Bodyguard holt das Gepäck und Li kauft offensichtlich eine Zeitung in einer Trafik sie haben noch keinen Kontakt aufgenommen zum Wiener Bodyguard, der etwas verwirrt erscheint, ich muss wieder hin!«*

Hanna war verunsichert, irgendetwas stimmte da nicht, dann fiel ihr ein, was Elias sagte, sie sprang auf und rannte in Elias Zimmer und bat sehr bestimmend ihn und Felix in den Besprechungsraum zu kommen. Die Zwei folgten Hannas Anweisung prompt und Hanna sah Elias an und sagte: »Irgend etwas stimmt nicht, hast Du nicht gesagt, dass sich Li nie weiter als drei Meter von seinen Bodyguard entfernt?«

»Ja der Typ ist ziemlich paranoid, warum fragst Du?« antwortete er.

»Weil Juri gerade erzählt hat, dass Li alleine in eine Trafik am Flughafen ging, während ein Bodyguard das Gepäck holt und der andere noch auf die Kontaktaufnahme wartet!«

»Das ist allerdings eigenartig, am Besten Du erzählst alles, was Juri sagt sofort, wir müssen das alles gut prüfen!« meinte Elias.

»Natürlich, sag ich sofort, wenn es Neuigkeiten gibt!« antwortete sie.

Hanna nippte an ihrem Kaffee, als sie Juri ganz aufgeregt hörte. Hanna reagierte sofort und sagte:

»Jungs, Juri ist wieder da er sagt: ›Leute Ihr müsst Eure Aktion abbrechen, der Typ ist nicht Li. Er kann kein Deutsch und als der Wiener Bodyguard Beck anrief sagte er ich zitiere: ›Hr. Dr. Beck, das ist nicht Li, der Mann im Auto sieht aus wie er, aber ich kenne Li und der Typ hier kann nicht einmal deutsch!‹ Beck hat Li angerufen und mit dem Echten gesprochen, Beck regte sich fürchterlich auf und wollte wissen warum Li nicht gekommen ist und wer diese billige Kopie von ihm ist. Li hat den Dr. dann aufgeklärt und gemeint, solange Beck nicht alles im Griff hätte und Hanna, er sagte 11B, nicht im Institut sei, würde er nicht kommen. Der Ersatzt ist nicht nur eine Kopie von ihm, sondern auch ein sehr talentierter Schüler, der in den nächsten zwei Tagen in Wien Hypnosen durchführen solle, um zu üben. Beck rastete aus und fragte, wie sich Li das vorstelle, der Typ kann kein Wort Deutsch. Ich erzähle Euch alles weitere später, blast am Besten die ganze Aktion ab, sonst fliegen wir auf und gefährden alle weiteren Aktionen und übrigens ich kann die Gedanken des Doubles lesen, aber leider nicht verstehen, da er chinesisch denkt‹ »Ich bin auch der Meinung von Juri wir müssen die Aktion stoppen, was meint Ihr?« fügte Hanna fragend hinzu.

»Ich stoppe Unfall auf Autobahnabfahrt sofort!« sagte Dimi, als er zum Telefon griff, um seine Männer zu informieren. Felix und Elias nickten nur einverstanden. Als Dimitri wieder auflegte fragte Hanna: »Und was ist mit Janosch?«

»Janosch bringt diese falsche Li zum Institut, auf normale Strecke, wenn er sieht das nicht Unfall auf Autobahnabfahrt, ist so besprochen mit mir!«
Hanna atmete tief durch und fluchte hörbar sauer:
»So eine verdammte Scheiße, was machen wir jetzt? Es ist zum Glück kein Schaden entstanden und die wissen nicht, was wir planen. Der echte Li ist nicht gekommen und sein Doppelgänger ist nicht so eine große Gefahr für uns, aber wie machen wir jetzt weiter?«
Felix meinte: »Erst sollten wir abwarten, was Juri uns noch zu sagen hat und dann planen wir neu!« Elias unterstützte Felix Meinung: »Das denke ich auch, wir sollten nicht überreagieren, solange wir nicht mehr Fakten haben!«

»Na, dann warten wir?« fragte Hanna und sah zu Dimi. »Ja, wir warten. Was haltest Du davon Dich legen ein bisschen hin und ich sprechen mit Juri und erzählen dann alles, Du siehst aus fertig!« antwortete er.

»Vielleicht hast Du Recht, ich bin wirklich müde und frustriert, heute werden wir sowieso nichts mehr tun können, außer reden. Ich könnte eine kleine Pause vertragen und ich glaube Ihr auch!« war Hanna mit Dimis Vorschlag einverstanden.

»Ich hole Euch alle, wenn gibt wichtiges Neues! O.k.?«
Alle nickten und Felix sah zu Elias, während er fragte: »Schauen, wir uns den Rest vom Video fertig

an?« Elias nickte und Beide gingen wieder ins andere Zimmer.

Hanna seufzte und sagte zu Dimitri: »Du holst mich, sobald sich etwas Wichtiges ergibt, versprochen?«

Dimitri zwinkerte Hanna zu: »Ehrenwort von Ehrenmann, gehst Du und mach weg große Titten, machen alle Männer nervös?« lachte er.

Hanna seufzte: »Echt jetzt?« dann schüttelte sie den Kopf und ging die Treppe hinunter.

Zwei Stunden später, riss ein Klopfen an der Tür Hanna aus dem Schlaf. Sie brauchte ein wenig um sich zu orientieren sagte aber noch im Bett liegend: »Ich komme gleich!«

Als sie die Tür öffnete, stand Yvonne vor ihr und bat Hanna hinauf zu gehen, Dimitri habe Neuigkeiten.

Hanna nickte nur: »Danke, ja, ich geh eh gleich!«

Total verschlafen stand sie vor dem Spiegel, rieb ihre Augen und dachte ohne Schminke und gerade aufgestanden, sehe ich wirklich beschissen aus. Sie wusch sich ihr Gesicht, kämmte ihr Haar und stapfte im Jogginganzug die Stiegen hinauf.

Felix sah sie und meinte: »Na Du siehst ja vielleicht ...ähm... zerstört aus!« Hanna antwortete mit leiser Stimme: »Kunststück, ich bin gerade mal fünf Minuten wach, was gibt es?«

»Nichts Gutes, es tut uns ja Leid, aber Dimi hat mit Juri geredet und der meinte, dass Beck von Li den Auftrag erhielt, dass der Doppelgänger meine Mutter zwei Tage lang immer wieder hypnotisieren solle, damit er Übung bekäme und weil sie die Einzige ist, die perfekt Englisch spricht, ist ja ihre Muttersprache, hat das nur mit ihr Sinn!« berichtete Elias besorgt.

»Was, nochmal, sie wollen Grace, die ganze Zeit

für Übungszwecke hypnotisieren, weil der Typ nicht deutsch kann?« fragte Hanna.

»Ja, so ist es, jetzt habe ich Angst, dass ihr irgend ein Mist eingeredet wird und sie sich nicht mehr an uns erinnern wird! Verstehst Du meine Sorge?« fragte Elias.

Hanna schüttelte den Kopf: »Ich verstehe sie nicht nur, ich teile sie mit Dir, sind sie schon dabei oder beginnen sie erst Morgen damit?«

»Juri, hat gesagt, dass der Typ unter Jetlag leidet und wahrscheinlich morgen fit genug sein wird, damit zu beginnen! Ja und noch etwas, Li kommt am Donnerstag nach Wien, aber nur, wenn Du bis dahin in der Liga bist, wenn nicht soll Beck, alles abblasen und Juris Gehirn entsorgen!« erzählte Felix weiter.

Hanna wurde blass und sagte empört: »das darf nicht passieren und was heißt keine ‚gute Nachricht‘, das sind katastrophale Nachrichten, wenn das passiert, war alles umsonst. Ich hasse diesen Li und wenn ich ihn irgendwann in die Finger bekomme, bring ich ihn eigenhändig um, das schwöre ich Euch!«

Dimitri schaute Hanna erstaunt an und sagte: »Hanna meine Liebe, Du bist nicht Typ für Mord, nicht schwöre so böse Sachen, das ist nicht gut, Du bist kluge, schöne Frau mit große Herz, Hass macht krank, hässlich und Probleme groß!« dann führte er seinen Mund an ihr Ohr und flüsterte: »Du hast starke Mann mit viel Macht, als Freund, ich mache Rache, ich schwöre Dir!« Hanna sah in seinen Augen, dass er es völlig ernst meinte, so hart, direkt und überzeugt hat sie Dimitri noch nie gesehen.

»Lasst mir 10 Minuten ich muss überlegen!« sagte sie stand auf und ging hinaus auf den Gang, sie ging auf und ab, so konnte sie besser nachdenken.

Ca. 15 Minuten später kam sie wieder in den Sitzungsraum und sagte: »Ich habe eine Idee, Beck bekommt mich, aber nicht so billig, wie er denkt, es muss ihm weh tun und uns noch Zeit verschaffen!« Alle schauten Hanna fragend an, sie setzte sich und sagte: »Hört zu, Yvonne hat mir doch einen Zettel von diesem Erwin gegeben mit Becks Telefonnummer, mein Plan sieht folgender Maßen aus!« Hanna öffnete eine Textdatei auf ihrem Laptop, der noch immer mit dem Beamer verbunden war. Nun konnten alle an der Leinwand lesen was sie schrieb:

Schritt 1: Dimitri ruft Beck an und sagt, dass er Hanna gegen 400.000,- Euro eintauschen würde.

Beck wird handeln wollen, Einigung bei 300.000,- Euro.

Schritt 2: Austausch Hanna gegen Geld

Schritt 3: Hanna kommt ins Institut.

Schritt 4: Kontaktaufnahme Hanna - Grace

Schritt 5: Einahme von Elias Mixture vor Hypnose

Schritt 6: Vortäuschen, dass Hanna und Grace hypnotisiert sind inkl. Weitergabe falscher Informationen an Li-Kopie!

Schritt 7: Dimitri, Felix und Elias durchforsten die Pläne und Informationen von Grace und verarbeiten weitere Infos von Hanna, über Juri, an Dimitri.

Schritt 8: Weitergabe über Juri von Infos zur Rettung von Juri, Grace und Hanna, an Hanna.

Schritt 9: Ausführung des Plans.

»Was haltet ihr davon?« fragte Hanna. Felix antwortete sofort und sauer: »ich finde diesen Plan schrecklich und ich kann Dir zu jeden einzelnen Schritt mindestens eine Möglichkeit aufzeigen, was schief gehen könnte!«

Hanna rechtfertigte ihren Plan: »Natürlich ist er noch nicht ganz ausgereift, aber das ist ja nur mal ein Planentwurf in groben Zügen! Aber vertraut mir doch ein wenig, ich mach das dann schon vor Ort, er wird funktionieren! Ich glaube fest daran, haben wir denn eine andere Chance? Und Ihr werdet damit beschäftigt sein die Befreiungsaktion zu planen!«

Hanna schrieb weiter:

Was brauchen wir:

Ausreichend Mixture und einen Plan sie ins Institut zu schmuggeln.

Kontakt zu Juri so oft das möglich ist, denn wenn Hanna die Mixture nimmt, kann sie Juri auch nicht hören.

Elias meinte als er diese Zeilen las: »Meine Mutter hat sicher schon die Mixture selbst erzeugt, wie ich sie kenne!« doch Hanna widersprach: »Das hoffe ich natürlich, aber ich muss trotzdem eine mitnehmen, sollte ich keinen Kontakt zu Deiner Mutter aufnehmen können! Sollte Grace wirklich hypnotisiert werden entführen wir sie, und ich bin überzeugt, dass sie sich dann, wenn wir ihr das Video noch einmal zeigen, wieder erinnern wird! Am Wichtigsten wird sein, dass sie es nicht schaffen mich zu hypnotisieren und dass ich so viele Informationen, wie irgend möglich an Euch weiter geben kann. Im äußersten Notfall holt Ihr uns einfach vor Donnerstag aus dem Institut raus, Hopp oder Drop. Ginge das Dimi?«

Dimitri seufzte und meinte dann: »wird schwer, sehr schwer, aber ich werde schaffen und mit Geld von Beck und Hanna - Dimitri Orlow schaffen alles!«

»Na bitte! Klingt doch schon besser oder?« meinte

Hanna optimistisch.

»Ich mache mir Sorgen um Dich Hanna! Und ich wünschte, wir wären vorige Woche einfach ins Waldviertel abgehauen. Scheiße, wirklich langsam fange ich auch an, diese Liga ernsthaft zu hassen. Dimitri versprich mir, dass es ihnen weh tun wird und zwar richtig«, bat Felix und schaute zu Dimitri.

»Ja, wird weh tun, richtig heftig, ich verspreche!« antwortete Dimi.

»*Hallo zusammen!*« hörte Hanna Juris Stimme.

»Was gibt es Juri, hast Du meinen Plan mit gelesen?«

»*Nein, aber Du wirst ihn mir sicher gleich erklären. Ich habe eine Nachricht von Grace, sie hat sofort erkannt, dass Li nicht Li ist und hat ihm Abführmittel in sein Getränk gegeben zum Empfang. Der Arme wird die halbe Nacht am Klo sitzen und morgen total fertig sein. Grace meinte auch, sie wird alles tun, um nichts zu vergessen und ist dabei Elias Mixture nachzubauen. Leider kann ich immer noch nicht mit ihr reden und Grace nimmt das Kraviplex nicht, damit gegebenen Falls die Mixture von Elias uneingeschränkt wirken kann. Aber sie hat Angst! Große Angst und sie fühlt sich allein!*«

Hanna erzählte Juri den Plan und der Truppe, was Juri gesagt hatte. Das Grace Angst hatte und sich alleine fühlte, hatte sie allerdings nicht erwähnt, um Elias nicht noch mehr zu beunruhigen.

»Ich habe eine Idee, wie Hanna mein Mittel ins Institut schmuggeln kann und zwar geben wir das Pulver in eine Brust Attrappe und ich hoffe Yvonne hat auch kleinere Brustprothesen, als die riesigen von heute Vormittag und BHs ohne Metallverschluss!«

»Das ist eine prima Idee Elias, das machen wir, kannst Du mit Yvonne reden bevor das Geschäft hier beginnt?« fragte Hanna. »Ist gut ich gehe gleich zu ihr, ich hoffe sie hat Zeit!« freute sich Elias über das Lob.

»Ich werde den Zettel von Erwin aus meinem Zimmer holen und bin gleich wieder da, dann kann Dimi telefonieren!« sagte Hanna während sie mit Elias aus dem Raum ging.

Am Weg nach unten sagte Hanna: »Mach Dir keine Sorgen Elias, wir sind ein super Team und wir werden auch Deine Mutter retten!«

»Weißt Du Hanna ich habe erst seit zwei Tagen eine richtige Mutter und ich will sie nicht schon wieder verlieren!« meinte Elias bedrückt. Hanna streichelte liebevoll Elias am Rücken und sagte: »Glaube mir ich kann das verstehen, ich habe meinen Mann verloren, plötzlich war er wieder da und egal, ob wir zusammen sein können oder nicht, ich will, dass er lebt und so gut es geht, trotz allem glücklich wird!«

15. Kapitel

»*Sympathiesanten*«

Als Hanna wieder zurück in das Besprechungszimmer kam, diskutierten Felix und Dimitri über das bevorstehende Telefonat mit Beck, Dimi meinte: »O.k. wenn ich nicht mehr wissen, was ich sagen soll, geben ich Beck 10 Minuten zum Nachdenken, ist das richtig so?«

»Ja, genau und wir überlegen in der Zeit, wie es weitergehen wird. Sollen wir aufschreiben, was Du sagen sollst?« fragte Felix.
Dimitri lachte: »Nein, ich habe Erfahrung für Verhandlung wegen Deals! Keine Sorge, ich kann gut mit Menschen ich bin Boss, immer!«

»Gut, bitte versuche zu erwähnen, so nebenbei, dass ich Englischdolmetscherin bin und bitte sorge dafür, dass die Übergabe Morgen um die Mittagszeit stattfindet. Am Vormittag wird der falsche Li noch so fertig sein, dass er die Professorin nicht hypnotisieren kann und ich will erst so spät, wie irgendwie möglich dort hin, aber natürlich nicht, wenn Grace dadurch in Gefahr gerät!« bat Hanna.

»Ich werde versuchen Becks Gedanken zu lesen und Dimi laufend informieren, ist das o.k.?«

»Ja, ich vertraue Dimitri, und Du wirst hoffentlich das Richtige tun, es geht immerhin primär um Dich und Deine Zukunft!« antwortete Hanna in ihrem Kopf.

»Dimi, Juri meldet sich gleich bei Dir, nicht erschrecken!« warnte sie Dimitri vor Juri.

»Gut, ich weiß jetzt Bescheid, Juri und ich werden machen gut, gib mir Nummer bitte!« forderte Dimi. Hanna gab ihm die Nummer und hörte zu was Dimitri mit Beck sprach.

Dimi tippte die Nummer in eines seiner Prepaid-Handys.

»Guten Tag, hier spricht Dimitri Orlow, Du wissen wer ich bin und was tue ich. Frau Worobjowa ist bei mir, ich möchte bringen Dir die Frau, aber es kostet 400.000,- €.«, dann sprach offensichtlich Beck und es dauerte bis Dimi antwortete.

»Ist nicht zuviel ich finde, Frau fühlt sicher bei Orlow und wenn Du Frau nicht wollen, Orlow ist sehr gute Beschützer!« wieder ließ Dimi Beck sprechen.

»Du hast Angst vor mir, oh keine Angst ist keine Falle, Orlow ist Geschäftsmann nicht Babysitter, wenn Du nicht willst ist o.k., ich kann lassen verschwinden Frau, Du niemals finden sie! Du hast Zeit 10 Minut, ruf an oder nicht, wie Du willst!« dann legte Dimitri einfach auf.

Hanna sah ihn erstaunt und fragend an.

»Juri sagt, Beck will Dich unbedingt, aber er vertraut mir nicht, er will Informationen, was soll ich sagen?« fragte Dimitri. Hanna überlegte kurz und dann erklärte sie: »sag ihm, dass ich traurig bin, weil ich Juri nicht mehr hören kann und wenn er nach Felix fragt sagst Du, dass Ferdinand mit ihm sprach und ihm einiges erzählte wie, dass Elias Felix Bruder ist und ich in Gefahr bin und dass Felix mich beschützen sollte, also hat er mich zu Dir gebracht, Du warst ein Freund von Rossmann. Ist das für Euch in Ordnung?« fragte

Hanna Elias und Felix. Beide nickten und zuckten gleichzeitig mit ihren Schultern.

»Beck soll wissen, dass Rossmann sich erinnern konnte, er soll Angst haben, um so mehr Angst er hat, um so eher wird er dem Deal zustimmen und je skrupelloser Dimi klingt, um so mehr wird er ihm vertrauen!« erklärte Hanna. Elias und Felix waren einverstanden. »Juri und ich denken auch so!« bestätigte Dimitri.

Es dauerte keine 10 Minuten bis Beck wieder anrief.

»Ja, hast Du entschieden?« fragte Dimi nachdem er ran ging.

»Du willst haben Informationen, gerne aber kostet, hm 50.000 mehr!« wieder hörte Dimi zu und antwortete dann.

»Vater von Felix war gute Freund, aber jetzt ist tot. Rossman hat Felix erzählt, dass Elias ist Bruder von ihm und Worobjowa Hilfe viel braucht, so hat Felix gebracht Frau zu mir, Frau immer weint, ist so kluge Frau ist Dolmetsch Englisch, aber ist so traurig, weil sie nicht mehr hört ihre Mann. Ich nicht brauchen kann in Bordell feige Lusche, wie Rossmann-Sohn und Frau, die immer weint. Aber, wenn Orlow nicht bekommt Geld ich bringe Beide anders weg, also Du wollen Frau oder nicht?« Dimitri wartete auf Becks Antwort und Felix sah ihn dabei böse an.

»Gute Entscheidung, morgen 16 Uhr! Du schicken Adresse per sms, und ich schwöre, wenn Du nicht zahlen, ich werde böse und Du nicht willst, dass Orlow ist böse!« dann legte er wieder auf.

Hanna fragte sofort: »16 Uhr? Ist das nicht einwenig spät?.«

»Nein Juri sagt, Beck war total begeistert, dass Du

bist Englisch Dolmetsch und wird warten mit Hypnose, wenn Du bist dort. Auch, weil Beck hofft Li-Kopie
ist wieder gesund bis Du bist dort! Ach ja er wird
zahlen 450.000,- Euro und er weiß nicht wofür, ich
werde Geld verwenden zum Machen kaputt Institut
in Wien und Name von Beck!« dabei lachte Dimi und
seine Augen glänzten.

»Muss ich wissen, was Du vor hast?« fragte Hanna.

»Oh, nein kleine Frau, Juri und ich haben gute Plan,
besser Du weißt nicht!«

»Und wir, wir dürfen auch nichts wissen?« fragte
Elias. »Euch ich erzähle, wenn Hanna ist in Institut,
ich brauche Eure Hilfe für Plan!« antwortete Dimi.

»Ach echt, Du willst die Hilfe einer feigen Lusche?«
fragte Felix provokant. Dimitri lächelte: »War doch
nur Lüge für Beck, ich liebe Dich Felix, Du bist gute
Freund!«

»Aber Du hältst mich für eine Lusche?« bohrte Felix
nach und Dimitri antwortete: »Vielleicht kleine bissi,
Du bist nicht große Lusche, aber Du nicht magst
Risiko, Du liebst Sicherheit, nicht böse sein, wirklich
Dimi mag Dich so wie ist, es ist gefährlich zu lieben Risiko, Felix macht leichter zu schützen ihn und
Hanna!«
Das war nicht die Antwort die Felix hören wollte, also
stand er auf und ging beleidigt aus dem Raum.
Dimi verstand nicht warum Felix so reagierte und
meinte: »Was ist los mit kleine Rossmann, ich habe
nur gesagt Wahrheit!« Elias lachte: »Kein Problem
der kriegt sich schon wieder ein!«

»Leute ich muss bitten Euch, dass Ihr macht sauber
diese Raum und verschwindet in Eure Zimmer, ich
habe wichtige Gespräche hier in ein und halbe Stunde,

um 9 Uhr und bitte Elias ich muss sprechen mit Dir, ich brauche Deine Hilfe!« bat Dimitri. »Gerne Dimi, gehen wir in Dein Geheimbüro?« fragte Elias, »Ja lass gehen uns!« antwortete Dimi. Dann verließen die Beiden den Raum.

Hanna räumte auf und wusch Geschirr ab, dann nahm sie ihren Laptop vom Beamer und ging hinunter in ihr Zimmer.

Felix lag mit überkreuzten Beinen im Bett und starte in den Spiegel an der Decke. Als Hanna ins Zimmer kam fragte er: »Findest Du auch, dass ich eine Lusche bin?« Hanna räumte ihren Laptop zur Seite, legte sich neben Felix ins Bett und lächelte: »Vielleicht ein bisschen von Berufswegen, Du musst den Menschen, die zu Dir kommen und sich bei Dir ausweinen und Deine Hilfe wollen, Sicherheit geben. Ich habe Dich beobachtet, wie Du heute Deine Rolle gespielt hast, das hast Du toll gemacht, die Menschen mögen Dich und vertrauen Dir, weil Du liebenswert bist und ver-trauenerweckend ...«, Hanna machte eine kurze Pause und sprach dann weiter: »Ich glaube Du spielst den ganzen Tag eine Rolle, darfst nie Du selbst sein und musst immer das der Situation Angepasste sagen und tun. Weißt Du nach all den Jahren als Psychotherapeut noch wer DU bist, oder bist Du in Deiner Rolle ge-fangen?« Felix überlegte ein Weilchen dann sagte er: »Ich glaube Du hast recht, ich bin nicht sehr mutig, bin eingebettet in meiner Rolle bestehend aus aner-lernten Phrasen und Handlungen. Ich habe gespielt mit Rätseln und Codes, ich hätte viel früher nach Wien kommen und richtige Fragen stellen sollen und handeln, aber ich war zu feige und zu bequem! Aber ich versuche mich zu ändern!«

»Du musst Dich nicht ändern, Du solltest nur auf
hören zu Spielen und wieder Du werden, tun was Du
für Dich, als richtig und wichtig empfindest und nicht,
dass was sich gehört und normal ist und in Lehrbü-
chern steht.«
Felix drehte sich zu Hanna, beugte sich über sie und
küsste sie zärtlich. Hanna wollte sich wehren, lies es
aber zu, weil sie ein warmes Gefühl in ihrer Magen-
gegend fühlte und ihr Herz heftig zu klopfen begann.
Im Gegenteil sie erwiderte seinen Kuss und fühlte
sich ihm so nah, wie lange niemanden mehr. Er schob
ihr T-Shirt hoch, öffnete ihren BH, doch Hanna stieß
ihn von ihr weg, stieg aus dem Bett und entledigte
sich ihrer Kleidung. Felix tat es ihr gleich.
Dann zog er sie wieder ins Bett und sie liebten sich,
erst zärtlich und sinnlich, nach und nach immer intensiver und heftiger, bis Beide atemlos neben einander
lagen und wortlos in den Spiegel an der Decke starten. Nach einiger Zeit ging Hanna unter die Dusche
und Felix folgte ihr. Sie liebten sich ein weiteres mal,
während das heiße Wasser über ihre erregten Körper
lief, bis sie müde aber glücklich von einander ablie-
ßen.
Später im Bett erinnerte sich Hanna: »Weißt Du noch,
hier im Zimmer sind Kameras montiert, irgendjemand
hat uns zugesehen und irgendwann wird Dimitri das
sehen und er wird mich hassen. Ich habe gerade seinen Bruder betrogen, ich hoffe er kann mich verstehen, wenn nicht sind wir am Arsch!«
Felix streichelte über ihre Wange und sagte: »Entschuldige, aber ich habe nicht nachgedacht, verzeihe
mir!«
  »Es gibt nichts zu verzeihen, ich biege das mit Juris

Hilfe wieder hin, vertraue mir! Und jetzt lass uns einwenig schlafen, ich stelle den Wecker auf 11 Uhr Nachts und schaue dann, ob wir das Zimmer wieder verlassen dürfen! Ach ja, das hab' ich Dir ja gar nicht erzählt, Dimi hat eine wichtige Besprechung oben und uns gebeten das Zimmer nicht zu verlassen! Es geht wohl, um die Befreiungsaktion, aber ich will jetzt eigentlich nicht wieder davon sprechen, sondern einfach nur bei Dir entspannen!« sagte Hanna und Felix fragte nicht nach, stattdessen nahm er sie in den Arm und Beide schliefen ineinander verschlungen ein.

Hanna hatte vergessen den Wecker zu stellen, um 1 Uhr 24 in der Früh schreckte sie aus dem Schlaf hoch, ihr Herz pochte und Schweißperlen standen auf ihrer Stirn.

»*Es ist alles gut Hanna, es war nur ein Traum Du bist in Sicherheit!*« hörte sie Juris Stimme.

»Juri? Juri es tut mir...«, Juri unterbrach sie.

»*Pscht, Hanna beruhige Dich, es ist in Ordnung. So wie Du willst, dass ich trotz alledem Glück empfinde, will ich, dass Du glücklich bist!*«

»Du weißt es? Ich wollte Dich nicht hintergehen oder betrügen!«

»*Natürlich weiß ich es, schon vergessen, ich kann Gedanken lesen und Träume sehen. Du hast mich nicht betrogen, ich bin tot!*«

»Nein, bist Du nicht und ich hab Dich lieb, aber wie soll ich es Dir erklären?«

»*Du musst mir nichts erklären, Du musst niemanden irgendetwas erklären, das Leben ist viel zu kurz für schlechtes Gewissen und unnötige Selbstvorwürfe. Ich habe übrigens Dimitri gebeten, das Video aus die-*

sem Zimmer von heute Nacht zu löschen ohne es sich anzusehen und er hat es kommentarlos vor meinen Augen gemacht!«

»Weiß er von mir und Felix?«

»Ja sicher, Dimitri ist nicht blöd, er dürfte sogar einwenig stolz auf Felix sein, dass er endlich Initiative zeigte und glaube mir, er mag Dich und ist alles andere, als ein Verfechter der Monogamie. Außerdem habe ich ihm schon vorher von meinen Gefühlen für Grace erzählt. Da hat er mir allerdings die Leviten gelesen, weil er gesehen hat, wie Du gelitten hast!«

»Juri es ist alles so kompliziert und irgendwie bin ich nach den letzten Tagen nicht mehr die Gleiche, die ich war, als wir zusammen glücklich waren!«

»Es geht mir nicht anders, als Dir und deshalb, lass uns das Beste geben, damit wir Beide wieder halbwegs normal weiterleben können!«

»Ja Juri, machen wir das. Sag wie war die Besprechung oben?«

»Ich will Dir nicht zuviel erzählen, aber sie war sehr vielversprechend. Raste Dich aus, damit Du morgen fit bist. Ich bin überzeugt, dass unser Plan funktionieren wird, es gibt einen sehr guten Plan B, Du wirst sehen, das klappt! Schlaf schön meine Butterblume, die sich zu einer stolzen Rose mit bösen Dornen entwickelt hat! Und ich kann Dich beruhigen, ich war nicht dabei, als Du und Felix, Du weißt schon was, getan habt!«

»Danke Juri, schlaf auch gut!«

Hanna war froh über dieses Gespräch, sie ging auf die Toilette und dann kuschelte sie sich wieder an Felix und schlief weiter.

»Hanna wach auf!« weckte sie um fünf Uhr in der

früh Juris Stimme.

»Was ist los, ist etwas passiert?« erschrak Hanna.

»Entschuldige, dass ich Dich geweckt habe, aber es ist wichtig! Erwin war im Bordell und hat mit Yvonne gesprochen, er war total aufgeregt und wollte unbedingt mit Dir sprechen. Er sagte zu Yvonne es ginge um Leben und Tod und wenn sie eine Freundin von Dir sei, soll sie Dir sagen, dass Du um 6 Uhr in den Backshop vis-à-vis kommen sollst und zwar allein, Dimitri darf nichts davon wissen. Natürlich erzählte sie Dimi davon und er hat mich dann in Erwins Kopf geschickt. Du musst Dich mit Erwin treffen, er wurde nicht von Beck geschickt, aber irgendwie geht es dabei auch um Eveline, mehr weiß ich nicht. Bitte rede mit ihm Du weißt, wie wichtig Informationen sind, Janosch wird unauffällig auf Dich aufpassen. Kannst Du das tun?«

»Klar, aber lass mich vorher noch wach werden, aber Backshop klingt gut, ich werde gleich ein Frühstück mitnehmen, ich habe seit der Pizza am Samstag, außer Knabberzeug aus der Bar oben, nichts mehr gegessen!«

»Hanna Du bist ein Wahnsinn, ich sage Dir es geht um ‚Leben und Tod‘ und Du denkst ans Essen!« lachte Juri.

Hanna murrte: »Aber wenn ich doch Hunger hab!«

»Wir hören uns dann um 6 im Backshop o.k.?«

»Ja ist gut!« dachte Hanna und kroch aus dem Bett, gähnte, streckte sich, dann ging sie auf die Toilette und machte sich frisch. Als sie wieder ins Zimmer zurück kam, lag Felix quer übers Bett und schnarchte ganz leise und regelmäßig, er sah so zufrieden aus! Hanna zog sich fertig an, dann schrieb sie kurz eine

Notiz und legte sie auf ihr Nachtkästchen, sie küsste Felix auf die Stirn und wollte sich gerade hinaus schleichen, als Felix verschlafen fragte: »Wo gehst Du hin?.« Hanna kehrte nochmal um, küsste ihn und versprach: »Schlaf weiter, ich bin bald wieder da, alles ist gut!« Felix murmelte nur: »O.k.!« drehte sich um und schlief wieder ein. Hanna musste lächeln, während sie das Zimmer verließ.

Unten im Barbereich sah sie Yvonne, die dem Barmann beim Aufräumen half.

»Kann, ich Euch helfen?« fragte sie. Als Yvonne sie sah, eilte sie zu ihr und sagte ganz aufgeregt:

»Weißt Du schon von Erwin?« »Ja, ich wurde schon informiert, meinst Du es ist eine Falle?« fragte Hanna. »Nein, das glaube ich nicht, der Mann war total fertig und flehte mich förmlich an und immer wieder sagte er es sei total wichtig, was er Dir sagen muss und ich solle ja nichts Dimi erzählen! Hast Du Angst alleine rüber zu gehen, soll ich mitkommen?.«

»Das ist lieb Yvonne, aber ich krieg das schon hin, aber glaubst Du könnt' ich vorher noch einen Kaffee bekommen, oder hat Roman die Kaffeemaschine schon geputzt?

« Yvonne rief zu Roman hinter die Bar: »Sag geht noch ein Kaffee?« der nickte und machte sich an die Arbeit. »Machst Du mir auch einen, bitte!« fügte Yvonne hinzu.

»Komm setzten wir uns kurz hin, hat Dir Elias die Brustprothese und den BH schon gegeben, wir haben da gestern noch ein eigenartiges Pulver hinein gefüllt?« fragte Yvonne neugierig.

»Nein, aber ist ja noch Zeit!« erwiderte Hanna.

»Sag, stimmt es, dass Du uns heute verlässt, Du

wirst mir fehlen, Du bringst Abwechslung und Schwung in die Bude, ich habe Dimitri noch nie so aktiv gesehen und gestern war er ja total gut aufgelegt, so kenne ich ihn nur, wenn er seine Tochter besuchen fährt.« Hanna wurde neugierig: »Wo ist seine Tochter?«

»Das weiß niemand hier, irgendwo am Land, er versteckt sie, um sie zu schützen. Das letzte Mal, als ich die Kleine sah, war sie vier Jahre, gleich nach der Beerdigung von Sylvana, hat Dimi sie weg gebracht.«, plauderte Yvonne.

»Was? Dimis Frau ist tot?« fragte Hanna erstaunt.

»Weißt Du das denn gar nicht, die wurde vor acht Jahren am helllichten Tag auf der Straße erstochen, Dimitri macht sich seither totale Vorwürfe, irgend ein Deal von ihm ging damals schief und sein Geschäftspartner rächte sich! Das ist eine traurige Geschichte, weshalb Dimi nie darüber spricht!« Hanna war entsetzt und murmelte nur: »Der Arme, das tut mir so leid, so etwas verdient niemand!« Dann schaute Hanna auf die Uhr: »Du ich muss jetzt los, sag Janosch er muss nicht unbedingt aufpassen, Erwin wird mir schon nichts tun in der Öffentlichkeit!«

»Nein nein, er hat seine Anweisungen, aber Du wirst ihn nicht sehen, er ist gut darin unerkannt zu bleiben!« widersprach Yvonne. Hanna nickte und verließ das Bordell, diesmal durch die Vordertür.
Erwin saß schon im Shop bei einem Espresso, er winkte Hanna zu sich, als er sie sah und begann sofort zu reden: »Hanna, bitte komm mit mir mit, ich kann Dich in Sicherheit bringen, Orlow hintergeht Dich, er hat Dich an Beck verraten und will Dich an ihn verkaufen, Du musst weg hier!«

»Warum sollte ich gerade Dir glauben?« fragte Hanna.

»Was ich Dir jetzt erzählen werde, kannst Du mir glauben oder auch nicht, aber es ist die Wahrheit. Es gibt da einen Dr. Li im Institut vom Beck, der hypnotisiert alle Leute, damit sie nach seiner Pfeife tanzen. Ich habe mich vor 21 Jahren nach der HTL, als Techniker im Institut beworben, damals hatte Beck es gerade erst übernommen und umgebaut. Seit damals wurde ich regelmäßig von Dr. Li manipuliert. Ich bin zuständig für die komplette Technik, aber nicht nur die Haustechnik, ich verwanze Leute und Wohnungen, installierte Abhörgeräte und Sender und ab und zu lassen sie mich Leute überwachen. Ich habe auch Evelines Wohnung verwanzt. Seit ca. einem Jahr funktioniert aber Li's Hypnose nicht mehr so gut bei mir, ich habe Alpträume und Erinnerungen, die ich mir Anfangs nicht erklären konnte. Dann habe ich begonnen nachzuforschen, habe meine eigenen Wanzen versteckt und was ich dabei erfahren habe ist der Horror pur! Ich weiß das klingt sehr unrealistisch, aber bitte glaube mir ich bin nicht irr, da bin ich mir inzwischen sicher! Die machen furchtbare Dinge im Institut, die sind vernetzt nach China, Amerika, Russland und weiß Gott wohin. Hanna, die sind gefährlich und zwar richtig.«

»Ich verstehe immer noch nicht, warum Du mir helfen willst?« unterbrach Hanna ihn.

»Weil ich da nicht mehr länger zusehen kann, die entführen Menschen, meist Obdachlose und illegale Ausländer, dann machen sie Experimente mit Ihnen, ganz grausame Dinge.«

»Was für Dinge, Erwin?« fragte Hanna neugierig.

»Ich kann Dir das nicht sagen, es sind ganz, ganz schlimme Sachen. Beck foltert die Menschen regelrecht, er hat Spaß daran, und wenn Li einmal im Monat nach Wien kommt, hypnotisiert er die Leute, lässt sie alles vergessen und pflanzt ihnen eine andere Realität ein.«

Hanna schüttelte ihren Kopf: »Und was passiert, dann mit den Menschen?« unterbrach Hanna Erwin ein weiteres Mal.

»Das ist unterschiedlich, manche lässt er für sich arbeiten, andere schickt er in ihre Heimat zurück. Einige bringen sich selbst im Institut um und viele verschwinden einfach für immer. Junge Mädchen, die illegal hier sind, verkauft er an reiche Geschäftsmänner, als Liebesskalvinnen. Ich kann nicht mehr für diese Leute arbeiten, und ich bin nicht allein einige meiner Kollegen, die seit zig Jahren für die Liga arbeiten, geht es genauso wie mir!«

»Warum geht ihr nicht zur Polizei?« entgegnete Hanna. Und Erwin sprach weiter: »Einige meiner Kollegen haben Angst im Gefängnis zu landen, doch die Meisten befürchten das nicht zu überleben. Beck und Li haben ihre Leute überall bis ganz nach oben, da sind namhafte Politiker, Richter und Geschäftsmänner dabei. Bitte Hanna ich will, dass Du flüchtest. Eveline mag Dich total gerne, das weiß ich und ich mag sie. Leider steht sie unter Li's Fuchtel, aber sollte sie irgendwann wieder normal werden, würde sie mir nie verzeihen, dass ich Dir nicht geholfen habe!«

Am Nebentisch saß ein verwahrloster Typ mit einem Bier in der Hand, Hanna viel auf, dass er gar nicht trank, dann bemerkte sie, dass es Janosch war, der auf sie aufpasste. Erwin meinte, er müsse mal auf die

Toilette und flehte Hanna, auf ihn zu warten und nicht zurück zu Orlow zu gehen.

Hanna konnte nicht fassen, was Erwin da erzählte.

»Juri, sag mir was soll ich tun?«

»Ich weiß es auch nicht, aber wir können Verbündete im Institut brauchen, am Besten wäre, er käme mit ins Bordell.«

»Kunststück, wie soll ich ihm das verklickern?«

»Ich rede mit Dimitri, der wird mich sicher gleich hassen, denn er schläft in seinem Chefsessel, aber es geht nicht anders, halte Erwin noch ein bisschen hin!«

»Ich bekomme bitte noch einen Espresso und eine Melange!« bestellte Hanna.

Als Erwin zurück kam brachte die Bedienung gerade die Tassen zum Tisch.

»Hanna, wir müssen weg hier, verstehst Du das denn nicht!« flehte er Hanna an.

»Doch Erwin, ich weiß, dass Du Recht hast und es stimmt ich brauche Deine Hilfe, aber es ist alles anders, als Du denkst. Bitte, komme mit zu Orlow, dann erklären wir Dir alles!« bat Hanna.

»Was, der weiß aber nicht, dass wir hier sind oder?« sagte Erwin empört.

»Doch, weiß er, aber ich vertraue Dir, bitte vertraue auch mir! Er wird Dir nichts tun, versprochen!« versuchte Hanna Erwin zu beruhigen, aber leider ohne Erfolg. Er war außer sich vor Wut: »Verdammt was habe ich mir dabei gedacht, ich Idiot will Dir helfen und Du Schlampe verrätst mich!« schrie er Hanna an. Janosch sprang von seinem Stuhl auf stellte sich schützend vor Hanna und fragte: »Was ist hier los, warum brüllen sie die Dame so an?«

Erwin schrie: »Das geht Dich einen Scheißdreck an, versoffener Trottel, setz Dich und lass mich in Ruhe oder soll ich Dir Deine Fresse polieren!« dabei baute er sich vor Janosch auf.

»Halt Ihr zwei, Erwin er gehört zu mir und keiner wird hier irgendjemanden die Fresse polieren, wir sind hier zum Reden, nicht um uns anzubrüllen und schon gar nicht um gewalttätig zu werden!«
In diesem Moment kam Dimitri höchst persönlich in die Backstube.

»Guten Morgen, die Herrschaften, ich glaube es genug ist!« er ging zu Erwin und drückte ihm eine Waffe in die Seite. Dabei flüsterte er Erwin ins Ohr: »Kaliber 9, tut weh, komm mit, sofort es wird Dir nichts passieren, Ehrenwort!« dann sagte er zu Hanna: »Mädchen wir gehen, zahle und gib gute Trinkgeld«, dabei zwinkerte er Hanna lächelnd zu.
Erwin wurde blass und still und verließ brav mit Dimi und Janosch das Geschäft. Die Verkäuferin schaute etwas erschrocken, doch Hanna tat als wäre nichts gewesen und sagte: »Ich möchte bitte noch, 3 Topfengolatschen, 3 Zimtschnecken, 5 Krapfen, 10 Kaisersemmeln, Butter, Marmelade und Honig zum Mitnehmen!« Die junge Frau hinter der Theke stammelte: »Ich habe Honig, Butter und Marmelade nur in kleinen verpackten Portionen für das Frühstück hier?« Hanna erwiderte,

»Dann packen sie mir bitte 6 Wiener Frühstück zum Mitnehmen ein, bitte mit Schinken und Käse!«
Während Hanna auf die Bestellung wartete kam Janosch zurück und sagte ganz freundlich: »Ich glaube, ich bin noch ein Bier schuldig!« Hanna sagte zur Verkäuferin lächelnd: »Das Bier von dem Herrn geht auf

mich.« Nachdem Hanna ihre Bestellung entgegengenommen hatte, zahlte sie alles, gab 15 Euro Trinkgeld und verabschiedete sich lächelnd. Die Verkäuferin nickte verstört und meinte: »Ähm Danke und einen ähm schönen Tag äh noch!«

Am Weg über die Straße fragte Hanna Janosch:

»Hast Du auch Hunger, frühstücke doch mit uns!« Janosch lachte und schüttelte nur seinen Kopf.

Als Hanna ins Bordell kam, erzählte ihr Yvonne, dass alle auch Erwin oben im Dachgeschoß seien und auf sie warteten.

Und wirklich alle saßen um den großen Tisch im Besprechungsraum. xq21Erwin war mit Handschellen an seinem Sessel fixiert und starrte Hanna böse an, als sie ins Zimmer kam.

Dimitri meinte: »Was nun?« und Hanna erwiderte: »Erzählt bitte Erwin alles, was wir wissen und weiht ihn in unseren Plan ein und Erwin bitte erzähle den Herren hier, was Du mir erzählt hast! Ich mache inzwischen Frühstück für alle!«

Als Felix, Elias und Dimitri mit ihren Ausführungen fertig waren, schaute Erwin fassungslos und meinte: »Wow, das ist ja der Wahnsinn, kann mir bitte jemand die Handschellen abnehmen, dann erzähle ich Euch, alles was ich weiß!« Dimitri löste die Handschellen und als er an Felix vorbei ging grinste er und sagte leise, aber gerade laut genug, dass Hanna es hören konnte: »Gut gemacht Junge, hast Du gezeigt endlich cojones, aber wenn du Hanna tust weh, trete ich Dir in Deine cojones mit meine eigene Fuße.« Felix sah Hanna erschrocken an und zuckte mit den Schultern. Hanna lächelte und zwinkerte ihm zu, um zu signalisieren, dass alles o.k. sei.

Erwin schilderte alles bis ins kleinste Detail, auch die Einzelheiten, die er Hanna nicht erzählen wollte. Als er fertig war starrten ihn alle total entsetzt an. Dimitri fand als erster seine Worte wieder:

»Wir müssen machen kaputt, diese Leute sind krank und .. egal. Erwin wenn wir lassen fliegen auf Liga in Wien, sagst Du gegen die aus bei Gericht?« Erwin zögerte, aber versprach dann: »Ja ich mache das, aber nur, wenn jemand versichert, dass Eveline und mir nichts passieren wird!«

Dimitri klopfte Erwin auf die Schulter und Erwin zuckte erschrocken zusammen, dann lachte Dimi und sagte: »Ganz ruhig, nicht haben Angst, ich werde beschützen Dich und Deine Mädchen, versprochen!« Dann sagte Felix: »Es wäre gut, wenn Sie uns eine Liste mit Namen und Funktion der Leute, die wie Sie denken, aufschreiben würden.« Erwin nickte und nahm den Stift und das Blatt Papier, welches Felix ihm zuschob. »Das ist eine gute Idee, schreiben sie auf der Rückseite bitte auch die Namen auf an die Beck Sklaven verkauft!« warf Elias ein.

»Da kenne ich aber nur ganz wenige, aber ich weiß, dass Beck alle Namen in einem schwarzen kleinen Adressbuch hat. Ich glaube dieses Buch trägt er immer bei sich«, erklärte Erwin. Als er fertig war sagte er: »Ich glaube ich sollte langsam gehen, sonst werden die misstrauisch, wenn ich mich so lange nicht sehen lasse!«

»Erwin, können Sie mir einen Gefallen tun und die Wanzen im Labor der Professorin außer Gefecht setzen?« bat Hanna.

»Es tut mir leid, dass würde auffallen, aber ich kann der Professorin einen Störsender geben, sodass immer, wenn ihr etwas wichtiges zu sagen habt, die Zuhörer nur ein Rauschen hören, wenn ihr per Knopfdruck den Sender aktiviert. Aber Vorsicht, es sind überall versteckte Kameras. Dann werden sie mich wahrscheinlich irgendwann schicken die Wanzen zu ersetzen, das fällt nicht auf, denn die Dinger sind ziemlich anfällig!« erklärte Erwin.

»Gut, so machen wir es. Noch etwas, erzähle niemanden von unserem Plan, wir wissen nicht wem wir trauen können und wem nicht. Ich werde versuchen Kontakt zu Dir aufzunehmen, wenn ich erstmal dort bin!« meinte Hanna. Doch Erwin schüttelte den Kopf: »Das wirst Du nicht schaffen, aber ich werde zu Dir kommen, so bald wie möglich, o.k.? Und ich werde dafür sorgen, dass Dir nichts passiert, so gut es mir gelingt!«

»Danke Erwin für Deine Hilfe, willst Du nicht noch mit uns frühstücken bevor Du uns verlässt?«

»Nein, das ist furchtbar nett, aber es ist schon halb 9, ich muss jetzt wirklich los! Und ich danke Euch für Eure Hilfe, bitte macht dem Leid, das dort passiert, ein Ende!« Dimitri, Elias und Felix nickten im Einklang.

Nachdem Erwin weg war fragte Hanna: »Wer will Kaffee und frische Semmeln?« Dimi antwortete:

»Du weißt doch, Dimitri ist immer hungrig!« den Anderen schien, nach Erwins Ausführungen, der Appetit vergangen zu sein.

Die Zeit verging wie im Flug, Dimitri holte seine Männer zur Besprechung, Elias zeigte Hanna die umfunktionierten Brutprothesen und Felix räumte Hannas Tasche aus, versteckte ihr Geld im Zimmer und ließ nur unauffälliges, wie Taschentücher, einige

Toilettenartikel, eine fast leere Geldbörse, ihren alten Ausweis und ein unbenutztes Wertkartenhandy darin. Als er wieder hinauf kam zog er Hanna auf den Gang, umarmte sie und sagte traurig: »Ich mache mir Sorgen, ich will Dich nicht dorthin gehen lassen, ich will Dich nicht verlieren!« Hanna legte ihre Hand auf Felix Wange und antwortete zärtlich: »Ich will Dich doch auch nicht verlieren, aber denke an die armen Menschen dort, wir müssen das tun, keine Sorge wir werden uns bald wiedersehen!« dann küsste sie ihn innig und ergänzte: »Das verspreche ich Dir!!«

Mit Dimis Leuten und Juri in ihrem oder Dimitris Kopf waren es 11 Seelen im Besprechungszimmer, als sie den Plan ein letztes Mal gemeinsam durch gingen. Dimitri beendete um 13 Uhr die Sitzung mit den Worten: »Hanna, wir wissen nicht, was Dich wird erwarten in Institut, Du musst improvisieren viel, aber wir werden kommen, wenn Notfall, ganz sicher und Juri wird auch passen auf, auf Dich und bei Dir sein! Um 15 Uhr 30 treffen wir uns in Hof zu Abfahrt, wir kennen Adresse und wir haben Plan. Ihr seid alle gute Leute und Dimitri vertrauen darauf, dass alles geht gut! Macht Pause jetzt und entspannt, ich muss noch arbeiten mit Elias und telefonieren mit einige Leute, also bis dann 15 Uhr 30.« Dann flüsterte er Hanna noch ins Ohr: »Dimi hat abgeschaltet Kamera in Deine Zimmer, hab noch Spaß mit Felix, ich glaube er hat lieb Dich von ganze Herzen, er ist gute Junge gib ihm Chance!« Hanna erwiderte: »Du hast recht Dimi, das ist er und die Chance hat er verdient und ich habe ihn auch sehr lieb!«

»Und wer hat lieb Dimi?« fragte er scherzend.

»Alle lieben Dimitri Orlow, alle, die ihn kennen und

zwar ihn und nicht seine Funktion!« antwortete Hanna. Dimitri nickte und zwinkerte wieder mit seinem linken Auge: »Natürlich Hanna!«

Felix wirkte sehr geknickt, als er mit Hanna ins Zimmer ging. Unten nahm sie ihn dann am Arm und zog ihn zu sich aufs Bett. Dann lächelte sie und flüsterte: »Ich habe eine kleine Überraschung für Dich!« Felix schaute sie fragend an. »Dimi hat die Kameras für unser Zimmer ausgeschaltet, wir könnten jetzt zwei Stunden unbeobachtet tun und lassen, was immer wir wollen, oder Du bläst zwei Stunden lang Trübsal, findest Du nicht wir sollten die Feste feiern wie sie fallen?«

Felix war es zu mühsam ein ungezwungenes Lächeln aufzusetzen, weshalb er sich über Hanna beugte und sie küsste. Natürlich blieb es nicht bei einem Kuss und so nutzten sie die Zeit bis zu Hannas Abschied, um sich erst zärtlich, innig und dann stürmisch zu lieben.

Es fiel ihnen schwer sich von einander zu trennen, doch es war Zeit zu gehen und Hanna bat Felix nicht mit zu kommen zur Übergabe, um es ihr nicht unnötig schwerer zu machen, als es ohnehin schon war. Sie verabschiedeten sich im Zimmer von einander, bevor sich Hanna auf den Weg machte.

16. Kapitel

In der Höhle des Löwen!

Im Hinterhof standen zwei Autos bereit, eines für Hanna, Janosch, Karl und Dimitri und eines für vier weitere Männer zum Schutz. Elias durfte auch nicht mit und wurde dazu bestimmt Felix ein wenig zu beruhigen und zu trösten, außerdem wollte Dimi ihn nicht unnötig in Gefahr bringen.

Sie fuhren um 15 Uhr 40 los und kurz vor ihrem Ziel, stülpte Dimi Hanna einen schwarzen Leinensack über den Kopf und fixierte ihre Hände am Rücken mit Handschellen.

Der Übergabeort war auf einem Feldweg am Rande des Wienerwaldes, wenige Minuten vom Institut entfernt.

Einige Meter nach der ersten Biegung auf dem Weg, parkte ein Lieferwagen und ein schwarzer BMW. Dimi und sein Gefolge blieben 20 Meter vor den anderen Wägen stehen. Dimitri, Janosch und alle, bis auf Karl, Hanna und den Fahrer des zweiten Wagens, stiegen aus. Dimitri und Janosch gingen auf den BMW zu und blieben auf halber Strecke stehen. Auch Beck stieg mit zwei Männern aus und ging auf Dimitri zu.

Hanna konnte weder sehen noch hören, was da geschah, aber Karl schilderte ihr was er sehen konnte. Beck hatte einen Aktenkoffer in der Hand und er und Dimitri kamen auf das Auto zu, in dem Hanna saß.

Sie legten den Koffer auf die Motorhaube und öffneten ihn. Janosch überflog die Scheine und nickte Dimitri zur Bestätigung der Geldsumme zu. Dann kam Dimi und zerrte Hanna aus dem Auto, er hielt sie im Genick fest und zog ihr den Sack vom Kopf. Hanna kannte ihre Rolle und spuckte Dimitri vor die Füße: »Du verdammtes Arschloch, ich habe Dir vertraut, wie konntest Du nur!« Dimitri drückte sie nach unten, bis sie vor Beck kniete, dann sagte er: »Hier hast Du Schlampe, Du kannst machen mit ihr was Du willst, ich froh bin los zu sein, dumme Fotze!«

»Na, na, wer wird denn gleich so ausfallend sein, helft der Dame hoch und bringt sie in den Van«, wies Beck seine Lakaien an. »Vielen Dank Herr Orlow, es war mir eine Freude mit Ihnen Geschäfte zu machen!«

»*Ist alles in Ordnung Hanna?*« fragte Juri.

»Aber ja, ich spiele eine Rolle und manchmal kann es schon sein, dass es einwenig weh tut, aber es muss ja echt wirken! Oder?«

»*Ich bin so stolz auf Dich Hanna und ich bin bei Dir und wenn Du Hilfe brauchst, schickt Dimi die Kavallerie.*«

»Danke, ich schaffe das schon, es ist wie gesagt ein Spiel und ich versuche trotz allem ein wenig Spaß zu haben.«

Dann schrie sie auf der Ladefläche des Liefervans sitzend: »Ihr Schweine lasst mich raus, das kann ja alles nicht wahr sein, Hilfe ich will raus hier!« aus der Fahrerkabine hörte sie nur einen Mann schimpfen: »Halte doch die Klappe, hier wird Dir niemand helfen!« Dann hörte sie, wie die Autos nach und nach los fuhren. Ca. 7 Minuten später stoppte der Lieferwagen kurz, bis er nach einigen Metern endgültig stehen blieb. Es war in etwa 16 Uhr 30, als man Hanna aus dem Auto zog, ihre Arme waren immer noch am Rücken gefesselt und sie hatte zu kämpfen, dass sie nicht nach vor fiel.

Es wurde langsam dunkel, die Sonne war schon am untergehen und die Beleuchtung des imposanten Anwesens, war schon eingeschaltet. Es war ein riesiges, altes fast schloßähnliches Gebäude, umringt von einer sehr gepflegten, mit vielen Laternen beleuchteten Parkanlage. Zwei Männer zerrten Hanna in die Eingangshalle. Dort nahmen sie ihr ihre Tasche ab, durchsuchten alles ganz genau, bis Beck kam und ihr die Handschellen abnahm mit dem Schlüssel, der sich in Hannas Tasche befand. Dann musste sie ihre Schuhe ausziehen und sie drängten Hanna durch den Ganzkörperscan. Nichts piepste, alles war in Ordnung. Beck brachte Hanna in sein Büro und die Männer drückten sie auf einen Stuhl. Beck baute sich vor ihr auf und einer seiner Mitarbeiter zog Hannas Kopf an den Haaren zurück, sodass sie zu Beck hoch sehen musste, dann sagte er ganz ruhig: »So habe ich mir das nicht vorgestellt, wissen sie Frau Worobjowa, ich wollte, dass Sie freiwillig zu mir kommen und ...!« seine Stimme wurde lauter und wütend, als er weiter sprach: »Und ich nicht eine Unsumme für Sie zahlen muss!« dabei schlug er sie ins Gesicht, doch Hanna zeigte keine Regung, sondern sah ihn nur verachtend an und sagte: »Wo ist Juri?«

»Was glauben Sie wo er ist?« dann schlug er ein weiteres Mal zu. Er rieb seine Hände drehte sich um und setzte sich hinter seinen Schreibtisch: »Bringt sie in ihr Zimmer und gebt ihr was anständiges zum Anziehen, in Straßenkleidung möchte ich sie nicht am

Tisch zum Abendessen sehen. Ist das klar?« Die Männer nickten, zogen Hanna vom Stuhl hoch und führten sie aus dem Büro.

»Hanna es tut mir leid, geht es Dir gut?« -

»Ja Juri ich bin hart im nehmen, in den letzten Wochen und Monaten, gab es Momente, die sehr viel schmerzhafter waren, als ein paar Ohrfeigen!«

»Ich würde am Liebsten sofort Dimi schicken!«

»Nein, tu das nicht, sag ihm auch nichts davon, wir sind hier, um den Menschen zu helfen, ich möchte nicht, dass auch nur eine Erniedrigung umsonst war oder ungesühnt bleibt, lass mich arbeiten, wir haben, doch noch Zeit!«

»Auf Deine Verantwortung, Du bist Frau Boss!« versuchte Juri zu scherzen.

»Eben, also höre auf Dir Sorgen zu machen, ich schreie, wenn es zuviel wird, versprochen!«
Hannas Zimmer war im 1. Obergeschoß, es war geräumig und hoch mit riesigen Fenstern, die leider verriegelt waren. Schwere dunkelbraune Vorhänge zierten den Raum, ein großer Schrank, ein kleiner Tisch, ein Stuhl und ein großes Bett, auf dem ein Kleid lag, alles bis auf das Kleid wirkte antik aber geschmackvoll. Eine Tür führte in ein Badezimmer, sogar mit Wanne. Am Waschtisch lagen unterschiedliche Toilettenartikel und sogar ein sündhaft teures Parfüm.
»Mach Dich sauber und hübsch und zieh das Kleid an, Schuhe bekommst Du später. Beck erwartet Dich um 19 Uhr im Speisesaal. Und damit Du es gleich weißt, wenn Du Faxen machst, wirst Du es bereuen. Beck duldet keinen Ungehorsam und er hat Mittel und Wege, Dir Dein Leben zur Hölle zu machen!« Die

Männer verließen das Zimmer und Hanna rief trotzig hinterher: »uuuuuuh jetzt habt Ihr es der kleinen, hilflosen Frau aber gezeigt, jetzt hat sie aber Angst! Ihr Vollpfosten!«

Hanna war genervt sie wollte nicht zu diesem Abendessen und auch nicht das winzige Stück Stoff anziehen, was die Männer für ein Kleid hielten. Was sie wollte, war mit Grace reden, sie wollte Juri sehen, wenn auch nur sein Gehirn, auch eine Hypnose von dem falschen Li wäre noch interessanter gewesen, als sich für diesen arroganten, perversen Beck zur Schau stellen zu müssen.

Hanna entschloss sich auf stur zu schalten und gar nichts zu tun, sondern abzuwarten, wie Beck reagieren würde.

Das war keine Gute Idee, denn kurz vor halb sieben kamen die beiden Männer wieder. »Warum bist Du noch nicht umgezogen?« fragten sie wütend. Hanna rebellierte: »Ihr könnt mich mal!« und zeigte den Beiden den Stinkefinger.

»Wie Du willst!« sagte der Eine und der Andere nahm sein Funkgerät und sagte: »Doktor, die Schlampe weigert sich!« Hanna konnte Becks Stimme laut und deutlich hören: »Dann zwingt sie dazu, wie Ihr das macht ist mir egal, aber lasst mir noch etwas über und schlagt ihr nicht zu fest auf den Kopf, den brauch ich noch, verstanden?« Hanna riss entsetzt ihre Augen auf und wich nach hinten in eine Ecke des Raumes. Die Beiden grinsten sich an und gingen langsam auf Hanna zu. Plötzlich ging die Tür auf und Erwin stand im Raum. »Sorry Jungs störe ich, ich muss die Kameras neu justieren, das Bild unten flimmert. Was macht ihr da?«

»Das Miststück gehorcht nicht, wir helfen einwenig nach, willst Du mitmachen!« antwortete Einer von den Zweien. Erwin lachte: »Nein danke, dafür habe ich keine Zeit und außerdem schlage und vergewaltige ich keine Frauen, glaube ich zumindest!« Dann wandte er sich Hanna zu: »Kleine Madam Du solltest tun, was von Dir verlangt wird, oder willst Du wirklich, dass es Dir die Zwei einmal so richtig besorgen, das sind harte Jungs, die stehen nicht auf Blümchensex!« dann ging er auf Hanna zu und zog hinter ihr ein Kabel aus der Wand, dabei flüsterte er in ihr Ohr: »Ich helfe Dir mit Beck, aber tu was die sagen!« Hanna schrie Erwin an: »Lass Deine dreckigen Finger von mir, ich zieh diesen Fetzen ja schon an!« dann drängte sie sich an Erwin vorbei nahm das Kleid und verschwand im Bad. Sie hörte nur einen der Männer fragen: »Eigentlich Schade, hätte sicher Spaß gemacht, sag vergewaltigen und schlagen wir Frauen?« und der andere antwortete: »Ich glaube nicht, aber wir sind gehorsam!«

Hanna schnaufte tief durch: »Shit, Juri wo bin ich da hinein geraten?«

»*Bitte, lass mich Dimi schicken oder mach was die wollen, wenn es irgendwie möglich ist, aber höre auf sie zu provozieren, die verstehen Null Spaß!*«

»Das weiß ich jetzt auch!«

Hanna schminkte sich mit dem vorhandenen Make-up ganz dezent, richtete ihr Haar, trug Parfüm auf und zog das ungeliebte Kleidchen an, zum Glück konnte man ihre Brustprothesen nicht sehen, aber es war so kurz, dass Teile ihrer Pobacken vorblitzten. Als sie aus dem Bad kam, war Erwin wieder weg und Becks Lakaien hielten ihr Halterlose Netzstrümpfe und

Highheels entgegen. Hanna wagte nicht zu widerspre-
chen und zog Beides schnell an.

Ihre Bewacher begutachteten Hanna und befanden ihr
Outfit dem Anlass angepasst.

»Juri, weißt Du was Beck vor hat? Und wie Erwin
mir helfen will?« -

»*Beck will eindeutig Dich und seine Gedanken, sind
nicht jugendfrei. Erwin hat mit dem Rothaarigen
gesprochen und wird Beck ablenken, wie kann ich
Dir nicht sagen. Manchmal wünschte ich, ich könnte
mehrere Gedanken gleichzeitig lesen!*«

»Das ist schon in Ordnung Juri, wir müssen nur bis
Donnerstag durchhalten, das schaffen wir irgendwie,
ich bin überzeugt!«

»*Hanna, Du bist so optimistisch, mir würde schon
bis Morgen reichen.*«

»Nein, am Donnerstag kommt wahrscheinlich der
echte Li und den müssen wir irgendwie ausschalten«

»*Wie Du meinst Hanna, aber es geht hier nicht nur
um Dich und wenn unschuldige Menschen hier in
Gefahr sind, hat meiner Meinung nach ihre Rettung
Priorität!*«

»Vielleicht hast Du recht, aber lieber wäre mir, mit
einem Schlag, soviel Schaden, wie möglich zu verur-
sachen.«

»*Der Rothaarige ist übrigens Becks Buchhalter
und gleichzeitig die Vertretung von Beck. Er ist auch
schon sicher 20 Jahre dabei und ihn zu hypnotisieren
hat Li angeblich nie ausgelassen. Er erfuhr über ihn,
was Beck so trieb auch finanziell!*«

»Woher weißt Du das?«

»*Aus dem Gespräch zwischen Erwin und ihm! Hanna ich muss Dir etwas erzählen, aber ich glaube es ist*

*besser Du konzentrierst Dich auf Dein Date mit Beck,
sei charmant und esse alles auf und lasse Dir Zeit
dabei.«*

»Da kannst Du Dir sicher sein, ich will nicht riskieren seine Nachspeise zu werden!«

Als Hanna in den Speisesaal kam, war dort für vier
Personen gedeckt. Beck saß an der Stirnseite, Hannas
Bewacher brachten sie zu dem Platz an Becks linker
Seite, dann waren da noch zwei Gedecke vis-à-vis
von ihr. Die anderen Gäste, waren noch nicht da.
Beck musterte Hanna und grinste verschlagen, dann
bat er sie, sich zu setzen.

»Sie sind eine ausgesprochen schöne Frau und ich
hoffe meine Männer haben Sie nicht zu derb behandelt«, sagte er und schien keine Antwort zu erwarten,
denn er sprach sofort weiter. »Wie ich sehe sind sie
noch heil, leider sind die anderen Gäste offensichtlich
unerfreulich unpünktlich!« Hanna sah auf die große
Pendeluhr am Ende des Saales. Es war gerade mal 2
Minuten nach 19 Uhr. Plötzlich öffnete sich die Tür
und der falsche Li und die Professorin traten ein. Hanna merkte, wie Grace versuchte ihre Verwunderung zu
unterdrücken und Li schien Hanna gar nicht wahr zu
nehmen.

»Bitte nehmen sie Platz, wie geht es Ihnen?« fragte
Beck in einem schrecklichen Englisch. Grace nickte
nur und Li meinte, dass es ihm immer noch ziemlich
schlecht ginge und er glaube nicht allzuviel essen zu
können.

»Darf ich Ihnen unsere Patientin 11B vorstellen?«
fragte Beck, wendete sich Hanna zu und sagte: »Darf
ich vorstellen Dr. Li, er ist extra aus Übersee an-
gereist, um Sie kennen zu lernen, aber sie werden

Morgen sicher Zeit finden intensiver miteinander zu sprechen und Ihnen vis-à-vis sitzt die fantastische Professorin, die sich ganz rührend um das Gehirn Ihres Mannes kümmert. Ich weiß nicht, ob sie das überhaupt schon wissen, wann hatten Sie denn das letzte Mal Kontakt mit Ihrem Mann? Freitag?« Hanna nickte. Beck sprach weiter: »Das Gehirn Ihres Mannes ist hier im Haus und die Professorin sorgt dafür, dass er selig schläft, nicht wahr Frau Professor?«

»Natürlich, Ihrem Mann geht es blendend in meiner Obhut!«

Ein Mann im Frack brachte auf einem Wagen die Vorspeise in den Saal. Beck fragte: »Thomas, was servieren Sie uns heute?«

»Es gibt eine geeiste Hummersuppe, danach Escargos auf Ruccolasalat. Zum Hauptgang gibt es Rinderfilet in Pfeffersauce mit Prinzessbohnen und Kroketten. Als Nach....!« Beck dauerte Thomas Aufzählung zu lange, weshalb er ihn unterbrach: »Ja ja, von der Nachspeise lassen wir uns überraschen, was meinen Sie Hanna?« dabei zwinkerte er ihr aufdringlich zu.

»Juri, mir wird übel.«

»Denk an was Schönes und iss ganz langsam.«

Das war leider nicht möglich, denn Beck schlang sein Essen hinunter und ließ, sobald er mit dem Gang fertig war, abservieren ungeachtet dessen, ob die Anderen noch aßen, oder nicht.

»Was für ein ekelhaftes Schwein«, dachte Hanna. Beck war fast fertig mit seinem Hauptgang, als sein Telefon läutete. Er hob genervt ab, hörte kurz zu und begann zu schreien: »Was? Das ist nicht Dein Ernst Norbert! Wieviel sind verschwunden? Wie soll ich das Li erklären? Warte ich komme sofort zu Dir ins

Büro!«

»Männer bringt meine Gäste in Ihre Zimmer, Nachtisch fällt heute aus!« schrie er fuchsteufelswild.
Hanna lächelte schadenfroh und Grace nickte ihr zu.
Li starrte einfach nur, wie schon während des ganzen Essens, kreidebleich auf seinen vollen Teller.
Wieder im Zimmer, zog sich Hanna um, legte sich auf das riesige Bett und fragte:

»Wolltest Du mir nicht etwas erzählen, Juri?«

»*Wäre wahrscheinlich sinnvoll, kannst Du Dich erinnern, wie ich das letzte Mal Schnecken gegessen habe...!*«

»Juuuri, nicht das, ich glaube Du wolltest mir etwas gänzlich Anderes erzählen!«

»*O.k., war nur ein Scherz, ich habe Beck zugeschaut, wie er Rechnungen online buchte und habe seine Zugangsdaten an Dimitri weiter gegeben. Als Du im Speisesaal warst, hat Elias eine größere Summe Geld umgebucht nur Dimi, Elias, Erwin und ich wussten davon!*«

»Also alle außer Felix und mir.«

»*Hanna, wir haben es Dir nur verschwiegen aus Sicherheitsgründen, was wäre denn gewesen, wenn Dich dieser Li-Clone da unten hypnotisiert und dann vielleicht den ganzen Plan erfahren hätte, dann wäre alles umsonst gewesen!*«

»Ich verstehe, sollte ich sonst noch etwas wissen? Wieviel Geld ist es denn, wohin habt ihr es überwiesen und wozu das Ganze?«

»*Es handelt sich um nicht ganz 1,2 Millionen Euro, es wurde auf ein fast geheimes Konto von Elias überwiesen. Fast geheim deshalb, um die Liga in die Irre zu führen, je mehr Leute in den nächsten Tagen beschäftigt sein werden Elias zu jagen, umso weniger Gegenwehr haben wir hier zu erwarten. Deshalb wird Morgen in der Nacht das große Feuerwerk starten. Denn wenn Beck bis Donnerstag, das Geld nicht wieder hat, bekommt er Probleme mit dem echten Li und den fürchtet er so richtig. Er wird also sehr viele Männer Morgen auf die Jagd schicken und außerdem, wissen wir von Erwin, dass Morgen Nacht eine neue Lieferung an Frischfleisch kommt, also werden die Lagerräume überfüllt sein. Die eine Hälfte kann Beck, ohne Hypnose von Li, nicht los werden und die anderen, werden gar nicht wissen, wie ihnen geschieht, wenn sie hier abgeliefert werden. Wir können somit eine große Menge an Menschen retten!«*

»Wow, das ist unglaublich, aber ihr könnt doch nicht Elias so in Gefahr bringen und ihn als Lockvogel miß-brauchen und Li wird nach dem Feuerwerk untertau-chen?«

»Es war zum größten Teil Elias Idee und Li, was soll es, man kann nicht alles haben, aber er wird erstens sehr viel Geld verlieren und zweitens ist Dimitri drauf und dran seine Feinde zu finden, deshalb müssen wir auch unbedingt an Becks kleines, schwarzes Notiz-buch rann kommen, spätestens Morgen!«

»Und was plant ihr für morgen und um wieviel Geld handelt es sich?«

»Es handelt sich um eine achtstellige Zahl, ich habe Dir schon zuviel erzählt, lass Dich überraschen und kümmere Dich bitte um Grace und mein Gehirn«

»Ich glaube, das alles nicht. Wenn ihr hinter meinem Rücken solche Pläne schmiedet, warum bin ich, dann hier?«

»Hanna, Du bist die Kontaktperson zwischen dem

Institut und unserem Team, Du musst alle unsere
Freunde hier informieren und rechtzeitig anweisen.«

»Wie soll ich sie anweisen, wenn ich nichts weiß?«-

»Hanna, sei nicht wütend Du wirst alles erfahren
zum richtigen Zeitpunkt, bitte das Team zählt auf
Dich!«

»Ich dachte das Team mag und respektiert mich, aber
ich bin offensichtlich nur manipuliert worden!«

»Das stimmt nicht Hanna, ohne Dich wäre über-
haupt nichts passiert, ich verdanke Dir mein Leben.
Felix ist bis über beide Ohren in Dich verliebt, Elias
ist total begeistert von Deiner Menschenkenntnis und
wenn ich nicht bald Meldung bei Dimi mache, schickt
er eine halbe Armee, um Dich hier raus zu holen!
Bitte, Hanna sei nicht böse oder traurig, es läuft doch
alles Bestens.«

»Ja eh, ist schon o.k., zisch ab und lass alle Grüßen
und erzähl mir wenn Du zurück kommst, wie es allen
geht. Und bitte gebt acht auf Elias. Und vielleicht
könnt ihr Felix beruhigen, der macht sich sicher Sorgen um mich.«

»Ja Hanna wir kümmern uns darum! Bis dann!«
Hanna fühlte sich so hilflos, eingesperrt in diesem
Zimmer. Sie stellte sich ans Fenster und schaute
sehnsüchtig in die Ferne. Durch die tolle Beleuchtung
und die Ausrichtung ihres Zimmers, sah Hanna die
komplette Auffahrt zum Institut. Es war kurz vor 21
Uhr, als insgesamt 16 Personen aus dem Haus liefen
und sich auf fünf Autos aufteilten, in eines stieg sogar
Beck.
Hanna starrte gebannt hinaus, als es an der Tür klopfte
und Erwin rein kam. Er winkte sie zu sich und zog
sie aus dem Zimmer: »Komm mit ich bringe Dich zu

Grace, ich habe ein Standbild geschaltet von Deinem Zimmer und von allen Kameras am Weg zu Grace und dem Labor, Du hast ungefähr 20 Minuten Zeit, dann wird wahrscheinlich Beck zurück sein.«

Grace freute sich Hanna zu sehen. Sie erzählten sich alles, was sie für notwendig hielten, dabei ging es vorallem um den Transport von Juris Gehirn. Nach 15 Minuten bat Hanna Grace ihr eine aufgezogene Spritze mit einem Sedativum zu geben, um sich eventuell vor Beck schützten zu können und riet Grace auch ein Paar im Labor zu verstecken, sollte sie von irgendjemand bedroht werden.

Erwin brachte Hanna zurück in ihr Zimmer und stellte die Kameras wieder richtig und überspielte die Tonaufnahmen aus Grace Labor mit alten Dateien, auf denen man nur die Maschinen zur Versorgung von Juris Gehirn hörte.

Hanna war müde und überfordert, immer wieder hatte sie das Bild von Juris Gehirn vor sich.

»*Mach Dir keine Sorgen Hanna es geht mir gut, wirklich ich habe weder Schmerzen und auch sonst fehlt mir nichts, ohne dem ich nicht überleben könnte.*«

»Das kann ich mir nicht vorstellen, aber erzähl mir, was hier vor sich geht?«

»*Das wollte ich eigentlich vermeiden, aber ich möchte ehrlich zu Dir sein!*«

»Was ist los?«

»*Beck ist mit zwei Drittel seiner Männer zum Bordell gefahren, er vermutet, dass Dimi hinter allem steckt und ist mega sauer. Wir haben befürchtet, dass Beck nicht ein kompletter Idiot ist und als Erwin anrief, um Dimi zu warnen, hat er als erstes Elias aus der Schusslinie gebracht und dann eine bereits von seinem Polizeifreund vorbereitete Razzia organisiert. Als Beck mit seinen Männern zu Dimi kam, war sein Bordell und die ganze Umgebung voller Polizisten und Beck drehte wieder um. Wir haben zwar damit spekuliert, aber gehofft, dass Beck nicht so reagieren wird. Hanna, jetzt bist Du in Gefahr, Beck ist rasend vor Wut und ich weiß nicht, ob Erwin Dich beschützen kann. Das Problem ist, Dimi kann Dich im Moment auch nicht befreien, wegen der Razzia in seinem Geschäft. Hast Du eine Idee?«*

»Nachdem ihr mir sowieso nicht helfen könnt, werde ich Wohl oder Übel Becks Zorn ertragen müssen und mich selbst wehren, so gut ich kann. Kannst Du mir sagen, wie sicher die Lieferung morgen kommt und ob Beck da dabei sein muss?«

»Das ist ein Selbstläufer, die machen das fünf Mal im Jahr, es ist alles durchorganisiert, glaube ich zumindest, was hast Du vor?«

»Du musst nicht alles wissen, auch ich habe meine Tricks! Und jetzt schau ins Bordell, zu Beck oder zu wem immer Du willst!«

Hanna beobachtete weiter die Auffahrt und es dauerte nicht lange, kamen die fünf Autos auch schon wieder zurück! Hanna legte sich voll bekleidet unter ihre Decke und tat, als würde sie schlafen. In Ihrer Hand versteckte sie das Sedativum, es war für Beck gedacht, aber im Notfall war sie bereit, es sich selbst zu spritzten, dann würde sie wenigstens nicht mitkriegen, was mit ihr geschehen könnte. Hanna wartete gespannt auf Beck, bis sie
irgendwann einschlief und erst wieder aufwachte, als jemand um 7 Uhr Morgens an der Tür klopfte.

Eine junge Frau trat ein und fragte: »Guten Morgen Frau Worobjowa, wollen sie im Zimmer frühstücken oder in Gesellschaft mit anderen Patienten?«

Hanna war sehr erstaunt: »Ja, ähm ich würde gerne mit anderen Patienten frühstücken.«

»Gut, dann hole ich Sie in 20 Minuten, ist das in Ordnung für Sie?« fragte die Frau freundlich. »Ja, danke, entschuldigen Sie, wie ist denn ihr Name?« erwiderte Hanna.

»Suchen Sie sich einen aus, spätestens Morgen haben Sie ihn ohnehin wieder vergessen!« dabei lächelte sie und verließ das Zimmer.

»Die Menschen hier sind irgendwie eigenartig, ich bin gespannt auf die anderen Patienten!« dachte Hanna.

»*Guten Morgen Butterblume, Dir scheint es gut zu gehen, im Bordell ist auch alles wieder in Ordnung!*«

»Ich habe auf Beck gewartet, ich wollte ihn ruhig stellen, aber er kam, nicht. Weißt Du warum?«

»*Ja ich weiß es, während Beck am Weg zum Bordell war, hat Elias eine weitere Million umgebucht und Dimitri hat Beck eine SMS geschickt und ihn gedroht, wenn er Dir oder mir etwas antut, werden alle seine Konten leer geräumt! Daraufhin hat Beck die ganze Nacht über versucht seine Konten zu sichern gemeinsam mit dem rothaarigen Norbert.*«

»Und wann wolltest Du mir das mitteilen?«

»*Ich war gestern Nacht bei Dir, aber Du hast so süß geschlafen, ich wollte Dich nicht wecken!*«

»Juri es gibt noch ein Problem, ich habe kein Kraviplex und mein letztes habe ich gestern Mittag genommen, also ich weiß nicht ob ich Dich noch lange hören kann! Sag mir doch bitte, wann Ihr kommen werdet und was Ihr plant.«

»Hanna schau, dass Du um 21 Uhr bei Grace im Labor bist und alles bereit ist für den Transport. Es gibt übrigens noch eine kleine Panne. Beck hat den Spieß umgedreht und per SMS gedroht, wenn wir das Geld nicht bis 18 Uhr heute Abend zurücküberweisen, bringt er Dich und mich um!«

»Könnt Ihr nicht früher eingreifen?«

»Die Menschenlieferung kommt erst um ca. 20 Uhr 30. Wenn Du es nicht schaffst, dass Beck ab 17 Uhr 30 nicht mehr agieren kann, wird Dimitri um 18 Uhr eingreifen, aber dann sind es weniger, die wir retten können!«

»Mir fällt sicher was ein, lass mir ein bischen Zeit, und jetzt muss ich mich fertig machen, mein Frühstück wartet!«

Hanna stand gerade im Bad, als Beck die Tür aufriss und zu schreien begann: »Wissen Sie, wissen Sie was Ihr super toller Freund Orlow getan hat?«

Hanna erschrak fürchterlich und antwortete kleinlaut: »Er ist nicht mein Freund, er hat mich an Sie verraten und verkauft!«

»Das auch!« schrie Beck. »Aber das sind Peanuts, er hat mir über 2 Millionen Euro gestohlen und ich schwöre Ihnen, wenn bis 18 Uhr das Geld nicht wieder auf meinem Konto ist, erwürge ich Sie, mit größten Vergnügen, mit diesen beiden Händen.«

Hanna entgegnete ihm: »Aber ich kann das doch nicht beeinflussen, ich weiß doch gar nichts davon.«

»Das hat Ihr Orlow auch gesagt und wissen Sie was er noch gesagt hat, es ist ihm scheißegal, ob Sie sterben, es war nicht seine Idee mich zu erpressen, sondern dieser kleine miese Hacker Doe, sorgt sich angeblich um Ihr Wohlbefinden und hat mir gedroht, dass wenn ich Ihnen und Ihren Mann etwas antue, er das gesamte Vermögen des Instituts stehlen wird. Aber wenn er das tut und mir mein Geld nicht zurück gibt, töte ich Sie Beide!« brüllte Beck.

»Aber was haben Sie denn davon, dann verlieren Sie Juri, mich und Ihr Geld, dann waren doch alle Ihre Bemühungen völlig umsonst! Warum wollten Sie uns überhaupt?« fragte Hanna.

»Sie haben Recht, ich mache Ihnen einen Vor-schlag...!«
Beck begann zu sprechen, als plötzlich die Dame we-gen dem Frühstück im Zimmer stand und fragte:

»Sind Sie fertig Frau Worobjowa?«
Beck sah die Frau böse an und schrie: »Raus sofort!« die Frau zuckte erschrocken zusammen und rannte aus dem Zimmer. »So, wo war ich? Ich zahle Ihnen viel Geld, wenn Sie und Ihr Mann mir mein Geld zurück bringen!« bot er Hanna an.

»Ja, und wie stellen Sie sich vor, dass ich das ma-che?« fragte Hanna.

»Kommen Sie mit, wir gehen einwenig im Park spazieren, das Haus hat überall Augen und Ohren«, entgegnete Beck. Hanna folgte dem Doktor in den parkähnlichen Garten des Instituts und setzte sich neben ihn auf eine Parkbank.

»So, Ihr Mann kann doch Gedanken lesen, er soll die Gedanken von diesen Orlow lesen und herausfinden, wo ich Doe finde und sie erzählen mir dann wo das sein wird!« erklärte Beck Hanna seinen Plan.

»Auch, wenn ich das tun wollte, ich habe seit Tagen nicht mehr mit Juri gesprochen und habe auch kein Kraviplex hier«, widersprach Hanna.

»Sie haben Recht, kommen sie mit ins Labor!« befahl er Hanna.

17. Kapitel

Das Feuerwerk!

Grace schaute überrascht, als plötzlich Beck mit Hanna im Schlepptau im Labor stand. Ohne zu grüßen, begann Beck zu befehlen: »Professorin geben sie Frau Worobjowa 2 Kraviplex und wecken Sie ihren Mann!« Grace schaute fragend und wusste offensichtlich nicht was sie sagen sollte. Hanna fragte schnell: »Frau Professor, wie viele Stunden wird das dauern, bis er aufwacht?«

Beck stand vor Hanna und so sah er nicht wie sie ihre Finger spreizte, um Grace 5 anzuzeigen.

»Ich wollte Ihnen gerade erklären, dass es mindestens fünf Stunden dauern wird, bis Ju äh bis Herr Worobjow aufwachen wird«, sagte Grace.

»Geht das nicht schneller?« fauchte Beck.

»Bin ich die Neurochirurgin oder Sie, Willhelm? Er war zulange sediert, wenn ich ihn jetzt schnell aufwecke, liegt die Wahrscheinlichkeit, dass ich sein Gehirn schädige bei 85%, wollen Sie das wirklich riskieren?« erklärte Grace.

»Dann kommen wir in vier Stunden wieder und ich will Ergebnisse sehen«, entgegnete Beck bestimmend. Hanna tat, als würde sie weinen: »Bitte darf ich hier bleiben bei meinem Mann, ich würde alles tun, nur um bei ihm sein zu können.«

»Von mir aus, Orlow erwähnte schon, dass Sie eine

Heulsuse sind, aber stören sie die Professorin nicht, bei Ihrer Arbeit«, meinte Beck und die Professorin sagte: »Für mich ist das in Ordnung, sie kann ruhig hier bleiben.«

»Na, dann!« Beck drehte sich um und ging durch die automatische Schiebetür, dann sperrte er das Labor mittels Code von außen ab.

»Haben Sie einen Kaffee hier, ich habe leider mein Frühstück verpasst?« fragte Hanna.

»Wenn sie in die Teeküche gehen steht dort eine Espressomaschine und im Kasten oben, wissen Sie was, +ich zeige Ihnen wo alles ist!« erwiderte Grace.

In der Teeküche stellte sich die Professorin ganz nah zu Hanna und griff in die Tasche ihres Kittels.

»Ich habe auf Erwins Störsender gedrückt, wenn wir so stehen sieht die Kamera nur unsere Hinterköpfe, denn in dieser winzigen Teeküche gibt es nur diese eine Kamera, hinter uns. Wollen Sie mir nicht sagen, was Sie vorhaben?« fragte sie Hanna.

»Wir brauchen Zeit, Beck ist unter Druck, er will mich und Juris Gehirn um 18 Uhr töten, unsere Aufgabe ist es diese Deadline hinauszuzögern bis 21 Uhr. Wir haben jetzt fürs erste 4 Stunden, um uns etwas zu überlegen. Können Sie mir unauffällig zeigen wo im Laborbereich die Kameras sind?«

»Ist in Ordnung mach ich«, erwiderte Grace.

»Und verwenden Sie ruhig immer wieder mal den Sender, dann kommt bald Erwin und mit dem würde ich auch gerne kurz sprechen!« sagte Hanna während sie sich einen Kaffee aus der Maschine runterdrückte. Hanna fühlte sich in dem Labor sicher, sie war nicht allein und Grace war wirklich eine liebenswerte Person.

»*Hanna, gibt es was Neues bei Dir?*«

»Nein, ich versuche Becks Vertrauen zu gewinnen indem ich die harmlose, naive Ehefrau von Dir spiele, die sich nur wünscht bei Dir sein zu dürfen und mit Dir reden zu dürfen, im Moment versucht Grace Dich zu wecken7u, bis zwei Uhr am Nachmittag hat sie Zeit, was gibt es bei Dir Neues?«

»*Hier ist alles gut, die Mädchen sind zurück von der Polizeiwache, sie wurden alle überprüft, nach der Razzia gestern. Felix, Dimitri und ich versuchen unseren Plan zu stabilisieren und Beck denkt wirklich, dass wir ihm helfen werden Elias und sein Geld zu finden. Der Mensch ist total fertig, ich glaube er wird irgendwann auf seinem Sessel einschlafen, wo er doch die ganze Nacht wach war.*«

»Ich hoffe er bleibt noch wach und schläft erst später ein, sonst ist er bis zum Abend fit und bringt uns vielleicht doch noch um! Aber informiere mich bitte, sollte er vor 14 Uhr einschlafen. Weißt Du zufällig Becks Code für die Schiebetür hier, Grace und ich sind gefangen?«

»*Nein, tut mir leid, den weiß ich nicht, aber Erwin wird sowieso bald kommen, wegen des Rauschens während der Abhörung! Und ich soll Dich ganz besonders lieb grüßen lassen von Felix, er vermisst Dich!*«

»Sag Dimitri bitte er soll ihm ausrichten, dass ich ihn auch vermisse und mich freue, wenn wir uns bald wieder sehen! Machst Du das für mich?«

»*Natürlich mache ich das, konntest Du Dich einwenig mit Grace unterhalten? Wie findest Du sie denn?*«

»Sie ist toll und ich verstehe, warum Du sie magst! Und jetzt macht den Plan fertig und überwache Beck, bitte! Und bitte informiere mich, wenn es Neuigkeiten gibt.«

Als Juri weg war, zeigte Hanna Grace an sie solle auf den Sender drücken und als diese nickte erzählte Hanna von Juris Nachricht, sie plauderten ein Weilchen und dann sagte Hanna: »Grace, darf ich Du sagen?«

»Natürlich, das wäre schön«, nickte Grace.

»Ich muss Dir etwas sagen, aber bitte nicht erschrecken! Juri mag Dich und was er für Dich empfindet geht weit über Dankbarkeit und Sympathie hinaus, deshalb hätte er so gerne, dass Du das Kraviplex versuchst, weil er gerne mit Dir reden möchte! Aber er weiß nicht, dass ich Dir das erzähle, ich hoffe Du verstehst das nicht falsch.«

Grace war peinlich berührt und errötete, dann sagte sie: »Weißt Du Hanna ich habe in den letzten Tagen ständig mit Juri gesprochen, ich konnte ihn zwar nicht hören, aber er hörte mich offensichtlich.

Ähm, ich habe so viele Erinnerungen, die immer wieder in mein Gehirn strömen und es werden von Tag zu Tag mehr und glaube mir, sie sind bis auf ein paar wenige an Ferdinand und Markus, grausam und sehr belastend. Ich hasse Beck, Du kannst Dir nicht vorstellen, was er mir alles angetan hat nicht nur psychisch sondern auch physisch, als ich eine junge Frau war. Er und Li haben mein ganzes Leben zerstört. Vielleicht fühle ich mich deshalb Juri so verbunden und nah, wahrscheinlich ist die Tatsache, dass er weder Hände, noch einen Körper hat genau das, was mir Sicherheit gibt, er kann mir zumindest körperlich nicht weh tun. Ich arbeite hier seit Jahren fast immer alleine und habe niemand mit dem ich reden kann und nun ist Juri da und hört meine Gedanken und ich glaube er spürt meinen Schmerz. Ich mag ihn auch sehr gerne. Vielleicht sollte ich das Kraviplex nehmen, ich würde gerne seine Stimme hören«, Grace liefen während des Gesprächs die ganze Zeit Tränen über ihre Wangen und Hannas Augen füllten sich ebenfalls, sie ging zu Grace und umarmte sie. Die einsame Professorin fing an zu Schluchzen und weinte herzzerreißend an Hannas Schulter.

Grace beruhigte sich wieder und kontrollierte alle Apparate und Funktionen, die Juris Gehirn betrafen, als sich plötzlich die Schiebetür öffnete und Beck mit dem falschen Li im Labor stand.

»Herr Li möchte sich ein wenig umsehen und mit den Damen plaudern. Bitte seien Sie freundlich und beantworten Sie seine Fragen!« bat Beck relativ freundlich.

»Ich kann jetzt nicht reden ich muss mich auf Herrn Worobjows Gehirn konzentrieren!« widersprach Grace.

»Kein Problem, Hauptsache, er ist wenn ich wieder komme wach. Frau Worobjowa wird gerne mit Herrn Li sprechen!«

›Shit‹ dachte Hanna, ›bis die Mixture wirkt, dauert es sicher 15 Minuten!‹, sagte aber: »Natürlich Herr Beck.«

»Doktor Beck, soviel Zeit muss sein!« fuhr dieser Hanna an.

»Natürlich Herr Doktor Beck!« der drehte sich um und verließ das Labor, dabei verriegelte er wieder die Tür von außen.

Hanna sprach Li in englisch an und erklärte, dass sie sich gerne vorher noch frisch machen wolle und er so nett sein solle inzwischen Platz zu nehmen, an

Li's verstörten Blick merkte sie, dass er völlig verunsichert war und offensichtlich wenig Erfahrung mit Hypnose hatte.

Hanna ging auf die Toilette und hoffte, dass in diesem winzigen Raum keine Kameras waren. Dann nahm sie eine ihrer Brustattrappen aus ihrem BH, öffnete vorsichtig den Klettverschluss und zog eine mit Pulver gefüllte winziges Plastiktüte heraus, sie leerte das Pulver in ihren Mund und stürmte aus der Toilette in den kleinen Vorraum zum Wasserhahn, um die Mixture mit Wasser runter zu spülen.

Als sie wieder ins Labor kam, saß Li schweigend auf einem Stuhl und starrte auf den Boden. Grace hatte ihren Radio extrem laut aufgedreht und hörte klassische Musik, dabei drehte sie sehr beschäftigt an den Monitoren herum, die Juris Gehirn überwachten.

Hanna musste Li fasst anschreien, so laut war die Musik: »Wollen Sie einen Kaffee oder Wasser?« Li nickte und entschied sich für Kaffee und Hanna erklärte sie würde Grace auch fragen, ob sie einen wolle.

Hanna ging zu Grace ganz nah an deren Ohr und fragte: »Hast Du eine geschmacksneutrale Tablette, die einwenig schläfrig macht in der Teeküche. Grace schrie: »Lass mich Kaffee machen Du stellst Dich so dumm an, ich mache das schon!« Hanna sah Li an, zuckte mit den Schultern und erklärte ihm, englisch natürlich, dass Grace Kaffee machen würde, weil sie die Espressomaschine besser kennt. Hanna drehte den Radio etwas leiser und setzte sich zu Li, der sie nur schweigend musterte.

Es dauerte nicht lange bis Grace zwei Schalen Kaffee brachte, eine drückte sie freundlich lächelnd dem Li-Fake in die Hand, den anderen reichte sie Hanna.

Was auch immer Grace in Li's Kaffee gab es schien zu wirken, er wurde sichtlich sehr entspannt und einwenig schläfrig. Hanna nutzte die Gunst der Stunde und begann zu plaudern, sie erzählte von ihrer Kindheit, vom Studium und sehr lang und breit, wie sehr sie Juri vermisse und ohne ihn nicht leben wolle und natürlich darüber wie schön die Zeit mit ihm war. Li hörte angestrengt zu und wenn immer er das Wort ergreifen wollte unterbrach Hanna ihn. Diese Technik lernte sie von Ihrer Mutter, die es perfekt schaffte eine Stunde zu quassel ohne einmal Luft zu holen.

»*Der arme Mann, sag was machst Du da?*« fragte Juri.

»Ich kann Dich hören trotz der Mixture?«

»*Hanna seit eineinhalb Stunden redest Du pausenlos, seit ca. einer halben Stunde ignoriert Dich Li und denkt auf chinesisch über alles mögliche, das erkenn ich an seinen Bildern im Kopf, nur nicht über Dich nach!*«

»Oh! Na toll, dann funktioniert ja meine Methode, irgendwie bin ich total überdreht, als hätte ich Gras geraucht, ich glaube die Dosis von dem Zeug war zu groß und verträgt sich nicht optimal mit dem Kraviplex, dass ich vor ein paar Stunden eingenommen habe. Wie spät ist es eigentlich? Gibt es hier irgendwann auch mal etwas zu essen, ich bin am Verhungern. Wo ist denn Grace hin, ah ich Dummerchen, da steht sie ja. Du ich habe ihr erzählt, dass Du sie magst, sie mag Dich auch. Vielleicht gibt es ja auch Menschen ohne Gehirn, ich meine davon gibt es sicher eine ganze Menge, aber ich meinte Männer, die ein Gehirn vermissen-«, dann kicherte sie, »Ähm, davon gibt es auch jede Menge, aber vielleicht gibt es irgendwo Männer mit leeren Köpfen und dann hätte vielleicht Dein Gehirn ein neues zu Hause!« -

»*Wow! Hanna aus! Entspann Dich, Du bist ja voll drauf. Das können wir jetzt gar nicht brauchen, beruhige Dich, bitte!! Atme tief durch und frag Grace ob sie Vitamin C hat, das könnte Dich wieder runter holen. Zumindest hat das geholfen, wenn ich in meiner Studienzeit zuviel Gras geraucht habe. Mach geh und frage sie.*«

»Hm, ist Juri jetzt böse auf seine Butterblume?«

»*Bitte Hanna frag Grace und wenn möglich unauffällig!*«

Grace sah, dass irgendetwas mit Hanna nicht stimmte, sie ging zu ihr und fragte, ob alles in Ordnung sei, natürlich auf Deutsch, damit Li sie nicht verstehen konnte. Hanna brabbelte nur Vitamin C. Grace schaute und sah anhand der Größe von Hannas Pupillen, dass sie wohl die eingenommene Mischung nicht so toll vertrug und verschwand mit zwei Medikamentenschachteln in der Teeküche.

Als sie zurück kam reichte sie Hanna ein Glas mit einer orangen Flüssigkeit. »Das ist Orangensaft trink das!« befahl sie streng. Hanna zog einen Schmollmund und meinte: »Ohhh, Saft mhhh, Durst, lecker hast Du auch Kekse?« Grace musste ihr lachen zurück halten: »Nein, mein Schatz hab ich leider nicht!«

»Och, wie Schade, Hanna hat Hunger!« plapperte Hanna in ihrer Marie-Piepsstimme.

»Bleib einfach nur hier sitzen und entspann Dich!« riet Grace und streichelte Hanna über den Kopf! »Das wird schon wieder Hanna, mach die Augen zu und denk an etwas Schönes!«

Li fragte Grace, was denn los sei mit Hanna, und

Grace erklärte, dass sie ein Kreislaufproblem habe und beauftragte Li auf Hanna aufzupassen, damit sie weiter arbeiten könne. Die ganze Aktion blieb nicht unbemerkt und so dauerte es nicht lange bis Beck im Labor erschien.

»Was ist hier los?« brüllte er. Grace sah ihn böse an und hielt ihren Finger vor den Mund: »Pscht, Frau Worobjowa hat das Gespräch mit Dr. Li so aufgewühlt, dass sie eine Panikattake bekam, jetzt schläft sie auf dem Stuhl da drüben, ich habe ihr etwas zur Beruhigung gegeben«, tadelte sie Beck fast flüsternd. Beck war immer noch auf 100, aber er flüsterte ebenfalls: »Wann ist sie wieder ansprechbar und wann wird ihr Mann endlich wach?«

»Ich schätze in einer Stunde, nehmen sie diesen Li-Verschnitt mit, das ist vielleicht ein Idiot und kommen sie um 15 Uhr wieder, da ist sicher wieder alles in Ordnung!« Beck deutete Li, dass er mitkommen solle und verließ sauer mit ihm das Labor! Grace atmete tief durch und bekreuzigte sich. Hanna schlief indessen tief und fest auf dem Stuhl. Grace hatte Angst, dass Hanna vom Stuhl fallen könnte und schob einen Tisch zum Sessel, dann beugte sie Hanna vorsichtig nach vor, sodass sie mit dem Kopf auf der Tischplatte lag, ihre Hände platzierte Grace ebenfalls auf dem Tisch und dann legte sie ein gefaltetes Handtuch unter Hannas Kopf.

»Hanna! Hanna! Ich bin es Juri!« -
Hanna zuckte hoch, »Was?« rief sie laut aus.

»Pscht, ganz ruhig, ich bin es Juri, ich versuche Dich schon seit 10 Minuten wach zu bekommen! Wie fühlst Du Dich?«
Hanna rieb ihr Gesicht: »Nun ja, was soll ich Dir

sagen, beschissen, ich glaube ich gehe dann erstmal kotzen!« Grace sah, dass Hanna versuchte aufzustehen und lief zu ihr.

»Geht es?« fragte sie besorgt,

»Ja, ich möchte nur aufs Klo und irgendwie ist mir ganz schön schwindlig«, erwiderte Hanna.

»Warte ich helfe Dir«, dann nahm sie Hanna unterm Arm und zog sie hoch. Hanna torkelte mit Grace Hilfe auf die Toilette.

Als Hanna 10 Minuten später ins Labor zurück kam, hatte sie wieder Farbe im Gesicht.

»*Hanna, alles wieder in Ordnung?*«

»Juri ich hasse Euch alle, frag Elias, ob er mich umbringen wollte? Mir ist noch immer übel, aber es geht schon. Gibt es was Neues?«

»*Ja wenn Beck hierher kommt, sprechen wir mit ihm und beschaffen Informationen für ihn, die erhält er dann so um 18 Uhr oder später, je nachdem wie er drauf ist?*«

»Welche Informationen?«

»*Wir sagen ihm, dass Elias um 19 Uhr 30 wieder im Bordell sein wird. Wenn Beck mit seinen Leuten, dann dort erscheint, werden Dimitris Männer schon auf ihn warten. Wenn er nur seine Leute schicken sollte, ist das auch nicht das Problem, dann schnappen wir ihn hier um 21 Uhr.*«

»Wie halten wir ihn bei Laune, wenn er erfährt, dass die Information eine Falle war?«

»*Wenn er nicht mitfahren sollte ins Bordell müssen wir hier improvisieren!*« -

»Na toll ich bin begeistert«, meinte Hanna zynisch. Sie ging zu Grace und sagte laut und gespielt aufgeregt: »Ich kann Juri wieder hören, es dürfte funktionieren, er ist wach, ich höre ihn zwar nur leise, aber es klappt, ich freue mich ja so!«

»Das ist schön ich werde gleich Dr. Beck informieren«, erwiderte Grace.

»Juri bitte merke Dir den Code für die Tür.«

»*Klar mach ich.*«

Es dauerte keine fünf Minuten, da stürmte Beck schon ins Labor. Er sah total fertig aus, tiefe, dunkle Augenringe zierten nicht unbedingt sein Gesicht.
Er sagte aber kein Wort, sonder es schien, als würde er intensiv nachdenken.

»*Hanna, er möchte, dass ich seine Gedanken lese, sag ihm, dass es funktioniert*«

»Herr Doktor, Juri kann ihre Gedanken lesen!« sagte Hanna.

»*Sag ihm dass ich durch Dich spreche, er denkt gerade an seinen Urlaub vor 12 Jahren auf den Malediven, das ist ein Test von ihm!*«

Hanna gab das genauso weiter, bis auf das mit dem Test.

Beck grinste über sein ganzes Gesicht: »Gut, dann finden Sie raus wo mein Geld ist und wie ich es wieder beschaffen kann! Verstanden?« sagte er sehr bestimmend.

»*Er hat mir gedanklich noch gedroht, wenn er nicht bald Informationen erhält tötet er uns Beide!*«

»Juri wird sein Bestes geben, aber es kann dauern, er muss wahrscheinlich einige Hirne durchforsten, um Doe zu finden! Und die Menschen denken ja nicht immer das, was Juri hören möchte und er kann sie ja nicht frage. Verstehen sie was ich meine?« fragte Hanna ganz ruhig.

»Das klingt logisch, aber trotzdem ich brauche

Ergebnisse, also fangen sie an mir Informationen zu bringen!« fauchte Beck.

»Informieren Sie mich Professorin, wenn es Neuigkeiten gibt, ich bin so lange in meinem Büro, dieser Wichser hat schon wieder 500.000 abgebucht!« wutschnaubend verließ er das Labor.

Hanna sah auf die Uhr, es war 15 Uhr 40. Grace war verstört, als sie zu Hanna ging, auf den Störsender drückte und fragte: »Ist mein Sohn in Gefahr, ich würde es nicht ertragen, wenn ihm was passieren würde.«

»Nein, Grace ich verspreche Dir hoch und heilig ihm wird nichts passieren, er wird nicht einmal in die Nähe von Beck und seinen Männern kommen! Wir brauchen jetzt nur Geduld!« versuchte Hanna Grace zu beruhigen, die sie misstrauisch anschaute: »Ganz sicher Grace, in spätestens sechs Stunden ist alles vorbei, bitte vertraue mir und Juri«, fügte Hanna sanft hinzu.

Plötzlich öffnete sich die Schiebetür und Erwin stand im Raum: »Meine Damen, es wurden hier technische Mängel festgestellt, die ich umgehend reparieren soll«, sagte Erwin und schraubte an einer Lampe in der Wand, dann kroch er unter einen Tisch und bat um Grace linken Schuh, als er fertig war, hatte er drei Abhörgeräte in der Hand: »Die sind anscheinend defekt!« dann ging er in die Teeküche entfernte dort eine vierte Wanze und warf sie in ein Glas Wasser. »Wir können fünf Minuten reden, wie kann ich helfen?« fragte er fast ohne seine Lippen zu bewegen und ohne die zwei Frauen an zusehen.

Hanna lehnte sich gegen den Schreibtisch und spielte mit gesengtem Kopf an ihren Fingernägeln: »Kannst Du dafür sorgen, dass Eveline um 20 Uhr 30 bei uns im Labor ist? Und dann brauche ich heute sicher noch Deine Hilfe, kann ich Dir irgendwie ein Signal geben, dass Du die Kameras für den Gang, das Labor und Becks Büro manipulierst, so wie gestern für ca. 15 Minuten?« murmelte Hanna.

»Sag einfach: ‚jetzt wäre ich gerne in der Karibik‘ und warte fünf Minuten bis Du das Labor verlässt. Ich werde Euch die ganze Zeit abhören, wenn ich allerdings abgezogen werde und Du erwischt wirst, musst Du Dir selbst etwas einfallen lassen. Ach ja Eveline wird hier sein und ich werde alle Türen um 20 Uhr 30 entriegeln«, versprach Erwin.

»Ist gut danke!« antwortete Hanna. Erwin montierte neue Wanzen und dann sagte er: »So meine Damen, jetzt passt wieder alles und sie können in Ruhe weiterarbeiten«, dann verließ er das Labor.

Um 17 Uhr kam Beck wieder und fragte: »Wie schaut es aus, gibt es endlich Informationen?«

»Ich habe nichts von Juri gehört seit Sie in Ihr Büro gegangen sind«, erwiderte Hanna und schaute dabei traurig. Beck setzte gerade an um seinem Zorn Luft zu machen, als Hanna ihre Augen weit aufriss und rief: »Ich höre ihn ... warten Sie er hat Neuigkeiten!« Beck stieg von einem Fuß auf den anderen: »Jetzt sprechen sie schon, wo ist Doe und wo ist mein Geld?«

»Juri sagt, Ihr Doe wird um 19 Uhr 30 wieder im Bordell sein. Er hat dort eine Besprechung mit Orlow, es geht dabei um Transaktionen!« erzählte Hanna. Sichtlich erfreut lächelte Beck und meinte: »Das haben Sie gut gemacht, wir werden sicher in Zukunft gut zusammen arbeiten!«

›Ihh‹, dachte Hanna, ›wer will denn so etwas!‹, aber

sieh lächelte freundlich und nickte.

»Ich muss jetzt ein paar Dinge organisieren. Um unsere gemeinsame Zukunft kümmere ich mich Morgen«, meinte Beck noch, bevor er wieder ging, natürlich nicht ohne vorher die Tür zu verriegeln.

»*Beck, ruft jetzt gerade seine Männer zusammen und plant den Sturm auf das Bordell. Aber keine Sorge, sie werden Dimitris Lokal nicht einmal betreten, sondern vorher schon gestoppt!*«

»Ich hoffe das geht gut. Werden die Waffen mitbringen?«

»*Ich befürchte ja, aber Dimi weiß sich zu schützen und zu wehren, wie gesagt mach Dir bitte nicht zu viele Sorgen!*«

»Du wirst mich vielleicht jetzt auslachen, aber ich mache mir mehr Sorgen um Becks Männer, als um Dimitri, Du darfst nicht vergessen, da sind einige Unschuldige im Team vom Beck.«

»*Dimitri hat nicht vor, sie ernsthaft zu verletzen oder gar zu töten, die bekommen nur eine Abreibung, ein paar kaputte Autos und so weiter. Ich schau mal ob ich noch ein paar Infos bekomme!*«

»Sag, Grace hast Du irgendetwas zum Essen hier, ich bin am Verhungern, wie schaffst Du das?« fragte Hanna.

»Ich esse prinzipiell nur einmal am Tag, dann wenn ich Feierabend mache. Ich verbrauche ja nicht viel Kalorien hier im Labor.«, antwortete Grace. »Aber im Kühlschrank neben der Milch müsste noch ein Fruchtjoghurt stehen, aber schau, ob es nicht schon abgelaufen ist.«

»Danke Grace!« freute sich Hanna.

Sie aß gerade ihr Joghurt, als Juri wieder mit ihr

sprach.

»So, Beck hat alles organisiert, sie fahren mit 4 Autos und insgesamt 18 Männern, hier werden dann noch 10 sein. Erwin bleibt hier, das ist die gute Nachricht, aber Beck auch und das ist nicht so gut. Er schickt Norbert mit, der hat das Kommando, was es wiederum Dimitri einfacher macht.«

»Warum fährt er nicht selbst mit?«

»Er will, dass Norbert gleich die Rückbuchungen macht und möchte von hier aus sein Konto beobachten!«

»Wann werden sie denn los fahren?«

»Um 19 Uhr geht es los, also in ca. 20 Minuten.«

»Kannst Du mich informieren, wenn die Männer weg sind, ich sehe das von hier aus nicht! Außerdem gibst Du mir bitte den Code für die Tür, hast Du achtgegeben als Beck ihn eingab?«

»Ja, habe ich, die Zahlen lauten 33 64 71. Ich melde mich wieder, bis dann.«

»Bis bald!«

Hanna spülte den leeren Joghurtbecher aus und warf ihn in den Müll. Langsam stieg Ihre Nervosität. Sie ging zur Toilette und nahm einen Kugelschreiber so unauffällig es ging mit. Auf dem Klo schrieb sie auf ein Blatt Klopapier eine Frage an Grace. Aus dem WC zurück ging Hanna zu Grace und stellte sich ganz knapp neben sie zum Monitor und fragte: »Was machst Du da, kannst Du mir zeigen wie das funktioniert?.« Grace schaute verwundert und meinte: »Natürlich, was willst Du wissen?.«

»Nichts besonderes, was bedeuten die ganzen Linien?« während sie fragte schob sie Grace das Stück Papier zu. Die Professorin las was darauf stand und schilderte dabei, was die ganzen Gehirnströme am Monitor bedeuteten, dann tippte sie in die Tastatur und Hanna konnte lesen, ›ist gut ich richte den Kaffee für Beck her, er wird zwei Stunden gut schlafen‹ .

»Das ist mir alles zu hoch, ich weiß warum ich Dolmetscherin bin und nicht Gehirndoktorin«, lachte Hanna und ging zurück zu ihrem Stuhl.

»*Ich habe nicht viel Zeit, die Männer sind nun weg!*«

»Und was macht Beck?«

»*Der starrt auf den Bildschirm seines Laptops und schläft fast ein, so fertig ist er. So jetzt muss ich aber los*«

Grace machte in der Teeküche Kaffee, »machst Du mir auch bitte einen?« fragte Hanna, als sie die Espressomaschine hörte.

»Natürlich! Er ist schon fertig!«

»Weißt Du wo ich jetzt gerne wäre, ich wäre gerne in der Karibik!« rief Hanna in die Küche.

»Ja ich auch!« erwiderte Grace kurz.

Hanna sah auf die Uhr und fünf Minuten später, nahm sie Becks Kaffee, öffnete mit Juris Code die Schiebetür und schlich durch die Gänge, bis zu Becks Büro. Dort klopfte sie und Beck bat hinein.

Er sah Hanna erstaunt an und sagte: »Wer hat sie aus dem Labor befreit?«

»Sie Herr Doktor Beck, Sie haben Juri den Code gegeben, ich muss mit Ihnen reden, ich habe Ihnen auch einen Kaffee mitgebracht!« antwortete Hanna.

»Geben Sie her, den kann ich jetzt brauchen, eigentlich sollte ich richtig sauer sein, aber ich hätte wissen müssen, dass Ihr Mann auch in meinen Kopf eindringt, aber ich bin zu müde!« schimpfte er halbherzig, während er seinen kleinen Kaffee in einem

Zug austrank. »Das nächste mal bitte mit einem Stück Zucker und ein wenig Milch, der war ja grausam. Sie machen mich fertig und was machen eigentlich meine Männer im Kontrollraum, haben die keine Augen im Kopf, sodass Sie hier selenruhig durch die Gänge spazieren können? Mit denen muss ich bei Gelegenheit ein ernstes Wort reden! Was wollen Sie, ich habe überhaupt keine Zeit für Sie«, wollte er streng klingen, doch sogar dazu war er inzwischen zu müde.

»Ich wollte Sie fragen, wie es weitergehen wird, Sie können mich doch nicht ewig im Labor einsperren?« fragte Hanna. Beck fielen fast schon seine Augen zu: »Was... ähm ... Labor, wieso? Habe ich Ihnen .... ähm ... schon gesagt, dass sie ein geiles Miststü....ähm, was wollten Sie nochmal?« dann lehnte er sich in seinem Lederchefsessel zurück, sein Kopf viel nach hinten und er begann zu schnarchen.

Hanna nahm die Kaffeetasse und aus Becks Sakkotasche das kleine, schwarze Buch, dann schlich sie aus dem Büro. Sie hatte Glück, denn niemand war auf den Gängen am Weg zurück ins Labor.

Hanna schaute auf die Uhr es war 20 Minuten nach 19 Uhr. »Grace, er schläft, tief und fest, in spätestens eineinhalb Stunden beginnt das Feuerwerk!« sagte Hanna stolz. Grace lächelte, zeigte auf eine riesige Schachtel unter dem Schreibtisch und sagte: »Ich habe auch schon alles für den Transport hergerichtet, jetzt sollten wir wieder schweigen, Erwin schaltet wahrscheinlich gleich wieder in den Normalmodus.«

Hanna nickte und brachte die Kaffeetasse in die Teeküche, dann setzte sie sich wieder auf ihren Sessel.

»Dimitri hat es auch geschafft und Norbert samt seiner Truppe sitzen im Bordell, manche sind gefes-

selt und andere amüsieren sich mit den Mädchen bei ein paar Gläsern Wodka. Nachdem alle Reifen ihrer Autos einen Platten haben, haben sie sich geweigert zu Fuß zurück zu gehen. Das verstehe ich gar nicht es sind ja nur läppische 8 Kilometer bis zum Institut. Sie waren auch überhaupt nicht böse, dass sie Beck nicht informieren konnten, weil man allen die Telefone abgenommen hat. Übrigens Beck schläft tief und fest in seinem Büro!«

»Ich weiß, er hatte einen heftigen Kaffee von Grace und mir. Wann kommt Ihr denn her und holt uns hier endlich raus?«

»Dimitri kommt mit Karl, Janosch, Felix und Elias, getarnt mit zwei Rettungsautos, mit der Feuerwehr und weiß Gott wieviel Polizei. Deren Einsatz beginnt, sobald die Lieferung der neuen Testsubjekte hier ankommt und Erwin Meldung macht, den Feueralarm aktiviert und alle Türen öffnet. Ihr müsst dann mit meinem Gehirn beim Hintereingang raus, o.k.?«

»Grace hat mir gesagt sie wird Dein Gehirn bevor Du in die Transportbox kommst sedieren, also werden wir uns vielleicht erst wieder in unserem Versteck hören. Ich habe übrigens noch ein Geschenk für Dimitri und Elias, aber noch nichts erzählen, ich habe Becks kleines, schwarzes Notizbuch mitgehen lassen, als ich ihm den Kaffee gebracht habe.«

»Du bist wirklich die Beste, Hanna!«
Die Schiebetür ging auf und Eveline kam mit einem Putzwagen rein: »Entschuldigung mir wurde aufgetragen hier sauber zu machen«, sagte sie, und als sie Hanna sah, schrie sie erstaunt: »Was machst Du denn hier?«
Hanna reagierte sofort: »Ich arbeite jetzt auch hier,

schön ein bekanntes Gesicht zu sehen, wie geht es Dir?«

»Mir geht es gut, aber ich habe keine Zeit zu plaudern, ich muss gehorsam sein und hier putzen«, antwortete Eveline. Grace sah Hanna fragend an und sah dann zur Schachtel unter dem Tisch. Hanna ging zu Eveline und flüsterte: »Das ist toll, dass Du so gehorsam bist und Dr. Beck wird stolz auf Dich sein, aber er hat sicher nichts dagegen, wenn Du vor der Arbeit noch einen Kaffee trinkst.«

»Meinst Du nicht, dass er dann böse auf mich ist?« sah Eveline Hanna ängstlich an. Da mischte sich Grace ein: »Ich kann Ihren Mopp im Moment hier überhaupt nicht brauchen, wissen Sie denn nicht, wer ich bin? Ich bin die Professorin.«
Eveline riss ihre Augen auf: »Echt? Sie sind DIE Professorin, es freut mich Sie kennenzulernen.«

»Na dann kommen Sie mit ich mache Ihnen einen Kaffee!«

»Ja, wenn Sie das wünschen, gerne, vielen Dank«, schleimte Eveline. Hanna blieb im Labor und schaute sehnsüchtig auf die Uhr, es war 20 Uhr 15.
Einige Minuten später torkelte Eveline aus der Teeküche und Grace sagte, während sie Eveline zur Toilettentür schob: »Am Besten Sie fangen im WC zum Putzen an, Hanna bringe der fleißigen Frau bitte den Reinigungswagen?« Hanna schob den Wagen in den Vorraum der Toilette, dann setzten sie Eveline auf die geschlossene Klomuschel und warteten bis sie schlief. Hanna dachte: ›Jetzt weiß ich wozu wir den Rettungswagen brauchen‹.
Es war kurz vor 21 Uhr, als der Feueralarm los ging. Hanna räumte den Putzwagen ab und Grace platzierte

die Plexiglasbox in der Juris Gehirn ruhte in die riesige Kühlbox, welche sie zuvor aus der Schachtel unter dem Schreibtisch holte. Weiters hing sie den Monitor ab und stellte ihn in den Wagen. Grace hatte alle Hände voll zu tun, bis alles sicher auf dem Putzwagen verstaut und richtig angeschlossen war. Als Erwin ins Labor kam war alles für den Transport fertig.

Erwin fragte aufgeregt: »Wo ist Eveline!« und Hanna meinte: »Oh, die schläft am Klo, die wirst Du wohl hinaus tragen müssen!«

Erwin schüttelte den Kopf: »Das mach ich schon. Frau Professor, der Weg zum Hinterausgang ist frei, es kann los gehen!«

Grace und Hanna schoben den Wagen bis zum Ende des Ganges, dort war die Tür zur Garage. Grace und Hanna hoben den Wagen vorsichtig die drei Stufen hinunter und querten die Garage bis zur hinteren Tür. Hanna hielt die Tür auf und Grace schob den Wagen hinaus. Dimitri und das gesamte Team warteten schon. In das eine Rettungsauto wurde Juris Gehirn vorsichtig hineingehoben, ins andere legte Erwin seine Eveline auf die Trage. Grace und Elias fuhren mit Juris Rettungswagen mit und Janosch spielte den Chauffeur. Im anderen Auto saßen, neben der schlafenden Eveline auf der Trage, Dimitri, Hanna und Felix hinten und Karl fuhr das Auto. Erwin bat darum nachkommen zu dürfen, wenn er seine Aussage gemacht habe und Dimitri meinte: »Ehrensache, ich habe versprochen ich werde Dich beschützen! Dimitri immer halten sein Ehrenwort!«

Mit Blaulicht aber ohne Folgetonhorn fuhren die zwei Rettungsautos um das gesamte Gebäude herum und verließen die Anlage durch das Haupttor. Überall war

Polizei und Feuerwehr, dutzende verwirrte Menschen liefen durch die Gegend und die Polizei hatte zu tun alle einzusammeln und einige in Handschellen abzuführen, unter anderen auch den torkelnden, wild schimpfenden Leiter des Instituts.

Dimitri sagte lachend: »Wir wirklich sind ein gutes Team!« und Hanna nickte: »Ja das sind wir, ich habe da etwas für Dich Dimi«, dann nahm sie ein kleines schwarzes Büchlein aus ihrer Hosentasche und überreichte es Dimitri. Felix küsste Hanna glücklich und Dimitri sagte: »Danke, jetzt wir machen kaputt ganze Liga, ich bin starke Mann mit ganz viele Geld und noch mehr Macht mit beste Team auf Welt, ich schwöre ....«

Die Fahrt ging los, doch niemand wusste genau, wo die Reise hinging, denn das Haus im Waldviertel war nur eine Zwischenstation.